NORBERT BOGDON
Tagebuch eines Arschlochs

Verlag Hulesch&Quenzel

Für meine guten Eltern und die bezaubernde Anja, deren Langmut
dieses Buch erst möglich machten.

© 2000 beim Verlag Hulesch & Quenzel, Bremen
Alle Rechte liegen beim Autoren.
Umschlagphoto und Gestaltung: Anja Giese, Hamburg
Umschlagphoto Rückseite: Sven Menge
Herstellung: Libri Books on Demand
ISBN 3-00-005629-7

Über den Autor
Norbert Bogdon, 1968 in Bremen geboren, lebt ebendort. Studium der Germanistik und Kulturwissenschaft. Zahlreiche Artikel für verschiedene Zeitungen und Zeitschriften. Jobbt nicht selten als Fährmann auf der Fähre zwischen Lemwerder und Vegesack.
Zusammen mit Stephan Harter verfasste er das Büchlein „Wurstwaren werden auch immer teurer".

Über das Buch
Das Leben des Tagebuchschreibers ist ganz in Ordnung. Die Arbeit verlangt nicht zu viel ab, die Freundin lässt ihm seine Freiheit und das Geld reicht auch. Der Tagebuchschreiber ist einer der Säcke, die glauben, den Durchblick zu haben. Gern führt er mit seinem besten Freund bei reichlich Alkoholika Fachdiskussionen über den Tod und die Verwahrung ausgepuhlter Krabbenschalen oder ergrimmt sich über das ungebührliche Benehmen der Menschen. Irgendwie hätte er Lust, sich wieder einmal zu verlieben. Seine Freundin muss davon ja nichts wissen.

Donnerstag, 18. September
Fragen über Fragen.
Wie schneiden sich zum Beispiel Einarmige die Fingernägel?

Freitag, 19. September
Eine Dreistigkeit sondergleichen! Ich erwarb gestern eine Qualitätsboxershorts für über 50 Mark. Das Ding sah auf der Packung famos aus. Als ich die Shorts heute morgen anzog, sah sie genauso famos aus. Ganz enganliegend, das Gesäß und die Schenkel perfekt betonend. Ich mag ja keine Slips an mir. Meiner Meinung nach betonen die zu stark das Gemächt. Das finde ich doch arg aufdringlich.
Nun, zufrieden sprach ich heute morgen zu mir: „Ei, da hast du einen guten Kauf getan!"
Welch spektakuläre Fehleinschätzung!
Als ich mich heute abend zum Duschen entkleidete, traf mich fast der Schlag! Nichts mehr zu sehen von gesäß- und oberschenkelbetont. Stattdessen hing mir ein hässlicher Baumwollbeutel um die Lenden. Nach nicht einmal zwölfstündigem Tragen war diese Qualitätsboxershort für über 50 Mark vollkommen ausgeleiert.
Da hätte ich ja gleich auf dem Grabbeltisch bei Woolworth drei Leibhosen für zusammen 6,90 DM erwerben können. Die hätten – so ist zu vermuten – die gleiche Beuteligkeit gehabt, aber man hätte das schon beim Erwerb gewusst und zudem viel Geld gespart.
Ich bin beleidigt.

Sonntag, 21. September
Freitagabend verbrachte ich noch ausgesprochen schöne Stunden mit Sabine. Danach hatte ich keine Lust mehr, mich anzuziehen, und übernachtete bei ihr. Am Sonnabend lange ausgeschlafen, danach bummelten wir in der Innenstadt, saßen in einem Café herum und verbaselten so den Tag auf das Angenehmste. Spätabends gingen wir dann in unseren Lieblingsclub, tanzen. Das ist doch einmal eine angenehme Körperertüchtigung, die auch mir Freude und Genuss bereitet. Vielleicht ist die Luft nicht so rein wie in der Turnhalle, dafür riecht es in einer Disco nicht nach alten Socken und unangenehmen Körperausdünstungen. Allerdings wurde meine Freude während dieses Discobesuchs kurzfristig getrübt. Im Laufe des Abends tauchte in dem Club eine Dame auf, in die ich während der Abitursszeit zum Glück unglücklich verliebt war. Was ich an der einmal gefunden habe, weiß ich heute beim besten Willen nicht mehr! Na, eigentlich egal, denn wir haben uns ja nie befingert, ja

ich glaube, sie hat damals gar nicht mitbekommen, dass ich für sie entflammt war. Ich habe zu ihr auch schon seit Jahren keinen Kontakt mehr, und Sonnabendnacht hat sie mich auch gar nicht gesehen beziehungsweise gar nicht mehr gekannt. Zum Glück! Die Dame war nämlich sturzbesoffen. Erst tanzte sie ausladend und doof mit einer Freundin herum, dann verschwanden die beiden von der Tanzfläche in Richtung Trinkbereich. Rund eine Stunde später tauchte meine Beinah-Affäre wieder auf, nun ganz deutlich noch wesentlich besoffener. Offensichtlich suchte sie ihre Bekannte, die ihr wohl abhanden gekommen war. Mit wirrem Blick Ausschau haltend, taumelte sie desorientiert auf der Tanzfläche herum. Welch ein unwürdiger Anblick! Erfreulicherweise verschwand diese Karin oder Katrin (irgendwie so heißt die) bald wieder, weil sie nicht fündig wurde. Auch wenn der Eindruck nur kurz war: Können sich Leute, die nicht clever saufen können, nicht zu Hause so blamieren? Wohl nicht!
Danach wars wieder sehr nett, und Sabine und ich kamen gegen fünf in der Früh nach Hause. Nachmittags trafen wir uns mit Ilka und Stephan in einem Lokal. Nach Kaffee und Kuchen fuhren wir mit deren Auto in die Natur und spazierten in der hübschen Gegend herum. Solchen Wonnen langweiliger Freizeitgestaltung geben wir alten Menschen uns ja recht gerne hin. Sonntagskaffee sowie Kuchen und Spaziergang – das klingt auch irgendwie nach baldigem Erreichen des Rentenalters.
Hat aber trotzdem Spaß gemacht!

Montag, 22. September
Wochenanfang. Wieder ein furchtbar langweiliger Tag im Büro. Wieder acht Stunden mit diesem nasebohrenden Vollidioten Wellmann in einem Raum. Außerdem war ich zu dick angezogen und habe die ganze Zeit wie blöd geschwitzt.
Zum Glück kommt gleich Sabine und alles wird gut!

Mittwoch, 24. September
Sabine war heute bei mir zum Abendessen. Ich servierte angebrannte Steaks mit Mais (durch Überhitzung vollkommen verdörrt) und Pilzen (wie die Steaks ein klein wenig zu lang in der Pfanne und deshalb verschrumpelt).
Ab morgen gibts wieder Fertiggerichte.
Da weiß man, was man hat.
Nach dem Mahl (Sabine hat alles brav aufgegessen! Sehr nett!) wurde der Abend noch überaus charmant.

Donnerstag, 25. September
Eigentlich rauche ich ja keine Zigaretten. Doch heute war ich bei meinem Rauchwarenhändler, um mich mit einigen Zigarren zu bevorraten, und entdeckte eine wunderschöne Zigarettenschachtel aus festem Karton. Normalerweise sind heutzutage Zigaretten ja in so klobigen Packungen. Diese aber ist ganz flach und quadratisch, genauso breit wie lang, und zur Entnahme einer Zigarette wird wie bei einer Dose die komplette Oberseite hochgeklappt. Mein Rauchwarenhändler klärte mich auf. Es handelt sich bei dieser Marke um Orient-Zigaretten; die werden immer in solchen flachen Schachteln geliefert. Na, jetzt sitze ich zu Hause und habe nicht nur Zigarren, sondern auch meine ersten Orient-Zigaretten gekauft. Nicht nur die Packung ist wunderschön, auch die Zigaretten selbst sind chic ohne Ende. Sie sind nicht rund, sondern oval. In den 20er, 30er Jahren waren, wie ich mir von meinem Rauchwarenhändler sagen ließ, praktisch alle Zigaretten oval, und noch heute ist diese Form bei Orient-Mischungen üblich. Die Zigaretten sind zweilagig in die Schachtel einsortiert, und die Lagen sind durch ein kleines Kärtchen getrennt. Und dieses Kärtchen ist zudem – so etwas liebe ich ja– sehr hübsch bedruckt. „Unser Produkt ist eine elegante Luxuscigarette. Durch Verwendung ausgesuchter und voll ausgereifter Edeltabake aus den besten Anbau-Distrikten des Orients ist die überragende Güte dieser Meistermischung gewährleistet", steht da. Prima, ich werde gleich Kerzen anzünden, auf dem Sofa sitzen, die eine oder andere Orientcigarette rauchen, dabei das eine oder andere Gläschen Portwein trinken und mich herrlich dekadent fühlen.

Freitag, 26. September
Viele, allzuviele dicke Kinder auf dieser Welt.

Sonntag, 28. September
Gestern abend zogen wir mit ein paar Leuten von Sabine herum. Eigentlich wars ja recht nett, aber eigentlich wars auch ein bisschen nervig. Die Gruppe war ziemlich groß, etwa um die zehn Leute, und das Ganze bekommt dann ja leicht so eine gewisse Unbeweglichkeit. Erst am Nachmittag langes Herumgetelephoniere, wer denn alles mitkommen und was man denn unternehmen wolle. Aha, ins Kino und anschließend in irgendeinen Club. Das war sicherlich nicht sonderlich originell (und kommt übrigens immer als Ergebnis dieser Telephonaktionen heraus), aber ich fands ganz in Ordnung. Dann dauerte es noch einmal einige Telephonate, bis schließlich geklärt war, in welchen Film und welchen

Club gegangen wird. Bei diesen Großveranstaltungen gilt es ja immer, recht unterschiedliche Interessen unter einen Hut zu bringen. Zu zweit, zu dritt oder zu viert auszugehen, erfordert wesentlich weniger organisatorisches Geschick, und diese Gruppengröße wird von mir persönlich deshalb für solche Unternehmungen vorgezogen.

Naja, die schlussendliche Film- und Clubauswahl hat mich nicht umgehauen, war aber akzeptabel. Bis dann schließlich die Letzten im Kino eingetroffen waren, die bestellten Kinokarten verteilt, alle ihre Getränke und Popcorn hatten und noch mal auf Toilette waren, war die Werbung vor dem Film schon fast vorbei, und das mag ich eigentlich nicht so gern, denn bevor alle fertig sind, steh ich da im Foyer dumm rum und auf irgendjemand muss wegen irgendwas noch gewartet werden, und ich guck immerzu auf die Uhr und bin ein bisschen unruhig, weil ich es nicht mag, wegen sowas den Anfang des Films zu verpassen. Im Club wars anschließend über Erwarten nett, die Musik war gut, und mit Holger habe ich an der Bar einige Kräuterschnäpse genossen. Zum Schluss haben wir uns alle für heute morgen zum gemeinsamen Frühstücken in einer Kneipe verabredet. Das Frühstück war wirklich ausgezeichnet und zog sich bis in den frühen Nachmittag hinein. Dabei hier und da nett geplaudert, obwohl ich mit den Leuten einfach nicht so recht warm werde, die sind mir irgendwie alle zu sicher und haben so ein unerschütterliches Selbstvertrauen und scheinen bar jeder Zweifel zu sein.

Montag, 29. September
Ich habe gerade mit Udo telephoniert. Er klang vollkommen abgespannt und hat scheußlich viel auf der Arbeit zu tun. Udo ist wohl auch unmittelbar vor meinem Anruf nach Hause gekommen (20.30 Uhr). Da lobe ich mir doch meine Firma. Auch wenn der Job nicht gerade umwerfend aufregend ist, aber mit acht, neun Arbeitsstunden komme ich da meistens täglich aus. Zudem fehlt es mir, im Gegensatz zu Udo, an jeglichem beruflichen Ehrgeiz.

Jedenfalls ist Udo noch etwa die nächsten zwei Wochen ziemlich eingespannt und hat deshalb auch keine Zeit. Wenn die Phase aber vorbei ist, will er sich melden und mit mir wieder einmal schöne Stunden der Freizeitgestaltung verbringen.

Ich fahre jetzt zu Sabine. Ich denke, wir werden ein bisschen fernsehen und auch poppen. Für solch vergnügliche Freizeitbeschäftigungen wird mir ja – gottlob – durch die Arbeit nicht die nötige Energie geraubt. Heute nacht schlafe ich bei ihr und fahre dann gleich von da ins Büro.

Dienstag, 30. September
Renitente, krakeelende Kleingören samt doofer, überforderter Mutter saßen mir heute in der Straßenbahn gegenüber. Aufstehen und zu den Kindern hingehen hätte ich sollen. Sie dann mit ungeheuerlich finsterem Blick geradezu durchbohren hätte ich sollen. „Kinder, wenn ihr nicht ganz brav und still seid, kommt heute nacht der böse Hutzelmann. Der schabt euch mit einem Teelöffel die Augäpfel aus und verspeist sie dann genüßlich", hätte ich sagen sollen.
Oder gleich ein paar hinter die Ohren, aber kräftigst. Bei Mutter (blöde Kuh, anscheinend unfähig, die Blagen zu erziehen) und Gören.
Stattdessen übellauniges Schweigen an den Tag gelegt. Niemanden damit auch nur annähernd beeindruckt.
Feigling.

Mittwoch, 1. Oktober
Vergangene Nacht war die Hölle. Sabine schlief bei mir, und ich weiß nicht, woran es lag, aber ich konnte einfach nicht einschlafen. Und wenn ich über einen bestimmten Zeitpunkt, sagen wir mal zwei Stunden, wachliege, werde ich ja unruhig. So auch diese Nacht. Ich wechselte immerzu die Liegeposition und ächzte dabei missmutig. Davon wurde selbstverständlich irgendwann Sabine wach, und sie fragte verschlafen und wohl auch leicht genervt: „Was isn?" Das war natürlich die falsche Frage zur falschen Zeit. Ich sagte zwar nur: „Ich kann nicht schlafen", ärgerte mich danach aber maßlos über diese nun wirklich blöde Frage und noch mehr über den Tonfall, mit dem sie Sabine gestellt hatte. Wegen des Ärgerns konnte ich noch viel weniger einschlafen als vorher. Wieder Herumgewälze und Geächze. Wieder wurde davon Sabine wach, sagte aber nichts, und versuchte wohl, erneut einzuschlafen. Das konnte ich natürlich so nicht zulassen, ich wollte Sabine an meinem Ärger kräftig teilhaben lassen, ja ich wollte, dass sie sich auch ärgert. Ich sagte deshalb mit leichtem Märtyrertonfall: „Du, ich kann auch im Wohnzimmer auf dem Fußboden schlafen, damit du deine Ruhe hast." Sabine entgegnete zwar nur: „Ach Quatsch. Rede doch keinen Blödsinn." Aber beim Frühstück heute morgen briet sie mir über, dass ich sie mit meiner Äußerung tierisch genervt hätte. Zu diesem Zeitpunkt war mir mein nächtliches Benehmen natürlich schon längst peinlich.
Als ich übrigens vorhin von der Arbeit kam, traf ich im Hauseingang Opa Willi aus der Wohnung über mir. Er wünschte mir herzlich einen „Guten Morgen", dabei war es ja schon nach 18 Uhr. Auch bei unserem kleinen Gespräch im Fahrstuhl wirkte er doch etwas wirr. Ich habe ihn

ja schon eine ganze Weile nicht mehr gesehen, bestimmt anderthalb Monate oder noch länger. Da wirkte er irgendwie noch frischer im Kopf. Ich glaube, ich muss ihn mal ein bisschen im Auge behalten, mal ab und an bei ihm klingeln und fragen, wies geht und so. Ach, es wäre aber wirklich verdammt schade, wenns mit ihm geistig bergab ginge.

Donnerstag, 2. Oktober
Mit Sabine in der Sushi-Bar gewesen. Wir lieben dieses japanische Essen! Roher Fisch ist ja nicht jedermanns Sache, aber Sabine und mir läuft schon bei dem Gedanken daran das Wasser im Mund zusammen. Ich mag ja vor allem diese Makirollen. Da wird der Fisch (am liebsten ist mir Thunfisch!!) mit Reis ummantelt und dann in getrocknete Seetangblätter eingewickelt. Diese Seetangblätter sind prima, da hat das Ganze beim ersten Draufbeißen so eine irgendwie leicht pappige Konsistenz. Lecker, lecker, superlecker. Und gesund ist das Zeug auch. Die Japaner sind bedingt durch ihre Ernährung, was Herzerkrankungen und Prostatabeschwerden angeht, weitaus weniger gefährdet als wir Mitteleuropäer. Und diese Prostata ist ja auch nun wirklich ein Ding, das bei einer Erkrankung wenig Freude und Spaß macht. Ich hatte mir mal vor drei, vier Jahren durch Sitzen auf kalten Steinen eine ganz leichte Prostataentzündung zugezogen, und das hat schon unbändig wehgetan. Das waren Tage, an die ich noch immer ungern zurückdenke! Da hatte ich fiese Krämpfe im Innersten des Arsches, die bis in den Sack ausstrahlten, und ans Poppen oder Ähnliches war da gar nicht zu denken. Obwohl so eine Prostata ja auch ihre Vorteile hat. Irgendwo habe ich mal gelesen, dass Männer beim passiven Analverkehr nur durch die Stimulierung der Prostata (das geschieht durch den im Darm befindlichen Partnerpenis) orgasmen können. Ich meine, das hat doch was, auch wenn ich persönlich kein Verlangen nach dieser sexuellen Spielart habe. Und „orgasmen" ist zudem noch ein wirklich hübsches Wort!
Doch genug von der Prostata, ich bin froh, dass sie bei mir augenblicklich so tipptopp in Schuss ist, und hoffe, dass das in Zukunft auch so bleibt, und nun aber zurück zu unserem heutigen Sushi-Bar-Besuch. Da lief es genau so ab, wie ich es mag. Wir bestellten unsere Getränke und das Essen, dann plauderten wir ein wenig, die Getränke kamen, und dann plauderten wir wieder ein wenig. Und dann ging ich zum Pinkeln, und als ich davon zurückkam, stand das Essen schon auf dem Tisch. Das liebe ich außerordentlich. Man hat richtig Hunger, es fällt einem schon nichts Gescheites mehr zum Reden ein, und man denkt, „Hoffentlich kommt gleich das Essen", dann verschwindet man rasch (auch, weil man

ein wenig muss, aber vor allem zur Zeitüberbrückung) auf die Toilette, und wenn man zurückkommt, steht da, wie von Zauberhand gebracht, das bestellte Gericht am Platz. So etwas ist doch wirklich hübsch!

Freitag, 3. Oktober
Feiertage sind Sonntage unter der Woche. Was ich an Sonntagen allerdings nicht sonderlich mag, ist, dass ich am nächsten Tag wieder zur Arbeit muss. Aber so ist es wunderbar, denn morgen ist ja nicht Montag, sondern erst Sonnabend. Viel gelesen, von daher bin ich mit dem Tag sehr zufrieden.

Sonnabend, 4. Oktober
Heute abend war Sven bei mir. Eifrige Diskussionen wegen „orgasmen". Er glaubt nämlich, dass es dieses Verb gar nicht gibt. Ich schon. Deswegen in allen verfügbaren Lexika geblättert. „Orgasmen" nicht gefunden, nur „Orgasmus" und „orgastisch". Das gibts doch gar nicht! Das muss es einfach geben! Zu „Orgasmus" muss ein Verb existieren. Nach „orgastisch" kommt im Rechtschreib-Duden gleich „Orgel", und „orgeln" („1. Brunstlaute ausstoßen (Hirsch); 2. tieftönend brausen, sausen (Wind)") gibts auch. Wir haben beschlossen, in nächster Zeit an das Duden-Institut zu schreiben, an das sich jeder kostenlos bei Zweifelsfragen wenden kann. Beim Stöbern entdeckten wir übrigens in meinem Duden von 1927 das Wort „mauderig". Das heißt „verdrießlich" und „trüb" und steht im aktuellen Duden nicht mehr drin.

Sonntag, 5. Oktober
Heute mittag waren wir bei Sabines Eltern zum Essen eingeladen. Hasenrücken und Klöße. Später noch Kaffee und Kuchen. Alles lecker, aber auch furchtbar schwer. Ich fühle mich jetzt noch vollkommen verplaudert. Ein Spaziergang und einige Verdauungsschnäpse brachten bisher kaum Linderung. Aufs Abendbrot verzichte ich deshalb nachher.

Montag, 6. Oktober
Dieser Wellmann ging mir im Büro heute mal wieder ungemein auf den Senkel. Ergötzte mich aber an amüsanter Idee: Wellmann erleidet beim Versuch, sich selbst einen zu blasen, einen tödlichen Genickbruch.
Hm, vielleicht kann ich ihm ja diese Spielart des Sex irgendwie schmackhaft machen. Ich glaube, dieser kleinen Phantasie sollte ich noch einige Überlegungen schenken.
Sabine meinte, als ich mich beim Abendessen wieder einmal über die-

sen Blödian aufregte, dass es doch bestimmt Möglichkeiten gäbe, das Büro oder die Abteilung zu wechseln und somit Wellmann loszuwerden. Wahrscheinlich ist das wirklich möglich, ich habe mich darum aber noch gar nicht gekümmert, ja nicht einmal daran gedacht. Dabei liegt das doch so nahe. Keine Ahnung, warum ich nicht selbst darauf gekommen bin. Wahrscheinlich, weil ich dann irgendwie irgendwo (und womöglich ist dann sogar Wellmann dabei) begründen müsste, wieso ich nicht mehr mit Wellmann in einem Büro arbeiten will. Nee, darauf habe ich auch keine sonderliche Lust. Anscheinend also nervt mich Wellmann noch nicht genug.

Dienstag, 7. Oktober
Eieiei. Wieder einmal Magenbeschwerden. Nicht so schlimm, wie ich sie schon öfters hatte, aber doch ausreichend unangenehm. Das ist ein Gefühl im Bauch, als ob ich ein paar Steine verschluckt hätte. Habe ich aber nicht.
Und drücke ich auf dem Bauch herum, tuts so weh, als ob mir jemand in die Magengrube geschlagen hätte. Hat mir aber keiner. Ganz blöde ist das. Jetzt liege ich schon im Bett, eine Wärmflasche auf dem Bauch. Wärme hilft gegen die Beschwerden immer noch am besten. Ist auch schon wieder ein bisschen besser!
Da noch lange nicht Schlafenszeit ist, werde ich den Abend lesend verbringen. Naja, ein besinnlicher Abend kann ja auch mal sehr schön sein.
Sabine wollte zwar vorbeikommen und mich umsorgen. Sehr rührend, sie ist wirklich eine Gute. Ich habe aber abgelehnt, denn wenn mir der Magen wehtut, bin ich doch am liebsten allein und leide still vor mich hin.

Mittwoch, 8. Oktober
Sehr gut: Heute morgen waren die Magenbeschwerden praktisch wie weggeblasen. So ist das ja meistens damit. Und länger als zwei, drei Tage halten sie auch – glücklicherweise – nie an. Ich habe aber trotzdem den Tag über Obacht walten lassen: kein Kaffee, keine scharfe Speisen, kein hastiges Herunterschlingen beim Essen. Stattdessen gabs grünen Tee, ungetoastetes Weißbrot mit Margarine und Käse, und das Essen habe ich langsam und gründlich durchgekaut. Vielleicht sollte ich doch mal mit diesem Magenkram zum Arzt gehen. Jedesmal, wenn der Magen wehtut, nehme ich mir fest vor, mich deswegen untersuchen zu lassen. Und jedesmal, wenn die Beschwerden weg sind, vergesse ichs auch gleich wieder.
Auf der Arbeit erzählte mir Frau Harms aus der Dispoabteilung bei einem

kleinen Plausch durchaus Bedenkenswertes: Gern geht sie in Billigkaufhäuser. Ich auch, oft entdeckt man die tollsten Dinge dort. Neulich kaufte ich mir für eine (!) Mark Turnschuhe, die stark nach Gummi riechen. Prima, ich habe sie schon dreimal getragen, und sie halten immer noch. Solche Einkäufe liegen ihr allerdings vollkommen fern. Sie ist auf der Jagd nach ganz anderen Schnäppchen: Teller! Tatsächlich Teller. Diese werden dort (Restposten, Einzelstücke) für ein paar Groschen angeboten. Die kauft sie dann. Ihre Begründung finde ich verdammt clever. Frau Harms ist keine große Freundin des Abwaschs (eine Tätigkeit, die auch mir wenig Genuss bereitet). Oft stapelt sich bei ihr das Schmutzgeschirr erstaunlich lange (kenn ich, kenn ich). Tassen, Messer und Gabeln sind dann zwar auch oft eklig anzusehen, aber schon zu reinigen. Am ekligsten und bei der Reinigung am widerspenstigsten dagegen sind die Teller. Oft scheinen sie mit den Nahrungsresten regelrecht verwachsen zu sein. Während ich die Teller stunden-, ja tagelang einweiche, um sie dann angewidert sauberzuschrubben, geht Frau Harms einen ganz anderen Weg. Haben Teller bei ihr diesen Zustand erreicht, werden diese ohne viel Firlefanz in den Mülleimer entsorgt. Das führt bei ihr keineswegs zu einer Tellerknappheit, denn im Küchenschrank warten ja schon frisch und munter reichlich weitere Teller auf ihren Einsatz.
Das ist vielleicht ökologisch nicht sonderlich einwandfrei, aber ansonsten eine wirklich bedenkenswerte Idee, die meinen uneingeschränkten Applaus verdient!
Ich bin beeindruckt!

Freitag, 10. Oktober
Geburtstag Sabines. Natürlich verbrachte ich schon den gestrigen Abend bei ihr und konnte so schon um Mitternacht mein Geschenk überreichen. Elegantes Granatarmband, das ich vor einigen Tagen bei einem Schmuckhändler erworben habe. Sabine war sichtlich erfreut, das Ding sieht aber auch wirklich klasse an ihrem Arm aus. Heute ist Party bei ihr, ich muss jetzt auch gleich los. Sabine hat rund 15 Personen eingeladen, was mir schon zu viel wäre, aber ist ja auch nicht mein Geburtstag. Immerhin hat Sabine Getränke und Büfett vom Service kommen lassen, das kostet zwar einiges Geld, aber wenn ich die Arbeit bedenke, die anfällt, wenn man alles selber macht, ist es gar nicht so teuer.

Sonnabend, 11. Oktober
Schöne Feier, erst gegen vier ins Bett. Obwohl ich diesmal gar nicht müde war, ist das ja eine der Sachen, die ich an Partys, die in den eige-

nen Räumlichkeiten stattfinden, nicht sonderlich mag. Die Gäste sind noch in bester Feierlaune, ich selbst bin todmüde, kann aber nicht ins Bett, weil die anderen noch so munter und vor allem noch da sind. Alles in allem nette Runde, gut unterhalten, vor allem mit Ilka und Stephan, aber auch mit einem Oliver, den ich bisher gar nicht kannte und der zu Katja, einer von Sabines Freundinnen, gehört. Wohl eine typische Partyfreundschaft, wenn ich ihn in drei Wochen auf der Straße treffen sollte, erkennt er mich wahrscheinlich gar nicht mehr. Spielte den zuvorkommenden Gastgeber, der den Damen Wein einschenkt und ihnen Komplimente macht, eine Rolle, die mir durchaus behagte. Nach dem Abgang der letzten Gäste noch schnell das Geschirr zusammengestellt und in die Körbe des Partyservices verbracht. Deswegen auch heute schon gegen 13 Uhr wieder aufgestanden, weil um 13.30 die Sachen wieder abgeholt wurden. Danach nach Hause gefahren, da ich unbedingt aus meiner Kleidung herauswollte, die vollkommen verraucht ist. Gleich gehts aber wieder zurück, Reste essen und irgendwie irgendwann Ordnung in der Wohnung schaffen.

Sonntag, 12. Oktober
Abscheuliches Aussehen von Sabine und mir. Als ich gestern wieder zur Liebsten fuhr, packte ich vorsorglich meinen Jogginganzug ein, den ich normalerweise nur in Krankheitsfällen trage. Nachdem wir aber gestern die Wohnung wieder auf Vordermann gebracht, einige Videos ausgeliehen und uns schließlich in der Badewanne erholt hatten, war uns beiden diese Art von hässlicher Freizeitkleidung gerade recht. Wenn man so kaputt wie wir ist und damit nicht die Wohnung verlässt, geht das schon in Ordnung. Ins Bett verkrochen und bis tief in die Nacht Videos geschaut. Am und auf dem Bett hatten wir vorher die Überbleibsel des Buffets platziert. War das angenehm! Videogucken, mehr als genug zu Essen und auch die Alkoholvorräte wollten aufgebraucht werden. So begeistert von diesem Zeitvertreib, dass wir mit diesen Tätigkeiten heute gleich weitermachten. Inzwischen ist bis auf einige höllenscharfe Peperoni und etwas Tiramisu alles aufgegessen. Der Pizzadienst bringt aber jeden Moment neue Nahrung, die auch wieder im Bett verzehrt wird. Im Grunde haben wir seit 24 Stunden diesen Ort nicht mehr verlassen, und mir hats gut gefallen. Ob die Jogginganzüge daran schuld sind?

Montag, 13. Oktober
Nach der Arbeit habe ich tatsächlich noch bei Mami und Papi vorbeigeschaut. Da war ich schon wieder viel zu lange nicht. Komisch, dabei ist

es doch – wenn ich erst einmal da bin – bei den beiden immer sehr nett. Ich blieb deshalb auch zum Abendbrot, was zudem sehr praktisch war, weil mein Kühlschrank fast leer ist. Meine Mutter kündigte an, demnächst einmal bei mir vorbeizuschauen. Ich hasse ja solche Drohungen (denn so wirken diese Ideen meiner Mutter immer auf mich). Ich gebe zu, in meiner Wohnung ist es meistens erstaunlich unaufgeräumt. Wenn ich aber weiß, dass ein Besuch meiner Mutter zu erwarten ist, mache ich immer klar Schiff. Für meine Verhältnisse ist es dann blitzblank. Trotzdem weiß ich, dass es für Mami bei mir immer noch vollkommen chaotisch aussieht. Sie sagt zwar nichts Abfälliges, aber sie beäugt alles ganz kritisch und bietet mir dann ihre Hilfe an, und das finde ich wirklich am allerschlimmsten. Ob sie mir nicht mal schnell das Waschbecken machen soll oder vielleicht die Fenster, das mache ihr wirklich keine Mühe, und dann würde es bei mir doch soviel hübscher aussehen, ich hätte doch so schöne Räumlichkeiten und so weiter und so fort. Das treibt mich wirklich jedes Mal zur Weißglut. Als ich heute abend bei meinen Eltern wieder wegfuhr, nahm ich mir deshalb auch fest vor, möglichst bald wieder bei ihnen aufzutauchen. Je öfter und regelmäßiger ich bei ihnen bin, umso geringer ist die Gefahr, dass sie mich besuchen.

Gleich fahre ich zu Sabine und übernachte auch da, weil ich bis auf ziemlich vertrocknete Mettwurst und steinhartes Graubrot nichts mehr zu essen im Haus habe. Und auf ein solch freudloses Frühstück habe ich überhaupt keine Lust.

Dienstag, 14. Oktober
Ich habe die scheußliche Vermutung, dass ich langsam aber sicher aus dem Leim gehe. Beim Anziehen heute morgen glaubte ich, so etwas Ähnliches wie einen beginnenden Bauchansatz zu erahnen. In der Firma ließ ich mir von Frau Harms aus der Dispoabteilung deshalb den Bauch abtasten. Sie meinte, es könne sein, dass sich dort tatsächlich die Vorboten einer Wampe ankündigten. Ganz sicher sei sie aber nicht, außerdem hätte ich gerade zu Mittag gegessen.
Sabine meinte, ich spinne. Sie sehe nichts und ich sei genauso dünn wie immer.
Trotzdem, ich will und muss etwas für meine Fitness tun. Ich gerate ja schon beinah außer Atem, wenn ich zu Fuß in meine Wohnung im vierten Stock laufe. Sportliche Betätigung muss her und gesündere Ernährung eigentlich auch gleich, nicht immer diese Fertiggerichte!
Sabine schlug vor, zusammen zu laufen. Dazu habe ich nun aber überhaupt keine Lust. Nee, Laufen ist die absolute Hölle! Das hasse ich wie

die Pest. Früher bin ich mal ein paar Wochen lang mit Sven gelaufen. Zwar wurde unsere Laufleistung wirklich jeden Tag besser. Ich hatte dabei aber keinen Meter lang auch nur einen Hauch von Spaß. Außerdem will ich ja auch eher etwas für meinen Oberkörper tun. Ein paar zusätzliche Muskeln und ein ganz strammer Bauch wären doch gar nicht so übel. Vielleicht sollte ich es mit Schwimmen oder Bodybuilding versuchen? Aber Schwimmen ist nass und kalt und Bodybuilding anstrengend.

Mittwoch, 15. Oktober
Prima, der erste Schritt in Richtung der Erhaltung/Stärkung von Fitness und Gesundheit ist getan. Entdeckte heute beim Einkaufen den „Catlenburger Klostertrunk". Das Etikett preist ihn als „altbewährt zur Herzpflege". So etwas ist doch genau das Richtige für mich. Das Getränk enthält (neben einer nicht ganz unerheblichen Menge Alkohol, hähä) u.a. Kardobenedikterkraut, Enzianwurzel, Kalmuswurzelstock, Melissenblätter und – besonders wohlkingend – Pomeranztinktur. Ich habe schon mal einen kleinen Schluck genommen. Schmeckt ein bisschen wie Portwein, nicht übel. Ist das nicht schön: mit gutem Gewissen trinken, da es ja die Gesundheit stärkt. Der Hersteller rät, „zur Vertiefung der Nachtruhe ein Südweinglas (50 ml) vor dem Schlafengehen einzunehmen", und das will ich doch gern befolgen.

Donnerstag, 16. Oktober
Gott, wie peinlich. Ich traf vorhin im Supermarkt Björn. Mit dem habe ich meinen Zivildienst zusammen gemacht. Viel Kontakt hatten wir nie, und ich habe den auch sicherlich schon zwei Jahre nicht mehr gesehen. Wir haben halt das Übliche geplaudert: „Was hast du nach dem Zivildienst gemacht? Weißt du, was aus dem und dem geworden ist?" Als uns der Gesprächsstoff auszugehen drohte, fiel mir noch ein, dass er schon beim Zivildienst seit Ewigkeiten mit einem recht süßen Mädchen zusammen war. Und vor etwa anderthalb Jahren hatte ich in der Zeitung die Hochzeitsanzeige der beiden gelesen. Also fragte ich unbedarft: „Und wie gehts deiner Frau?" An dem sich blitzschnell unglaublich verfinsternden Gesichtsausdruck meines Gegenübers merkte ich allerdings sofort, dass das wohl eindeutig die falsche Frage zur falschen Zeit war. Seine Antwort war auch dementsprechend: „Keine Ahnung!" „Aha", sagte ich. Vielleicht nicht gerade die allercleverste Entgegnung, aber etwas Besseres fiel mir einfach nicht ein, und außerdem bekam ich gerade einen roten Kopf. „Stell dir das vor, im Mai letzten Jahres haben wir geheiratet. Da waren wir schon über zehn

Jahre zusammen. Und im Oktober erzählt sie mir, dass alles aus ist. Natürlich wegen eines andern Mannes. Und das Beste daran: Mit dem Kerl hatte sie schon ein halbes Jahr was gehabt. Warum heiratet die mich dann noch? Da ging die doch schon mit ihm ins Bett. Ich kann dir sagen, das letzte Jahr war komplett scheiße, ich bin wirklich fertig. Naja, in drei Wochen ist die Scheidung durch, und vielleicht wird es dann wieder besser. Mann, war das eine beschissene Zeit." „Schöner Mist. Aber wenn die Scheidung gelaufen ist, wird es bestimmt besser", sagte ich mitfühlend. „Hoffen wirs", meinte Björn düster. Dann folgten noch ein paar Floskeln des Abschieds, und schließlich schoben wir unsere Einkaufwagen in unterschiedliche Richtungen weiter. Der entscheidende Teil des Gesprächs hatte sicher nur ein, zwei Minuten gedauert, aber mir kam das wie eine halbe Ewigkeit vor. Wahrscheinlich hat der arme Kerl wegen mir jetzt den ganzen restlichen Tag schlimme Depressionen. Aber so etwas kann doch auch keiner ahnen. Trotzdem fühle ich mich jetzt deswegen ganz schlecht. Das einzig Gute daran ist, dass es noch schlimmer kommen kann: Sven hat mal eine ehemalige Schulkameradin mit ihrem ein oder zwei Jahre alten Kind getroffen. Da er ihren Freund auch noch von der Schule kannte, erkundigte er sich natürlich nach dem. Da wars dann auch mit der Fassung der ehemaligen Schulkameradin vorbei, und sie brach in Tränen aus, denn ihr Freund war gerade zwei Monate vorher mit dem Motorrad tödlich verunglückt. Das sind diese Momente, in denen man inständig hofft, dass sich unter einem der Boden auftut und man darin dann blitzschnell auf Nimmerwiedersehen versinkt.

Freitag, 17. Oktober
Was soll denn sowas? Ich war heute um 18 Uhr mit Sabine bei mir verabredet. Bis 21 Uhr habe ich gewartet. Keine Sabine bis dahin dagewesen. Gekocht vor Wut. Deshalb Rache genommen: Als sie schließlich anrief, ging ich nicht ans Telephon. Sabine sprach auf den Anrufbeantworter: Wo ich denn sei, sie sei jetzt endlich zu Hause, habe sich auf den Abend gefreut, aber es sei in der Firma etwas dazwischengekommen.
Tja, Pech gehabt, meine Liebe, leider verspielt für heute abend. Warum hat die blöde Strunse denn nicht von der Arbeit angerufen und gesagt, dass es später wird.
Insgesamt rief sie diesen Abend noch dreimal an, zunehmend verbitterter. Ich saß jedes Mal vor dem Anrufbeantworter. Gleich (23 Uhr) gehe ich mit der Genugtuung ins Bett, ihr den Freitagabend gründlich verdor-

ben zu haben. Mein Freitagabend ist natürlich auch verdorben, aber das ist doch vollkommen egal.
Sabine weiß doch nun einmal ganz genau, wie sehr ich Zuspätkommen hasse!!
Wenn ich mich mit jemandem verabrede, dann versuche ich auch, pünktlich zu sein. Wenn ich nicht pünktlich (20, 25 Minuten sind bei mir ja noch im Toleranzbereich) sein kann, dann rufe ich die Person an und melde mein Zuspätkommen. Altkluge Ärsche haben mir schon mehrmals entgegengeworfen, dass man ja oft in einer Kneipe verabredet ist, und da habe man ja schließlich keine Telephonnummer. Ei, da schlägt bei mir der Grimmpegel ganz heftig aus.
1. Für was gibt es eigentlich die Telephonauskunft? Die geben einem die Telephonnummer der Kneipe. Dann wird da angerufen, und man lässt der wartenden Person ausrichten, dass man sich verspätet.
2. Wenn man an öffentlichen Orten verabredet ist, sollte man ganz besonders um Pünktlichkeit bemüht sein. In der eigenen Wohnung kann der Wartende wenigstens telephonieren, lesen, fernsehen, aufräumen oder sonstwas machen. An öffentlichen Orten wie Kneipen, Kinos oder gar vor irgendwelchen Gebäuden (also draußen – und womöglich ist es dann noch lausig kalt, feucht und zugig) kann ich dagegen nur eines machen: Warten. In Kneipen liegen mit Glück einige mehr oder minder interessante Zeitschriften aus, in denen ich gelangweilt und missmutig blättern kann. Aber grundsätzlich ist Warten blöde verschenkte Lebenszeit. Lieber ohne Warten nur 79 Jahre alt werden als mit Warten 80 Jahre. Das kommt zeitlich aufs Gleiche heraus, aber ohne Warten ist besser.

Sonnabend, 18. Oktober
Heute vormittag mit Sabine telephoniert und ausgesöhnt. Versicherten uns beide, gestern falsch gehandelt zu haben. Aber trotzdem, dieses ständige Zuspätkommen von Sabine ist schon unglaublich nervig und auch eine Unhöflichkeit und Nichtachtung gegenüber dem Partner. Doch sie versprach mir heute, daran zu arbeiten, pünktlicher zu werden, und sich beim nächsten Mal wenigstens zu melden, wenn sie wieder einmal um Längen zu spät ist. Das hat sie in den über zwei Jahren unserer Beziehung, glaub ich, schon etwa 3000-mal versprochen, aber vielleicht passiert ja diesmal etwas. Gemein genug war ich ja gestern.
Am Nachmittag war Sven da. Weinbrand getrunken und Zigarre geraucht. Dabei über den Tod und das Krabbenpulen geredet. Halt der übliche Sonnabendnachmittag-Smalltalk leicht alkoholisierter Herren,

die glauben, den Durchblick zu haben. Wie immer einer Meinung gewesen. Sven meinte, dass nach dem Tod gar nichts ist und man (außer bei See- und Feuerbestattungen) nur noch als Würmerfraß dient.
Ich habe ihm Recht gegeben.
Ich meinte, dass es in der ganzen Küche total anfängt zu stinken, wenn die ausgepulten Krabbenschalen auch nur einen Tag im heimischen Abfalleimer verbleiben, vor allem natürlich im Hochsommer. Da hilft auch kein gutes Verpacken in Plastikbeuteln. Deshalb gleich raus damit in den Mülleimer.
Sven hat mir Recht gegeben.
Nach diesen schönen Stunden der Geselligkeit und des Tiefsinns erst einmal auf dem Bett eine beträchtliche Weile den leichten Rausch weggedöst. Dann bin ich zu Sabine geradelt. Ich weiß auch nicht, aber sie kocht wirklich verdammt gut. Bei ihr schmecken sogar banale Spaghetti mit Tomatensoße total lecker. Ja, ich würde sogar so weit gehen und sagen: Sie kocht besser als meine Mutter. Und ich glaube, das ist doch wahrscheinlich das größte Lob, das ein Mann seiner Freundin oder Frau aussprechen kann.
Nach dem Essen zur besseren Verdauung gepoppt. Dann noch in der Kinospätvorstellung gewesen und einen packenden Actionthriller gesehen. Wir schlafen diese Nacht bei mir, weil die Leute, die unter Sabine wohnen, sonntags zu nachtschlafender Zeit (so gegen zehn Uhr) aufstehen und dann gern laut Musik hören.

Sonntag, 19. Oktober
Bah, den ganzen Tag über Sonntagsstimmung gehabt. Sabine haute so gegen zwei Uhr mittags ab, ihre Eltern besuchen. Ihr Angebot, doch mitzukommen, lehnte ich dankend ab. Nee, auf Sabines Eltern hatte ich heute wirklich keine Lust.
Kurzfristig überlegte ich, doch zu meinen Eltern zu fahren, konnte mich aber auch dazu nicht aufraffen. Habe das Ganze auf morgen verschoben. Mal sehen, ob das was wird. Statt leidiger Pflichtbesuche dann erst einmal eine halbe Stunde lang planlos durch die Fernsehprogramme geschaltet. Dabei bleiern müde geworden und mich deshalb ins Bett zurückgezogen. Als ich wieder aufwachte, war es halb sechs, und ich hatte leichte Kopfschmerzen und schlechte Laune. Eigentlich wollte ich dann ein bisschen Fahrrad fahren, aber ich konnte mich schlussendlich auch dazu nicht durchringen. Ich war einfach zu träge, und außerdem nieselte es draußen. Deshalb wieder ferngesehen, in einigen Büchern geblättert und gegessen und Bier getrunken.

Vorhin rief Sabine an. Sie ist wieder bei sich zu Hause, und ich werde wohl gleich noch zu ihr radeln. Da nehme ich dann aber einen großen Umweg, denn ich brauch nach diesem vertrödelten Tag einfach noch ein bisschen Bewegung. Übrigens las ich vorhin beim Blättern in einem P.G. Wodehouse-Roman eine sehr hübsche Formulierung für Fahrradfahrer: „Velozipedist". Vielleicht etwas angestaubt, aber wirklich bezaubernd.

Montag, 20. Oktober
Ein bisschen mit Frau Harms aus der Dispoabteilung ausgewesen. Was mich an dieser Frau immer wieder fasziniert, ist die Tatsache, dass sie tatsächlich noch mehr redet als ich. Sabine kann uns deshalb auch eigentlich nicht gemeinsam ertragen, weil sie dabei nie zu Wort kommt und nach einem Treffen von der Quantität der auf sie einprasselnden Informationen immer vollkommen erschlagen ist und zu Kopfschmerzen neigt. Frau Harms aus der Dispo erzählte viel von ihrem augenblicklichen Lover Matthias, den ich auch vom Sehen kenne und allein schon vom Äußeren zutiefst unsympathisch finde. Ich weiß wirklich nicht, wo sie diese Typen immer wieder auftut und vor allem, was sie von denen will. Na, sie muss es selber wissen, sie ist alt genug, und nicht nur ich habe ihr schon mehrmals gesagt, dass sie von solchen Ärschen die Finger lassen soll. Aber wie es halt üblich ist, hört man auf gutgemeinte Ratschläge von Freunden nicht so gern. Immerhin scheint der Herr von einer erstaunlichen Omnipotenz zu sein, wenn ich ihren Schilderungen Glauben schenken darf. So leistungsfähig war ich nicht einmal mit 18. Ich hoffe für sie, dass auch wirklich stimmt, hege da aber gewisse Zweifel. Vielmehr vermute ich, dass sie da ein bisschen übertreibt, damit sie wenigstens etwas Positives über ihn zu berichten weiß.

Dienstag, 21. Oktober
Doofer Tag auf der Arbeit! Ich wachte heute morgen mit Kopf- und Gliederschmerzen auf. Zwar wars dann auf der Arbeit dank einiger Aspirin besser, aber richtig fit fühlte ich mich nicht, und die trockene Büroluft war sicherlich auch nicht das Beste.

Mittwoch, 22. Oktober
Bei mir bahnt sich wohl eine Erkältung an, jedenfalls fühle ich mich sehr matt und erschöpft, und mir ist auch ein bisschen kalt. Die Kopf- und Gliederschmerzen sind auch nicht besser, eher im Gegenteil. Vorsorglich habe ich den ganzen Tag über Aspirin geschluckt und vorhin

ein heißes Bad genommen. Jetzt liege ich, von einer Decke umhüllt, auf der Couch und schalte durch die Fernsehprogramme. Gerade habe ich Sabine angerufen und ihr mein Leid geklagt. Die meinte aber nur, dass ich doch alle zwei Wochen glaube, eine Erkältung zu bekommen und meistens werde daraus nichts, sondern am nächsten Tag ginge es mir wieder gut. Na, nachher kommt sie vorbei, und vielleicht umsorgt sie mich dann ja lieb, denn es ist doch ganz hübsch und angenehm, wenn einem der Partner praktisch jeden Wunsch von den Augen abliest, weil man krank ist. Ich habe auch an meine Erkältungen in der Kindheit nur die besten Erinnerungen. Ich lag da den ganzen Tag in meinem Bett, und meine Eltern stellten mir in meinem Zimmer den kleinen Schwarzweißfernseher auf, der sonst immer im Bügelzimmer stand. Dort hielt ich Bettruhe, schaute unheimlich viel Fernsehen, und wenn ich nicht Fernsehen guckte, las ich Enid Blyton-Bücher oder hielt ein kleines Nickerchen. Ab und an brachte meine Mutter mir eine Tasse heiße Zitrone ans Bett, und auch zum Abendbrot blieb ich oft im Bett, und da gabs immer einen Teller mit Schnittchen und Tomate oder Gurke. Ich liebte meine Erkältungen. Und darum ist es doch auch kein Wunder, dass ich auch heute noch ähnlich fürsorglich umgarnt werden möchte. Das Gleiche würde ich natürlich auch für Sabine machen, nur ist die praktisch nie krank.

Außerdem hat sie leider Recht damit, dass aus meinen sich anbahnenden Erkältungen dann oft gar nichts Richtiges wird, aber jetzt hoffe ich natürlich aus Trotz, dass es mich diesmal wirklich heftig erwischt, nur um ihr das Gegenteil ihrer Äußerung zu beweisen.

Freitag, 24. Oktober
Na toll. Mein Schädel fühlt sich an, als ob er gleich platzen würde, die Nase ist komplett dicht, und mir tut alles weh. Außerdem schlägt mir die Erkältung auch auf die Ohren, so dass ich miserabel höre. Deshalb mussten die Leute mir das meiste zweimal sagen, das nervte mich ungemein, und davon habe ich zum Schnupfen zusätzlich auch noch schlechte Laune bekommen. Wie immer, wenn ich eine heftige Erkältung habe, leide ich unter eiseskalten Händen und Füßen. Und wenn ich kalte Füße habe, muss ich ständig pinkeln. Das war vielleicht ein Gelaufe deswegen auf der Arbeit. Blöd wie ich bin, ging ich heute nämlich noch ins Büro und keuchte und schnaufte mich mehr schlecht als recht durch den mir unendlich lang vorkommenden Arbeitstag.

Zum Glück ist ja nun Wochenende. Obwohl ich so glücklich darüber nun auch nicht bin. Denn wahrscheinlich werde ich die nächsten bei-

den Tage größtenteils im Bett liegen, und das ist nicht gerade das, was ich mir unter gelungener Freizeitgestaltung vorstelle. Die Verabredung mit Sven für heute abend habe ich jedenfalls schon abgesagt, weil ich mich dafür zu elend fühle. Und Sabine ist auch nicht da, weil sie etwas mit einer Freundin macht.
Das ist doch alles ausgesprochen betrüblich.

Sonntag, 26. Oktober
Sonntagabend. Das war ja wirklich ein tolles Wochenende. Und was habe ich Depp am Donnerstag noch geschrieben: „Aus Trotz hoffe ich, dass es mich heftigst erwischt."
Bravo, es hat mich heftigst erwischt. So miserabel ging es mir schon lange nicht mehr. Den größten Teil des Wochenendes verbrachte ich im Bett, und wenn ich einmal aufstand, dann, um ein Erkältungsbad zu nehmen, Kamille zu inhalieren oder weitere Aspirin einzunehmen. Kopfschmerzen hatte ich, jeder Knochen tat mir weh, Appetit wiederum hatte ich keinen. Zum Glück schlief ich ziemlich viel, aber wenn ich nicht schlief, war mir auch noch entsetzlich langweilig. Denn mir war so elend, dass ich nicht einmal fernsehen wollte oder lesen. Außerdem stach das helle Tageslicht dermaßen in den Augen. Deshalb lag ich bei geschlossenen Gardinen im Halbdunkeln und ärgerte mich über diese beschissene Erkältung. Dementsprechend ungnädig war ich, geradezu ein Ausbund schlechter Laune. Trotzdem hielt es Sabine das Wochenende erstaunlich geduldig neben mir aus. Sie kam ziemlich oft vorbei, machte mir etwas zu essen, brachte mir heiße Zitrone ans Bett und ließ mir Erkältungsbäder in die Badewanne ein. Ach, sie ist schon eine Gute. Vielleicht sollte ich das auch einmal sagen. Das ist ja doch das Seltsame an Partnerschaften oder auch an Freundschaften: Da ist jemand, den man mag und der gut zu einem ist, aber das sagen oder sich dafür bedanken, dass man ihn kennt oder-was-weiß-ich tut man dann doch nicht. Obwohl es nichts kostet.
Hm, ich weiß nicht, vielleicht ist es einem doch irgendwie zu peinlich, so etwas zu sagen. Und wahrscheinlich wäre die angesprochene Person darüber doch auch arg verwundert. Aber gefallen würde es ihr wahrscheinlich schon. Doch man machts halt nicht.
Immerhin scheint die Umsorgung durch Sabine eine gewisse Wirkung zu zeigen. Mir geht es inzwischen doch um einiges besser als noch gestern. Und morgen gehe ich auch zur Arbeit. Erstens schreibt einen wegen einer banalen Erkältung kein Arzt krank, zweitens fällt mir hier langsam die Decke auf den Kopf.

Montag, 27. Oktober
Habe mich im Büro ziemlich gequält. Trotzdem war ich durch die Arbeit (sonderlich viel habe ich allerdings nicht geschafft) recht gut von der blöden Erkältung abgelenkt. Ich gönnte mir auch zahlreiche Päuschen, um mir eine heiße Zitrone zu machen oder ein Aspirin einzunehmen. Zudem suchte ich so manche unserer bezaubernden weiblichen Mitarbeiterinnen auf und ließ mich ob meiner Erkältung gehörig bedauern. Die Mitleidsmasche zieht doch immer wieder erstaunlich gut! Auch schön: Wellmann machte in der Zeit ohne zu murren meine Arbeit mit. Eigentlich könnte es jeden Tag so im Büro sein.
Jetzt ist früher Abend, und ich liege gemütlich in meine Wolldecke eingewickelt auf der Couch und schaue fern. Ab und zu nippe ich an meinem Melissengeistheißgetränk, das sehr gut schmeckt und zudem angenehme Erinnerungen an die Kindheit weckt. Und Sabine steht in der Küche und macht superleckere Tomatentoasts, die sie mir gleich hierher bringen wird. Langsam finde ich wieder Gefallen an meiner Erkältung.

Mittwoch, 29. Oktober
Die Erkältung wird immer weniger, so schlimm war es wohl doch nicht, sonst hätte die Sache bestimmt länger gedauert. Obwohl ich mich am Sonnabend schon ziemlich übel fühlte. Natürlich bin ich längst noch nicht wieder richtig fit, und mein Taschentuchverbrauch ist immer noch verdammt hoch. Aber heute hatte Sabine diese enge Hose an, und das sah schon sehr lecker aus, und vor ein, zwei Tagen wären mir solche Äußerlichkeiten noch komplett egal gewesen.

Donnerstag, 30. Oktober
Heute das Treffen mit Sven nachgeholt. Ich hielt mich beim Trinken stark zurück, das fand Sven gut, denn um so mehr war für ihn da. Als er gegen Mitternacht aufbrach, zeigte der Alkohol erhebliche Wirkung bei ihm. Ich hatte ihn noch mit nach draußen begleitet und beobachtete interessiert seinen wenig erfolgreichen Versuch, mit dem Fahrrad loszufahren. „Das lasse ich lieber", meinte er dann auch gleich, „ich habe doch nicht vier Jahre eine Zahnspange getragen, um mich jetzt mit dem Fahrrad auf die Fresse zu legen und mir alle Zähne auszuschlagen." Als er schließlich, sein Rad schiebend, lostrabte, rief er mir noch zu: „Zur Uni gehe ich morgen auch nicht, ich muss erst einmal ausschlafen." Das hätte er mir gar nicht sagen müssen, ich kenne ihn doch, der Kerl geht doch eh so gut wie nie zur Uni.

Sonnabend, 1. November
Meiner Lady und mir fiel heute beim Frühstück siedendheiß ein, dass ja relativ bald noch ein furchtbar abscheulicher Termin anliegt: Silvester! Letztes Jahr waren wir auf dieser Riesenfete von Patrick und Diana und das war komplett Scheiße! Wir überlegten ziemlich lange, um für diesen doofen Termin etwas Passendes zu finden, und Sabine hatte schließlich die geniale Idee, doch einfach für diese Zeit zu zweit wegzufahren. So eine Woche für uns, schön ruhig, das wäre prima. Schnell wussten wir auch, wohin wir wollen: nach Dänemark! Da ist es angenehm langweilig, von jedem Trubel fern. Wir waren beide schon mehrere Male als Kinder im Urlaub in Dänemark gewesen, aber bisher immer im Sommer. So eine kleine kuschelige Hütte nur für uns, draußen rauher Wind und Schnee, doch, das könnte wirklich nett werden. Sabines Eltern haben schon einmal den Jahreswechsel in Dänemark verbracht, und die waren total begeistert. Und ich glaube, uns könnte es dort auch gut gefallen. In die Sonne fliegen wollen wir jedenfalls beide nicht, denn im Winter wünschen wir Winter und nicht Sommer.
Wenn Sabine gleich im Bad fertig ist, fahren wir noch ins Reisebüro und besorgen uns Reiseprospekte.

Sonntag, 2. November
Reisefieber. Gestern und heute zahlreiche dickleibige Kataloge gewälzt und jetzt erst einmal acht Ferienhäuser vorausgewählt. Die Dame im Reisebüro riet uns, gleich mehrere Häuser ins Auge zu fassen, denn Silvester ist in Dänemark Hochsaison, und da ist jetzt schon ziemlich viel gebucht. Na, eins der Häuser wird wohl frei sein!
Das sind alles eher kleinere Hütten, denn wir sind ja nur zu zweit, und so ein Riesending mit Sauna und Whirlpool brauchen wir deshalb auch nicht. Wäre auch eh viel zu teuer, und die Reisebürofrau sagte, dass diese großen Häuser sowieso zuerst ausgebucht sind, weil über Silvester oft zwei, drei befreundete Familien gemeinsam ein Haus mieten. Für uns ist nur wichtig, dass unser Haus einen Kaminofen hat, denn der darf einfach nicht fehlen. Wir haben schon einiges Organisatorisches geklärt: Von meiner Mutter können wir für die Woche ihren Wagen bekommen, und von Sabines Eltern gibts reichlich Feuerholz, denn das ist in diesen Ferienorten sehr teuer.
So, morgen nach der Arbeit buchen wir den Urlaub.

Montag, 3. November
Prima, der Urlaub ist gebucht. Wir fahren am, Sonnabend den 27., und

kommen am darauffolgenden Sonnabend zurück. Von den in Frage kommenden Häusern waren immerhin noch drei frei, und wir haben jetzt das gewählt, das am nächsten zum Meer ist. Vom Komfort und Preis waren die eh alle ziemlich gleich. Laut Prospekt sind es vom Haus bis zum Strand nur 400 Meter, das ist natürlich wirklich gut, da müssen wir nicht so weit laufen, und nachts, wenn wir im warmen Bett liegen, ist vielleicht sogar die Brandung zu hören.

Dienstag, 4. November
Da ich schon seit Wochen nichts mehr von Udo gehört habe, rief ich heute bei ihm an. Natürlich war er nicht da. Ich sprach ihm aber auf den Anrufbeantworter, dass er sich endlich mal wieder melden soll. Ich hätte Lust auf einen gepflegten Herrenabend mit ihm.

Mittwoch, 5. November
Wir haben das herrlichste Herbstwetter! Windstille und Sonnenschein. Ja, so muss der Herbst sein. Das läßt doch das Herz frohlocken. Klar, Sturm und Regen kann auch sehr hübsch sein. Vielleicht bei so einem Wetter, angekleidet mit Troyer und der guten wind- und regenfesten Wachsjacke, erst einen Spaziergang. Und dann, wenn man gerade hübsch durchgefroren ist, nach Hause. Dort wird in die Filzhausschuhe geschlüpft, dann werden Kerzen angezündet, eine Tasse Tee gekocht und ein Gläschen Portwein eingeschenkt, um es sich schlussendlich in eine Wolldecke eingehüllt auf dem Sofa gemütlich zu machen und in einem englischem Kriminalroman aus den 20er Jahren zu lesen. Ab und an peitscht der Regen gegen die Fensterscheiben, und dann schauert es einen wohlig. Schade, dass ich keinen Kamin habe, denn ein prasselndes Kaminfeuer würde dieses Ambiente komplett perfekt machen.
Ich denke, solche Regentage kommen bis zum Frühling noch genug, und deshalb erfreue ich mich auch am Sonnenschein. Zwar ist es morgens schon saukalt, und außerdem habe ich gerade eine Monatskarte für die Straßenbahn gekauft, trotzdem hätte ich nicht wenig Lust, ab morgen wieder mit dem Fahrrad zur Arbeit zu fahren, bei dem Wetter macht das nämlich Spaß. Außerdem saß mir heute in der Straßenbahn ein Herr gegenüber, der ganz und gar nicht den Eindruck machte, als ob er täglich die Unterwäsche wechsle. Und als ich am Montagabend von der Arbeit heimfuhr, war da ein anderer Herr im Wagen, der unter einem ekligen Abhusten litt. Hätte ich den am Morgen, wo mein Magen noch nicht sonderlich standfest ist, in der Bahn gehabt, wäre

mir – glaube ich – das Frühstück hochgekommen.
Ja, ich denke, es steht fest: Wenn es morgen früh nicht Scheiße regnet, fahre ich mit dem Rad.

Donnerstag, 6. November
Sehr gut: Ich radelte heute tatsächlich mit meinem prima Damen-Hollandrad mit Torpedo-Dreigangschaltung zur Arbeitsstätte. Auf dem Hinweg wars allerdings wirklich noch verflucht kalt. Naja, die Temperaturen liegen, solange die Sonne noch nicht richtig draußen ist, beim Gefrierpunkt. Nachts haben wir sowieso schon des öfteren an die null Grad gehabt. Doch Fuchs, der ich nun einmal bin, hatte ich natürlich Handschuhe und Mütze angezogen. Auf dem Rückweg war das Wetter so gut, dass ich von der Arbeit nicht direkt nach Hause radelte, sondern noch durch den Bürgerpark gondelte und anschließend noch kurz bei meinen Eltern vorbeischaute. Über 20 Kilometer bin ich heute insgesamt gefahren, gar nicht so übel. Solange das Wetter noch so schön ist, werde ich auch weiterhin das Rad benutzen. Denn das Radfahren pustet ja wirklich ganz vorzüglich durch. Heute morgen kam ich gar nicht müde auf der Arbeit an, und nach der ausgedehnten Heimtour war ich auch wieder frisch und munter. Solche Körperzustände bleiben mir beim Straßenbahnfahren zumeist verwehrt.
Ach ja, bei Sonnenschein ist der Herbst doch die schönste Jahreszeit. Obwohl der Sommer eigentlich auch sehr schön ist. Und der Winter ebenfalls. Der Frühling sowieso. Hm, kurz drüber nachgedacht und festgestellt: Eigentlich sind alle Jahreszeiten schön. Schön ist aber auch, dass ich alle Jahreszeiten schön finde. Denn wenn man eine Jahreszeit gar nicht schön findet, dann fühlt man sich in dieser Jahreszeit vielleicht unwohl und hofft nur, dass sie bald vorbei ist. Bei mir ist das aber nicht so. Ist das alles schön, wirklich wunderschön.
Aha, offensichtlich habe ich inzwischen allzu viel Portwein intus und werde gefühlsduselig. Ich bin inzwischen nicht unerheblich betrunken. Komisch, das Zeug knallt bei mir immer so. Mir ist jetzt aber auch schön warm. Genug für heute, gute Nacht.

Sonntag, 9. November
Ich möchte wirklich zu gern wissen, was andere Leute so am Wochenende machen. Ob die immerzu aufregende Dinge unternehmen und erleben? Bei mir jedenfalls ist das nicht der Fall. Mein Wochenende war komplett ereignislos. Ich meine, natürlich ist etwas passiert, aber ich halte doch nicht jeden Lebensmitteleinkauf, jedes Telephonat und

jeden Poppvorgang schriftlich fest. Also: Von diesem Wochenende gibt es nichts Festhaltenswertes zu berichten.

Montag, 10. November
So eine vermaledeite Scheiße! Es ist drei Uhr nachts, ich bin kaputt, verschwitzt und hellwach. Ich habe gerade einen drei Kilometer langen Fußmarsch hinter mir. Mit Sven war ich nämlich heute abend auf einem Musikkonzert. Da die Band am anderen Ende der Stadt spielte, nahmen wir die Citybahn dorthin. Das Wetter war gut, und deshalb fuhr ich von meiner Wohnung mit dem Fahrrad zum Bahnhof. Da wartete auch Sven mit seinem Velo. Uninformierte hätten jetzt sicherlich ihre Räder am Bahnhof angeschlossen und bei der Rückkehr vielleicht nur noch das Schloss vorgefunden, denn irgendwelche Arschlöcher klauen da die Fahrräder ohne Ende. Gewitzt wie wir dagegen sind, gings mit unseren Fahrrädern zum Autoparkhaus auf der gegenüberliegenden Seite des Bahnhofs. Im Parkhaus gibt es nämlich für Räder einen bewachten Stellplatz, der sogar kostenlos ist. Eine Supergeschichte, finde ich. Und manchmal, wenn ich aus der Citybahn aussteige und am Bahnhof ein Bügelschloss sehe, das nur noch ein einsames Vorderrad sichert, dann reibe ich mir vergnügt die Hände und beglückwünsche mich ob meiner Cleverness.
Jedenfalls fuhren Sven und ich zum Konzert, und die Band war wirklich prima. Naja, ich meine, wer Lieder wie „Du wirst dich noch für deinen Ziegenbart schämen" oder „Ich hasse euch für eure Kleinkunst zutiefst" spielt, kann nicht ganz schlecht sein. Was mich höchstens ein bisschen störte, war, dass die Jungs auf der Bühne gerade mal über 20 waren, und das Publikum war auch nicht älter, und irgendwie fühlte ich mich da manchmal scheußlich alt, und das ist gar nicht so schön!
Trotzdem, die Band war prima, und das fanden die anderen Zuhörer auch, was wiederum die Band merkte und deshalb Stück um Stück spielte. Dementsprechend spät endete auch das Konzert. Sven und ich trabten zufrieden zum Bahnhof zurück, um dort die Citybahn in Richtung Heimat zu besteigen. Am Bahnhof angekommen, stellten wir rasch fest, dass die Bahnen nach Mitternacht nur noch ausgesprochen selten fahren und wir jetzt noch fast eine Stunde Zeit hatten. Auf dem öden Bahnhof wollten wir auf keinen Fall warten, denn da roch es streng nach Pisse (komisch, das haben Bahnhöfe und auch Unterführungen so an sich – keine Ahnung, warum Menschen sich gerade da immer erleichtern müssen).Also zogen Sven und ich los, um irgendwo noch ein Bier zu trinken. Bei unserer Suche stellten wir rasch fest, dass die-

ser Teil unserer schönen Heimatstadt bis auf das Veranstaltungszentrum vollkommen verschlafen ist. Jedenfalls fanden wir keine Kneipe, nur einen Imbiss, und der hatte schon dicht. Und es gibt doch kaum etwas Dooferes, als nachts um halb eins, wenn es schon ziemlich kalt ist, ziellos herumzulaufen, das ist wirklich Zeitdehnung pur. Schließlich war aber der Zug da, und eine halbe Stunde später standen wir vor dem Parkhaus, bereit für unsere Fahrräder. Ei, war das Scheiße, denn dieses Parkhaus schließt, wie wir jetzt wissen, unter der Woche um ein Uhr nachts. Also keine Fahrräder. Busse und Straßenbahnen fuhren natürlich auch kaum mehr um diese Zeit, da hätten wir noch einmal ellenlang warten müssen. Also konnten wir nach Hause laufen. Gar keine Supergeschichte. Das Einzige, was mich auf meinem Marsch ein wenig erheiterte, war, dass ich nur drei Kilometer vor mir hatte, Sven aber fast fünf (es könnte also gut sein, dass er jetzt noch gar nicht daheim ist!). Zum Glück kam ich auf meiner Wanderung an einer Tankstelle vorbei, die 24 Stunden geöffnet hat. Dort kaufte ich mir erst einmal eine Dose Bier. Da ich nämlich einen forschen Schritt am Leibe hatte, war ich trotz der Kühle ganz schön ins Schwitzen geraten und hatte dementsprechend Durst.
Jetzt werde ich auch langsam müde, muss in vier Stunden aufstehen und darf morgen nicht vergessen, mein Rad abzuholen.

Dienstag, 11. November
Mein Schlachter hat den ganzen Mund voll neuer Jacket-Zähne. Schön groß, die machen bestimmt was her und haben sicherlich ein Vermögen gekostet. Er bleckte den Mund immer ganz seltsam (er muss sich wohl auch erst daran gewöhnen?), so dass ich sie selbst aus gebührender Entfernung schon betrachten konnte. Sieht das alles in allem Scheiße aus. Aber seine Wurstwaren sind wirklich gut.

Donnerstag, 13. November
Es gibt Tage, da sollte man gleich gar nicht aufstehen!
Schon beim Erwachen spürte ich heute, dass dieser Tag keinesfalls als besonders gelungen in die Annalen eingehen würde. Und so wars denn auch prompt.
Nicht dass irgendetwas besonders Scheußliches, Unangenehmes oder Schreckliches passiert wäre. Nein nein, so wars auf keinen Fall. Ungeschickt, klein und unsicher fühlte ich mich heute von Anfang an. Und dieses Gefühl strahlte ich auch offensichtlich kräftigst aus. Alle Leute starrten mich heute mit dem Was-ist-das-denn-für-ein-Trottel-Gesicht an.

Und:
Natürlich war heute morgen im Bad der Deostift alle.
Natürlich verschüttete ich auf der Arbeit Kaffee auf die Hose.
Natürlich hatte mein bevorzugtes Fischgeschäft, in dem ich mir einige Austern gönnen wollte, heute aus irgendwelchen mysteriösen Gründen zu.
Eigentlich alles gar nicht so schlimm, aber bei der heutigen Gefühlssituation doch schlimm genug.
Mir ist jedenfalls gründlichst die Petersilie verhagelt!!

Freitag, 14. November
Pärchenabend mit Ilka und Stephan. Wir haben uns im neuen Kinocenter getroffen, wirklich gut da. Das Ding hat nämlich nicht nur große Kinosäle mit einer schönen großen Leinwand und ein phantastisches Soundsystem. Auch vor dem Filmprogramm gibt es dort angenehme Zerstreuungsmöglichkeiten wie zum Beispiel eine Cocktailbar. Da saßen wir natürlich drinnen, und es gefiel mir (aber ich glaube, den anderen auch) ausnehmend gut. Nach dem Film dann noch weitergezogen in eine Kneipe. Ich weiß auch nicht, irgendwie sind Ilka und Stephan nicht so das Paar, mit dem man unbedingt in einen Club zum Tanzen geht, ich glaube, mit den beiden haben wir das noch nie gemacht. Aber man muss ja nicht unbedingt immer tanzen gehen, das ist ja auch auf Dauer langweilig. Jedenfalls erzählten uns die zwei, dass sie ernsthaft auf der Suche nach einer Eigentumswohnung sind. Na, sie sind ja schon seit einer Ewigkeit ein Paar und seit einer halben Ewigkeit wohnen sie auch zusammen. Dieser Schritt passt zu ihnen, und ich kann mir auch gut vorstellen, dass die beiden irgendwann in nächster Zeit heiraten werden. Und das ist überhaupt nicht negativ gemeint, denn die sind einfach eine prima Symbiose, die passen perfekt zusammen und sind mit den Dingen, die sie sich überlegen, immer so schön im Reinen. Mein Weg ist das nicht, und ich glaube auch, das weiß Sabine sehr gut und das findet sie eigentlich gar nicht wunderbar.

Sonnabend, 15. November
Gestern abend noch mit zu Sabine. Heute lang ausgeschlafen, lang gefrühstückt, lange ferngesehguckt.

Sonntag, 16. November
Papis Geburtstag. Deshalb fuhren wir heute nachmittag zu meinen Eltern. Wir hatten ein prima Geschenk, das meinem Vater auch sehr gut

gefiel. Er hat ja dieses über vierzig Jahre alte Motorrad, mit dem er manchmal herumfährt, aber meistens ist er am Basteln. Und dafür entdeckten Sabine und ich bei einem Spezialantiquariat einen Originalprospekt für eben diesen Motorradtyp, und der gehört jetzt meinem Vater. Neben uns waren noch einige Freunde meiner Eltern da. Ich saß aber neben dem Nachbarn meiner Eltern, Günter Wagner. Früher nannte ich ihn „Onkel Günner", das mache ich aber jetzt nicht mehr. Während seine Frau Traudl die Runde mit schweinischen Witzen unterhielt, schenkte er mir immer wieder beträchtliche Mengen Schnaps ins Glas und nötigte mich zum Trinken, denn so jung wie heute kämen wir nicht mehr zusammen. Günter Wagner ist nicht nur der hartnäckigste Schnapseinschenker, den ich kenne, er ist ist auch der beste Aalräucherer der Welt. In seiner Freizeit kauft er von einem befreundeten Fischhändler lebende Weseraale. Die schlachtet er dann in seinem Schuppen, nimmt sie aus und räuchert sie. Ein ungewöhnliches Hobby, aber seine Freunde profitieren davon, weil er ihnen immer wieder zum Selbstkostenpreis Aale überlässt. Deshalb habe ich in meiner Kindheit und Jugend auch bestimmt eine Million Räucheraale oder so gegessen, weil meine Eltern immer welche bekamen. Vorhin fragte er mich, ob ich denn einen mitnehmen wolle, er habe gestern zum letzten Mal in diesem Jahr geräuchert. Klar wollte ich. Deshalb gingen wir noch rüber zu ihm, und er packte mir ein Riesenvieh ein, der im Laden bestimmt das Dreifache gekostet hätte. Ich musste aber im Schuppen noch ein Bier mit ihm trinken, und da wars wirklich arschkalt, und dann schmeckt mir Bier eigentlich nicht sonderlich, aber bei Günter kann man natürlich nicht „nein" sagen. Jetzt bin ich zu Hause, und Sabine mag keinen Aal. Gut, umso mehr bleibt für mich.

Montag, 17. November
Seltsam, das erste Mal, dass es mich im Herbst nach der Sonne zieht. Ich wäre jetzt gern im Süden, die größte Sommerhitze vorbei, aber doch immer noch wohlig warm.
Ich habe heute schon zweimal ein wärmendes Fußbad genommen.
Ist das der Beginn des Alters?

Dienstag, 18. November
Der Tag fing heute nicht sonderlich gut an, denn das Weißbrot war verschimmelt.
Das ist doch doppelt Scheiße: Zuerst muss ich zu einer nachtschlafenen Zeit aufstehen, und dann ist auch noch das Toastbrot, das ich erst vor drei

Tagen gekauft und im Kühlschrank gelagert habe, hin.
Dabei sind mir während der Arbeitswoche beim Frühstück reibungslose Abläufe geradezu heilig.
Da will ich in meiner Tageszeitung blättern, eine Tasse Schwarztee trinken und zwei getoastete Scheiben Weißbrot mit Margarine und Käse und Wurst essen. Basta. Irgendwelche Störungen in dieser Prozedur sehe ich als persönlichen Angriff an. Heute morgen musste ich nun auf Schwarzbrot ausweichen, und das kriege ich zu solcher Zeit nur mit größten Mühen herunter. Schrecklich! Allerdings, das gebe ich gerne zu, nicht annähernd so schrecklich wie die Phase, als die Zeitung wegen eines Streiks 14 Tage nicht erschien. Waren das freudlose Frühstücke! Da ich in der Frühe noch keine Bücher lesen kann, aber unbedingt Ablenkung brauche, las ich schließlich die Fernsehzeitschrift (mitsamt des darin befindlichen Liebesromans).
Auf der Arbeit wars leidlich erträglich, nichts Besonderes vorgefallen. Hm, etwas Besonderes passiert auf der Arbeit eigentlich nie. Vielleicht auch gut so, denn sonst droht womöglich einmal der Herztod, und wegen der Arbeit will ich auf gar keinen Fall meine Gesundheit schädigen oder gar das Leben verlieren.
Das Mittagessen war sehr nett, ich machte zusammen mit Frau Harms aus der Dispoabteilung Pause, und mit ihr geht es ja immer recht heiter zu. Außerdem gabs in der Kantine Nürnberger Rostbratwürstchen und Kartoffelbrei, und das schmeckte mir ausnehmend gut. Und jetzt hole ich Sabine ab, und dann fahren wir in die Sushi-Bar, und das ist doch ein sehr versöhnlicher kulinarischer Abschluss nach dem Ärgernis heute morgen.

Mittwoch, 19. November
Opa Willi aus der Wohnung über mir hat sie wirklich nicht mehr alle. Als ich vorhin von der Arbeit und mit Einkaufstaschen beladen auf mein Wohnhaus zutrabte, hörte ich hinter mir das Geräusch einer Dampflok. Normalerweise fahren aber keine Dampfloks auf dem Gehweg. Vor allem nicht in meiner Wohngegend. War auch gar keine Dampflok. Sondern Opa Willi, der wirklich ganz verblüffend echt dieses Geräusch nachzuahmen verstand. Aber trotz meiner ehrlich vorhandenen Bewunderung für diese gekonnte phonetische Darbietung muss ich leider sagen: Ganz auf der sauberen Seite ist Opa Willi nicht mehr. Muss unbedingt bei ihm vorbeischauen, ob er noch alleine zurechtkommt!

Donnerstag, 20. November
Hatte vergangene Nacht einen doch recht skurrilen Traum, welcher der

Notation wert ist. Vor allem, weil ich mich selten so genau an meine Träume erinnere. Aber kaum, dass ich das geträumt hatte, wachte ich auf und musste pinkeln. Deshalb ist er mir wohl auch im Gedächtnis geblieben. Und während ich zur Toilette schlurfte, dachte ich schon, was ich doch manchmal für heitere Sächelchen träume. Also, hier der Traum: Eine Geschäftsfrau, die mit einem Handy telephoniert, und ich sitzen auf Stühlen im Freien und schauen eine stark abschüssige, kopfsteingepflasterte Geschäftsstraße herunter. Und zwar ist das keine deutsche Geschäftsstraße, sondern so eine englische in nicht sonderlich guter Gegend mit vielen geschlossenen und mit Holz verrammelten Läden. Plötzlich biegt am unteren Ende der Straße die Poplegende David Bowie mit einem silbernen Bonanzafahrrad um die Ecke und fährt zu uns hin. Als David Bowie sein Bonanzafahrrad vor uns stoppt, telephoniert die Frau ungerührt weiter, und deshalb erzählt David Bowie nur mir, dass ein Immobilienhändler aus dem Oberbayerischen diese gesamte Geschäftsstraße gekauft hat. Und irgendwie finde ich es total scheiße, dass ein Immobilienmakler aus dem Oberbayerischen das alles nun besitzt, und werde darüber total sauer. Zum Glück hat die telephonierende Frau zwei Spielzeugpistolen bei sich, und eine davon schnappe ich mir. Damit schieße ich dann auf David Bowie, und aus der Pistole kommen ganz viele Funken heraus und versengen das Vorderrad des silbernen Bonanzafahrrads und das linke Hosenbein von David Bowie. Das findet der aber gar nicht gut und radelt ganz schnell weg. Traum zu Ende.
Was das wohl zu bedeuten hat? Sowas steht wahrscheinlich in keinem dieser doofen Traumdeutungsbücher!

Freitag, 21. November
Heute abend haben Sabine und ich uns zahlreiche Videos ausgeliehen. Davor reichlichst mit verschiedenen Alkoholika und Knabbergebäck bevorratet. Das wird ein faules Wochenende!

Sonnabend, 22. November
Es ist wirklich prima, dass Sabine im Schlafzimmer Fernseher und Videorekorder hat. Im Bett liegen, Filme gucken, Alkohol trinken und leckere Dinge in sich hineinstopfen ist eine gute Beschäftigung für einen Sonnabend. Draußen ist es zudem schön neblig, und wir werden bestimmt die Wohnung heute nicht mehr verlassen.

Sonntag, 23. November
Waren gerade Schwimmen, weils nun auch genug war mit Im-Bett-

Rumliegen. Hm, stelle gerade beim Blättern fest, dass der letzte Schwimmhallenbesuch auch schon wieder über einen Monat zurückliegt. War wohl nichts mit beginnendem Fitnesstraining. Naja, aber nun habe ich ja was gemacht, und das ist doch schon prima, denn wir hätten ja den heutigen Tag auch noch im Bett verbringen können.

Montag, 24. November
Heute haben wir uns nach langer Zeit wieder einmal mit Diana und Patrick getroffen. Das war wirklich ein erstaunlich lahmer Abend. Irgendwie liefen irgendwann alle Gespräche ins Leere, und Sabine und ich waren emsig bemüht, das Ganze immer wieder in Schwung zu bringen. Nee, wirklich, die beiden waren heute so dröge wie alte Butterkekse, ich weiß auch nicht, so schrecklich gesetzt, verbiedert geradezu, ich kann das gar nicht genau definieren. Dabei hatten wir früher doch wirklich sehr viel Spaß zusammen. Aber offensichtlich haben wir uns schleichend – und somit lange Zeit unbemerkt – in gegensätzliche Richtungen entwickelt und uns deshalb immer weniger, ja eigentlich gar nichts mehr zu sagen. Jetzt freilich fällt die Auseinanderentwicklung doch sehr klar auf. Naja, mit Mühe und Not haben wir den Abend über die Runden gebracht. Aber Sabine und ich waren danach vom Konversationsmachen regelrecht erschöpft. Ob es den anderen beiden ähnlich geht?
Sabine jedenfalls meinte gerade: „Vielleicht müssen wir uns wirklich mal fragen, was einen mit Diana und Patrick überhaupt noch verbindet." Ich glaube, die Antwort auf eine solche Fragestellung würde nicht sonderlich günstig für den Erhalt der Freundschaft ausfallen.

Mittwoch, 26. November
Ende des Monats:
Kontoauszug von der Bank geholt. Schlimm im Minus. Aus Trotz Sabine in die Sushi-Bar eingeladen. Natürlich eine komplette Irrsinnsaktion, denn nun sind wieder einige Scheine weg, und der neue Monat ist noch nicht näher. Trotzdem: Das Essen war sehr lecker.

Donnerstag, 27. November
Ich wollte „Charade" mit Cary Grant und Audrey Hepburn per Videogerät aufzeichnen. Ein wunderbarer Film mit wunderbaren Dialogen und wunderbaren Schauspielern. Der Film lief mittags im Fernsehen. Habe heute morgen den Videorekorder progammiert. Anfangs- und Schlusszeit waren korrekt eingegeben, aber nicht der Sender. Statt „Charade" war ein

Bericht „Über den Brauch der Wiener Hausmeisterinnen, sich eine Wildgans als Singvogel zu halten" der Dokumentarfilmer Hulesch und Quenzel auf dem Videoband.
Vor Grimm getobt. Deshalb minutenlanges Treten mit dem linken Fuße gegen die Wohnzimmerwand.
Anschließend den Abend liegend auf dem Sofa verbracht, mit Eisbeutelverband um den stark gestauchten linken großen Zeh.

Freitag, 28. November
Zu müde zu allem. Gammle auf dem Sofa herum, der Fernseher läuft und ausreichend Bier ist zur Hand. Habe vorhin mit Sabine telephoniert, wir sehen uns heute nicht. Ich bin einfach viel zu faul, um zu ihr zu fahren, und wenn sie zu mir kommt, bringt es das ebenfalls nicht, denn nach Kommunikation oder Sex ist mir auch nicht. Wir sehen uns eh verdammt oft. Ich werde wohl noch ein bisschen fernsehen und ein bisschen Bier trinken und dann früh zu Bett gehen. Bis dahin kann es aber wohl wirklich noch ein Weilchen dauern, denn auf die Anstrengungen des Aufstehens, Zähneputzens, Auskleidens usw. habe ich so überhaupt keine Lust, da bleibe ich doch lieber auf dem Sofa liegen und schau noch mehr Fernsehen und trink noch mehr Bier.

Sonntag, 30. November
Gestern sind Sabine und ich mit Frau Harms aus der Dispoabteilung ausgewesen. Es erstaunt mich doch immer wieder, welchen erheblichen Zug die Dame am Leibe hat. Sie stürzt wirklich in einem Maße alkoholische Getränke in sich hinein, dass mir schon beinah beim Zuschauen schwummrig wird. Und sie verträgt was. Sie redet noch zusammenhängend und geht gerade, wenn ich schon längst lallend am Fußboden liegen würde. Aber gesund kann das nicht sein. Sabine meint auch, dass Frau Harms auf diesem Gebiet doch etwas zuviel des Guten tut. Trotzdem wars sehr lustig, denn wenn Frau Harms einen gewissen Pegel erreicht hat, ist sie eine prachtvolle Unterhalterin, die mit den tollsten Geschichten aufwartet. Dabei wurde aber auch wieder einmal deutlich, dass sie bei der Auswahl der Männer kein sonderlich glückliches Händchen hat, denn mit diesem Matthias ist auch schon wieder ein Weilchen Schluss. Und neulich schleppte sie einen Herren ab, der wohl sehr gut aussah, aber sich davor und danach sehr, sehr lange duschen musste und nur im Dunkeln poppen wollte, und das machte er wohl zudem nicht sonderlich gut. Jetzt ruft er immer wieder bei ihr an, aber sie hat keinerlei Interesse an einem neuerlichen Rendezvous. Verständlich.

Montag, 1. Dezember
Bei Sven gewesen. Dessen Wohnung ist immer super aufgeräumt, aber das ist für ihn nicht sonderlich schwierig, denn
1. ist seine Wohnung winzig und
2. hat er auch alle Zeit der Welt.
Im Grunde macht er nichts, außer irgendwelchen Freizeitbeschäftigungen nachzugehen. Offiziell ist er zwar immer noch Student, aber aus dem wissenschaftlichen Lehrbetrieb hat er sich schon vor über zwei Jahren zurückgezogen. Seitdem bereitet er sich mental auf den Beginn seiner Diplomarbeit vor, wie er immer wieder gern erzählt.
Sven macht jeden Tag ein Stündchen Yoga, Gymnastik und läuft ein paarmal in der Woche einige Kilometer. Er geht in die Bibliothek, leiht sich alle möglichen Bücher aus, die er auch liest, denn er ist ja sozusagen Privatier. Seine Zeit nutzt er auch, um irgendwelche Einkaufsprospekte nach Sonderangeboten zu studieren, und dann fährt er mit dem Fahrrad rum, um überall billig einzukaufen. Abends besucht Sven gern Freunde, denen er dann den Schnaps wegtrinkt. Außerdem lernt mein alter Freund immer wieder irgendwelche Frauen kennen. Bevorzugt alleinstehende Damen um die 40, geschieden, erfolgreich im Beruf. Ich weiß auch nicht, auf die scheint er eine ziemliche Anziehungskraft auszuüben, denn in den letzten zwei Jahren hat er dreimal Affairen mit solchen Frauen gehabt, und wie er heute erzählte, scheint sich da gerade schon wieder etwas anzubahnen.
Im Grunde ein feines Leben. Vor allem sehr preisgünstig. Sven kommt wirklich mit erstaunlich wenig Geld aus. Dafür geht er aber auch nie essen, kauft keine teuren Klamotten und fährt nicht in Urlaub. Das interessiert ihn alles nicht, und darum fehlt ihm so etwas auch nicht. Warum sollte er also seinen Abschluss machen. „Ich habe doch ein schönes Leben", meinte er heute abend zu mir, und Recht hat er eigentlich. Finanziell kommt er ziemlich gut klar. In den ersten Jahren seines Studiums bekam er Bafög, und dann wurden zwei Bausparverträge über nicht unerhebliche Summen fällig, die seine Oma vor vielen Jahren mal für ihn abgeschlossen hatte. Mit dem Geld kommt er noch über ein Jahr hin, wie er mir vorhin vorrechnete. Sorgen, dass er dann mittellos dasteht, hat er aber keine. Bei seiner Oma schaut er gerne mal vorbei, denn sie ist sehr nett und steckt ihm zudem bei jedem Besuch einen Schein zu. Und vor ein paar Wochen hat er in dem Fahrradladen, in dem er immer seine Sachen kauft, in der Werkstatt ausgeholfen und einen vollen Tag gearbeitet. Da hat er gleich das Essen für die ganze Woche verdient. Vielleicht kann er da jetzt öfter mal arbeiten („Aber nicht öfter als drei-

mal im Monat, zu mehr habe ich keine Lust"). Doch, schlecht gehts dem Sven nicht, und im Grunde macht er alles richtig, er ist jedenfalls der zufriedenste Mensch, den ich kenne.

Dienstag, 2. Dezember
Miserabler Kerl: Verbrachte den Abend auf der Couch, nur damit beschäftigt, in einer Art von verbohrter Freude lauter hässliche Dinge in Bezug auf meine Freundin zu denken. Alles unwahres, hirnrissiges, ungerechtes Zeug, das überhaupt nur in dieser Raserei von Bitterkeit und vor allem Übelwollen, die mir manchmal eigen ist, entstehen und bestehen konnte und bei Licht betrachtet sogleich zerrann.
Bemerkte diese Verbohrtheit, wie man sieht. Allerdings lauert da doch immer die Gefahr, dass sich irgendetwas von diesem dummen Zeug im Kopf verhakt und dort böse gärt. Da muss ich wirklich aufpassen, liegen doch diese Gedankenspiele in der Familie. Der Großvater väterlicherseits war ähnlich gelagert, glaubte schließlich seine dummen Gedanken und saß schlussendlich ganz alleine da.
Das gilt es zu vermeiden!!

Mittwoch, 3. Dezember
Vorhin einige Zeit darauf verwendet, den Anrufbeantworter mit einer neuen Begrüßungsansage zu versehen. Ich brauchte immerhin fünf Anläufe, bis ich das Sätzchen zu meiner vollen Zufriedenheit gesprochen hatte. Doch jetzt klingts rund! „Verehrter Telephonist! Trotz schlimmen Schnittlauchregens in Scharbeutz bitte ich Sie, meinen Anrufbeantworter zu nutzen", bekommt ein Anrufer zu hören, wenn ich nicht da sein sollte. Prima, das macht wenig Sinn, ist zudem mittendrin ein Stabreim und alles in allem nicht so ellenlang.
Wenn Sabine gleich kommt, dann hat sie sich begeistert darüber zu äußern, und anschließend gehen wir ins Kino.

Donnerstag, 4. Dezember
Heute morgen erwachte ich mit üblen Kopfschmerzen. Schuld daran war meine Übernachtung bei Sabine. Wegen Sex hatten wir am Abend die Heizung voll aufgedreht, leider aber danach vergessen, sie wieder abzudrehen. Beim Einschlafen empfand ich es auch gar nicht als so warm – lag wohl daran, dass ich vom Vorher vollkommen fertig war.
Irgendwann gegen fünf Uhr morgens wachte ich allerdings auf und fühlte mich, als ob mir der Schädel platzen und ich gleich von der Hitze erdrückt würde. Zwar öffnete ich sofort das Fenster, drehte die Heizung ab und

trank Unmengen Wasser, für Kopfschmerzen beim Frühstück hats aber trotzdem noch locker gereicht. Zum Glück war ich mit dem Rad bei Sabine und nach einem Aspirin und der Fahrradtour zur Arbeit waren die Beschwerden auch schon wieder wie weggeblasen.
Ich weiß wirklich nicht, wie Sabine das immer so wegsteckt. Wenn ich nicht bei ihr übernachte, dreht sie die Heizung im Schlafzimmer fast voll auf. Und sie trägt Socken im Bett und zieht sich die Decke bis zum Hals. Ich würde kaputtgehen! An Überhitzung kollabieren oder so. Nicht so Sabine, die ruht mit zufriedenem Lächeln und fühlt sich am nächsten Tag pudelwohl.
Außerdem schläft sie auch immer so rasch ein. Licht aus, Äuglein zu, und schon ist sie im Reich der Träume. Wie macht die das? Muss sie nicht noch an unzählige Dinge denken, die gewesen sind oder noch erledigt werden müssen? Wohl nicht. Hats die gut.

Freitag, 5. Dezember
Aß zu Mittag viel zu viele Nürnberger Rossbratwürstchen mit Kartoffelbrei, die der Küche aber auch immer wieder famos gelingen. Danach pappsatt sowie extrem müde, was arg auf meine Arbeitsleistung drückte. Egal, die Firma wirds verkraften.

Sonnabend, 6. Dezember
Prima, der Nikolaus war da. Sabine übernachtete bei mir, und als wir heute morgen aufstanden, waren ihre und meine Schuhe fett gefüllt mit Naschwerk. Schon nett, da stehen wir beide mitten in der Nacht unbemerkt voneinander auf, um uns gegenseitig Süßigkeiten in die Schuhe zu stopfen.
Habe mich gerade geduscht und umgezogen, denn wir sind auf eine Party von Diana und Patrick eingeladen. Das kann ja heiter werden, denn wir beide haben nicht für zehn Pfennig Lust dahin zu gehen. Warum machen wir das?!

Sonntag, 7. Dezember
War natürlich gar nicht so übel der Abend. Die Leute waren alle recht nett, und die meisten kannten wir auch, und Diana und Patrick waren sehr gut drauf, obwohl einem das natürlich bei genauerer Überlegung einen leichten Stich gibt, denn wenn sie etwas mit uns machen, sind sie geradezu teuflisch dröge. Vielleicht sind sie bei den gemeinsamen Treffen von uns genauso genervt wie wir von ihnen. Sowas ist ja fast schon zu vermuten. Wenn es jedenfalls so ist, sind wir doch alle mitein-

ander Idioten, dass keiner von uns sich aufrafft und die Konsequenzen zieht. So sind wir halt.

Aber gestern wars nett. Ein bisschen blöde war nur so ein Doofmann, der zuviel gekifft hatte. Wenn man selbst bekifft ist, mögen Bekiffte ja noch erträglich sein, aber wenn nicht, gehen die einem doch gehörig auf die Nerven, genauso doofe Gesellen wie Besoffene. Der gestern war auch so ein Paradebeispiel. Sabine und ich standen da mit einer kleinen Gruppe, und irgendwie war der Typ auch dabei. Nicht dass er viel gesagt hätte. Aber ich musste ihn immer beobachten, das ist nun mal so, und ich erwartete ein bestimmtes Verhalten von ihm, und das legte er auch an den Tag, und weil er diese Erwartungen erfüllte, weckte er nicht unerheblich meinen Grimm. Wenn einer von uns etwas sagte, dann schien es Ewigkeiten zu dauern, bis das in seinem Hirn ankam, und er schien über alles zu sinnieren und war so lahm und mundfaul und selbstzufrieden, und das ist ja alles nichts für mich. Ein paarmal habe ich mit Sven so ein Zeug geraucht, und gut fand ich das nicht. Erst einmal musste ich es eh ziemlich oft nehmen, bis es mal Wirkung zeigte, und dann hatte ich dabei immer das Gefühl, dass mir gleich schwindlig werden könnte, und das ist nun wirklich ein Zustand, vor dem mir unglaublich graut. Ein, zwei Stunden nachdem ich das geraucht hatte, wurde ich furchtbar müde, musste deshalb Sven nach Hause schicken und mich sofort schlafen legen, und sowas ist doch nicht schön. Nee nee, das ist nicht meine Droge.

Montag, 8. Dezember
Etliche Weihnachtseinkäufe. Viel Geld ausgegeben.

Dienstag, 9. Dezember
Was ist denn das für eine vermaledeite Super-Scheiße?! Ich hatte heute den ganzen Tag Rückenschmerzen, deshalb wollte ich dieses elektrische Anti-Rückenschmerz-Kissen erproben, das mir mal meine Eltern geschenkt haben. Der Stecker von dem Ding kommt in die Steckdose, und dann vibriert es und wird warm. Meine Idee war, das Ding auf dem Sofa zu platzieren und mir beim Fernsehen den Rücken wärmen und durchvibrieren zu lassen. Scheißidee, Scheißidee, Scheißidee!
Hinter dem Sofa ist eine Steckdose. Auf der Sofalehne steht mein schöner schwarzer Fernsprechapparat W 48 aus Bakelit, gefertigt 1952. Seit Jahren habe ich das Telephon auf der Sofalehne stehen. Seit Jahren! Nie ist was passiert. Nie!
Als ich mich nun über das Sofa beugte, um diesen Scheißstecker von die-

sem Scheißkissen in diese Scheißsteckdose zu stecken, stieß ich Scheißidiot irgendwie gegen das Telephon, es rutschte vom Sofa und prallte auf den Boden. Und was soll ich sagen: Ein ziemlich großes Stück Bakelit brach vom seitlichen Rand meines W 48 ab. Scheiße! Vor Grimm über die eigene Ungeschicklichkeit getobt. Dann die Wut auf das Kissen fokussiert, es auf den Boden geworfen und darauf herumgestampft! Nach einem ziemlichem Weilchen beruhigte ich mich aber wieder, weil mir die Rettung einfiel. Als Kind habe ich zum Spielen nämlich ein altes W 48 gehabt, dessen Mechanik nicht mehr funktionierte. Die äußere Form war aber noch tadellos – und auch tadellos geblieben, soviel ich in Erinnerung hatte. Das Ding musste noch irgendwo bei meinen Eltern stehen. Flugs rief ich bei denen an und schilderte meinen Schicksalsschlag. Ach, Eltern sind großartig. Mein Vater lief schnurstracks auf den Dachboden und berichtete mir nach zwei, drei Minuten, dass er das Telephon gefunden hat und die Hülle tatsächlich vollkommen unversehrt ist. Morgen fahre ich zu meinen Eltern und hole den Apparat ab. Der Austausch der Außenhaut dürfte dann nicht allzu schwer sein. Nach diesem schönen Telephonat dann allerdings noch Ärger mit Sabine. Sie hat ja manchmal wirklich die erstaunliche Fähigkeit, genau das Falsche zur falschen Zeit zu sagen.
Als sie vorhin zu mir kam und ich ihr von dem Malheur erzählte, meinte sie: „Ich habe mir schon immer gedacht, dass das Ding da irgendwann herunterfliegt und zerschellt." Ich meine, was soll denn das, das ist doch so eine Art versteckter Angriff gegen meine Person, oder was? Glaubt die, dass ich ein Idiot bin?! Und wenn sie die Gefahr für das Telephon schon geahnt hat, warum, bitteschön, hat sie das nicht mal früher gesagt? Wenn ich jetzt noch einmal darüber nachdenke, werde ich schon wieder sauer. Ich könnte sie jetzt natürlich aufwecken und ihr nochmals sagen, wie scheiße ich diese Äußerung fand und immer noch finde. Mach ich aber nicht, denn wir haben uns nach ein paar Minuten Zankerei wieder vertragen. Und sie hat mir doch vorhin so höchst angenehm den Rücken und andere Körperteile massiert.

Mittwoch, 10. Dezember
Bei den Eltern gewesen, im Rucksack mein kaputtes Telephon. Mit Papi die Hülle ausgetauscht. Das war gar nicht sonderlich schwierig, trotzdem war es gut, dass er mir half (was heißt half – eigentlich hat er alles gemacht, und ich habe zugeschaut), denn ich habe überhaupt kein technisches Geschick und verliere auch gern und schnell die Geduld bei Bastelarbeiten. Das Telephon sieht jetzt jedenfalls wieder gut aus. Trotz-

dem, wenn ich daran denke, dass die andere Hülle kaputt ist, überkommt mich doch ein bisschen Wehmut. Das hätte mir einfach nicht passieren dürfen.
Ach, Schwamm drüber.

Donnerstag, 11. Dezember
Frau Harms aus der Dispoabteilung präsentierte sich uns heute mit einer Dauerwelle. Ich kann mir nicht helfen, aber ihre Haarpracht erinnerte mich doch frappierend an ein aufgeplatztes Kissen. Habe mich trotzdem mit ihr für nächsten Montag zum Schnapstrinken verabredet.

Freitag, 12. Dezember
Das war ein ausgesprochen ermüdender Tag auf der Arbeit, ich kam vollkommen erschlagen nach Hause. Erschöpft hing ich deshalb eine ziemliche Weile im Sessel herum, und so etwas ist manchmal gar nicht gut. „Oh, Gott", dachte ich verzweifelt, „du musst noch dreißig, vierzig Jahre lang diesen Job machen. Das ist doch die Hölle, das schaffst du nie."
Bevor deshalb schlimme Depressionen einsetzten, lief ich schnell zum Schreibwarenladen und füllte einen Lottoschein aus. Die einzige Möglichkeit, die ich sehe, an viel Geld zu gelangen.
Ich glaube, dass die Lottogesellschaften mit dem Grauen der Menschen davor, sich noch zig Jahre oder gar Jahrzehnte frühmorgens von einem Wecker aus dem Schlaf reißen zu lassen, um dann zahllose Stunden einer Arbeit nachgehen zu müssen, ein gigantöses Vermögen verdienen.
Deshalb würde es mich auch gar nicht sonderlich wundern, wenn die ganze Welt von den Lottogesellschaften beherrscht und gesteuert wird. Ich meine, warum denn nicht, das ist doch gar nicht so abwegig. Doch doch, langsam glaube ichs fast selbst: alles in der Hand von Lottomanagern! Die haben überall ihre Finger drin, z.B. in der Werbung. Klar, da wird auch für Dinge des täglichen Lebens geworben: Kaffee, Marmelade, Geschirrspüler, Fertigsuppen und was weiß ich alles. Aber dazwischen immer wieder geschickt eingestreut der Hinweis auf teuerste Sportwagen, herrliche Karibikreisen und edelste Uhren, die ich mir (und damit die meisten anderen Menschen auch nicht) nie leisten kann.
Und es gibt doch wohl nicht sehr viele Leute, die das Geld für ein Auto überhaben, das mehr als ein Einfamilienhaus kostet. Ich persönlich kenne keinen einzigen. Wenn es aber solche Menschen praktisch nicht gibt, woher nehmen die Produzenten solcher Luxusgüter das Geld für die immens teure Werbung her? Von den Lotteriegesellschaften! Die geben das Geld für die Bewerbung solcher Produkte, der normale Verbraucher

sieht das und seufzt: „Ach, das kann ich mir aber nie leisten. Ich will es aber!" Was macht er also: Er wird Verbrecher oder spielt Lotto. Da haben wirs.
Genauso ist es bei den Arbeitsplätzen. Auch da sorgen geheime Mitarbeiter dafür, dass es ja nicht zuviel Spaß macht, damit die Menschen nicht allzu gern zur Arbeit gehen. Denn wenn sie dort vollkommen glücklich wären, würde ja kaum noch einer Lotto spielen.
Das sind natürlich wieder einmal komplett abstruse Gedankengänge – aber vollkommen ausgeschlossen ist das alles nicht!

Sonnabend, 13. Dezember
Natürlich nicht im Lotto gewonnen! Also Montag wieder mitten in der Nacht aufstehen. Gruseliger Gedanke.

Sonntag, 14. Dezember
Das Wochenende ist um. Muss das denn sein? Meine Laune immer noch mies.

Montag, 15. Dezember
Warum haben eigentlich alle schönere und/oder aufgeräumtere Wohnungen als ich? Und warum kochen alle leckerere Sachen als ich?
Heute abend bei Frau Harms aus der Dispoabteilung gewesen. Sie kochte Spaghetti mit einer wirklich delikaten Krabbensoße dazu. So etwas gibts bei mir nie! Dabei ging das ganz fix, und die Krabben waren aus der Dose, und damit war das Essen auch sehr preisgünstig.
Ich habe mir aber das Rezept für die Soße notiert, und das koche ich auch mal.
Zum Essen viel Wein getrunken, danach auf Weinbrand umgestiegen. Über alles Mögliche geredet, aber zum Glück nicht allzuviel über die Arbeit. Es ist ja immer so eine Gefahr, wenn sich Berufskollegen in der Freizeit treffen, dass da die meiste Zeit über den Beruf gesprochen wird. Frau Harms ist wirklich nett, nur dass sie mit den Männern einen Stich hat. Die sucht sich aber auch immer Schwachmaten aus. Das endet natürlich jedesmal katastrophal, und dann wird noch mehr gesoffen als sonst. Aber ich verstehe das eigentlich gar nicht. Ich habe schon einige von ihren Typen kennengelernt, und das waren alles komplette Unsymphaten, Arschlöcher wie sie im Buche stehen, noch viel schlimmer als ich. Das sah man schon auf zehn Meter Abstand. Und Frau Harms aus der Dispoabteilung ist den Herren natürlich auf den Leim gegangen. Das ärgert mich geradezu, denn solche Kerle hat sie doch gar nicht nötig.

Irgendwie ist sie da verdreht, denn sie selbst sieht auch, dass das üble Säcke sind, aber trotzdem landet sie immer wieder beim gleichen Typ Mann. Ich meine, die hauen ihr keine oder so, aber die legen Verhaltensmuster an den Tag, die skandalös sind. Das sind alles nur Kleinigkeiten, nichts Weltbewegendes, aber zusammengenommen doch unerfreulich.

Zum Beispiel war Frau Harms mal bei einem zum Poppen, und sie wollte danach nach Hause, weil sie am nächsten Tag zur Arbeit musste, und er wollte noch auf eine Party. Da bringt der Arsch sie zur Straßenbahnstation, wünscht ihr eine angenehme Nachtruhe und zischt ab zur Party. Und Frau Harms steht nachts um halb eins zwanzig Minuten allein an einer zugigen Haltestelle. So etwas ist doch kein Benimm, das ist doch eine Nichtachtung des Partners und zeigt, dass ihm Frau Harms im Grunde scheißegal ist.

Und solche Dinge lässt sie sich ohne Ende von ihren Herren gefallen. Das Blöde ist, dass ihr da nicht geholfen werden kann. Wir haben darüber schon so oft gesprochen. Und ich bin da nicht der Einzige. Mit ihrer besten Freundin Nicole redet sie über das Thema auch immer wieder, und Nicole und ich sagen ihr unabhängig voneinander das Gleiche, nämlich meistens, dass sie mit dem Typen, mit dem sie gerade zusammen ist, nicht glücklich ist bzw. wird. Und obwohl sie das genauso sieht, bleibt sie mit den Herren bis zum kompletten Desaster zusammen, um sich dann nach einer kurzen Erholungsphase und eindringlichen Beschwörungen („Beim nächsten Mal suche ich mir mal was Nettes") in einen Kerl ähnlicher Machart wie die bisherigen zu vergucken. Was soll man ihr da noch sagen?

Mittwoch, 17. Dezember
So, Sven hat wieder einmal eine neue Damenbekanntschaft, das war ja schon bei unserem letzten Treffen auf dem Wege dazu. Er hatte mir das schon kurz am Telephon erzählt, aber Genaueres habe ich erst heute abend erfahren, als er auf eine Zigarre vorbeikam. Sie ist 42 Jahre, geschieden, hat zwei Kinder (12 und 15) und arbeitet als leitende Angestellte in einer Modefirma. Ich möchte wirklich wissen, wie er solche Ladies immer auftut. Ich mein, ich weiß es ja. Elke, so heißt sein neuer Schwarm, hat er beim Wandern(!) in den heimischen Wäldern kennengelernt. Das ist doch typisch Sven. Ich bin ja auch schon öfters im Wald spazierengegangen, aber bei all diesen Spaziergängen in all den vielen Jahren habe ich nie irgendwelche Damen getroffen, mit denen ich ins Gespräch komme und mich dann gleich für zwei Tage später verabrede. Doch, was das angeht, ist Sven

schon ein ganz Großer.
Eigentlich wäre ich auch gern mal wieder frisch verliebt.

Donnerstag, 18. Dezember
Permanenter Schneeregen. Echtes Weihnachtswetter also.

Freitag, 19. Dezember
Die restlichen Geschenke gekauft, jetzt will ich aber auch bald meine haben.

Sonnabend, 20. Dezember
In vier Tagen ist Heiligabend, aber so rechte Weihnachtsstimmung ist bei mir bisher nicht aufgekommen. Viele Kerzen angezündet, Glühwein warm gemacht; vielleicht hilfts ja.

Sonntag, 21. Dezember
Geschenke eingepackt. Stellte dabei wieder einmal fest, dass mir für sowas jegliches Geschick abgeht. Die verpackten Geschenke schließlich in die Abstellkammer gestopft (dafür stehen jetzt der Staubsauger und der Handwerkskasten wenig dekorativ auf dem Flur), und die Abstellkammertür mit einem Zettel versehen, auf dem steht „Nicht öffnen! Weihnachtsgeschenke!" Nicht, dass da Sabine aus Versehen reinschaut. Prima, jetzt bricht eigentlich doch eine gute Zeit an, mit Geschenken und Wegfahren. Ab morgen bis zum 12. Januar habe ich zudem Urlaub. Das ist doch wunderbar.

Montag, 22. Dezember
Ich bin vorhin eine ziemliche Weile durch die Innenstadt geschlendert, um die Weihnachtsgefühle noch ein bisschen herauszukitzeln. Doch, war recht erfolgreich. Der Weihnachtsschmuck sieht in den Verkaufsstraßen sehr nett aus. Auch hilfreich waren die während des Bummelns genossenen Grogs und Glühweine. Wenns fünf Grad weniger gehabt hätte, wäre der leichte Regen sogar Schnee gewesen.
Es waren eine ganze Menge Leute unterwegs, die verdammt abgehetzt aussahen. Tja, hätten sie mal rechtzeitig ihre Besorgungen gemacht.
Hocke gerade in der Straßenbahn und hole gleich Sabine von der Arbeit ab. Die hat nämlich erst ab Mittwoch frei.

Dienstag, 23. Dezember
Kindliche Vorfreude aufs Weihnachtsfest. Trotzdem habe ich keinen

Weihnachtsbaum gekauft, obwohl ich den in den vergangenen Jahren immer hatte. Das lohnt sich halt diesmal nicht, weil wir die Weihnachtstage bei unseren Eltern verbringen, und dann fahren wir ja auch schon gleich in Urlaub. Ein bisschen schade finde ich es aber schon.

Freitag, 26. Dezember, 2. Weihnachtstag
So, Weihnachten ist vorbei. Jetzt langts aber auch für die nächsten zwölf Monate. Ich fühle mich völlig aufgebläht von dem vielen schweren Essen. Heiligabend war ich zur Bescherung und Essen (Fondue – wie jedes Jahr) bei meinen Eltern, danach fuhr ich dann zu Sabines Eltern. Vergangenes Jahr war es umgekehrt, da kam Sabine zu uns.
Schöne Geschenke. Von den Eltern gab es zahlreiche der Bücher, die ich auf meinem Wunschzettel notiert hatte. Sabine schenkte mir eine tolle graue Schlägermütze mit ausklappbarem Ohrenschutz, mit der ich wie ein adretter Herr um die 70 aussehe. Die werde ich gleich mit nach Dänemark nehmen. Sehr lecker ist der edle Portwein, der wird ebenfalls für den Urlaub eingepackt. Außerdem bekam ich von Sabine ein Austernmesser sowie zwei Hanteln. Nun kann ich immer zu Hause ein wenig trainieren und werde bald sehr muskulös sein. Ich glaube, meine Geschenke mochte die Liebste auch: eine geografische Mondkarte (sowas wollte sie schon immer haben) und einen Ring, den sie mal beim Bummeln im Schaufenster eines Schmuckgeschäfts entdeckt hatte. Ich hoffe nur, sie sieht das Ding nicht als so eine Art Verlobungsring an. Sabines und meine Eltern erhielten von uns das Gleiche geschenkt: einen Präsentkorb mit italienischen Leckereien.
Ich finde, Eltern und Schwiegereltern sind immer so schwer zu beschenken. Die haben irgendwie schon immer alles. Und wenn man fragt, was sie sich wünschen, sind deren Antworten auch wenig hilfreich. Meine Eltern sind dafür jedes Jahr aufs Neue ein hervorragendes Beispiel. „Ich wünsche mir gar nichts. Ich bin glücklich, wenn wir alle gesund sind", meinte meine Mutter. Und auf dem Wunschzettel von Papa stand tatsächlich (wie jedes Jahr – ich glaube fast, er schreibt gar keinen neuen, sondern hängt einfach den Zettel vom vergangenen Jahr wieder auf!!): „Socken, Krawatte, Unterwäsche".
Den ersten Weihnachtsfeiertag waren wir zum Mittagessen (Ente) bei meinen Eltern.
Heute gings zu Sabines Eltern zum Essen (Hasenrücken). Beide Tage viel Herumgesitze und wenig frische Luft.
Jetzt bin ich aber bei mir zu Hause und habe gerade zu Ende gepackt, denn morgen gehts ja ab in den Urlaub. Gleich muss der Kram noch ins

Auto, und dann fahre ich zu Sabine. In 24 Stunden sind wir schon längst in Dänemark!

Sonnabend, 3. Januar
Sabine und ich verbrachten den Jahreswechsel wirklich sehr geruhsam in Dänemark. Eine Woche in einer kleinen Hütte an der Nordsee. Eine Woche voll erquickender Langeweile. Und diese Langeweile ist hier wirklich im positivsten Sinne gemeint. Die Tage waren herrlich eintönig. Irgendwann aufstehen, dann spazierengehen am Strand, dann etwas einkaufen, nach Hause, am warmen Ofen sitzen und lesen, zwischendurch mal etwas essen, irgendwann im Laufe des Abends miteinander poppen, dann wieder lesen, noch einmal spazierengehen und schließlich wieder zum Schlafen ins Bett. Nicht mal richtig Fernsehen geguckt haben wir. Wir hatten zwar ein TV-Gerät, aber das bekam nur dänische Sender rein. Und dänisches Fernsehen ist für Sprachunkundige nicht brennend interessant. Und meistens, wenn wir den Fernseher anmachten, kam auch gerade nur Werbung. Und die dänische TV-Werbung, so stellten wir fest, wird größtenteils von Reiseunternehmen bestritten, die Urlaube an irgendwelchen Karibikstränden anbieten. Die Dänen selbst scheinen also der Heimat gern in den sonnigen Süden zu entfliehen und schütteln ob der zahllosen Touristen, die Jahr für Jahr in ihr Land einfallen, bestimmt verständnislos den Kopf.
Zum Schluss hat es sogar geschneit, und man konnte in den Dünen (!) rodeln. Im Supermarkt kaufte ich mir für ein paar Mark eine Plastikrodelschale. Mit dem Ding bekam ich in den Dünen ungeheure Geschwindigkeiten drauf und bretterte jedesmal noch ein ziemliches Stück über den Strand, der allerdings von Steinen übersät war. Am nächsten Tag deshalb natürlich erhebliche Afterschmerzen und blaue Flecke. Ich glaube, mehr kann man für sein Geld nicht verlangen. Gleich am nächsten Tag eine weitere Rodelschale erworben, falls die erste mal kaputtgehen sollte.
Doch, wirklich ein hervorragender Urlaub. Allerdings hätte ich das auch keinen Tag länger ausgehalten, ohne Fernsehen, Kino, Freunde und Telephon. Einige Leute fahren da ja zwei Wochen hin. Nee, das wäre nichts für mich, da würde ich irgendwann einen Koller bekommen. Was allerdings bei mir immer ein seltsames Gefühl hinterlässt, ist, wenn am ausländischen Urlaubsort mehr Deutsche sind als Ureinwohner. Und hier war nun wirklich alles voller Deutscher. Und alle Dänen hier sprechen deutsch, und irgendwie ist das natürlich auch angenehm, wenn wir zum Beispiel irgendwo irgendwas wissen wollten, aber trotzdem ist da doch

die ganze Zeit im Hinterkopf so ein diffuses Gefühl, dass das so auch eigentlich nicht in Ordnung ist.

Der Silvesterabend war der Seltsamste, den ich je hatte. Erst lasen wir beide, dann aßen wir Krebsscheren, dann lasen wir wieder, dann wars auch schon kurz vor Mitternacht, dann tranken wir zur gegebenen Zeit einen Schluck Wodka auf das neue Jahr, gingen kurz vor die Haustür, sahen und hörten draußen nichts, gingen wieder rein, lasen noch ein wenig und legten uns gegen halb eins schlafen.

Ich denke, manch 90-Jähriger verbrachte aufregendere Silvester als wir. Uns gefiel es aber so ausnehmend gut. Endlich einmal waren wir auf keiner dieser scheußlichen Silvesterpartys. Silvester ist doch jedes Jahr die gleiche Qual. Dieses zwanghafte Feiern geht mir gehörig auf die Nerven. Irgendwie muss man sich schon im Oktober um eine Einladung zu irgendeiner doofen Party kümmern. Da ist es dann entweder zu laut oder zu leise, es sind zu wenig oder zu viele Leute da, die Toiletten sind verpisst und vollgekotzt, die Musik mag ich nicht, man kann nicht vor Mitternacht gehen, Arschlöcher, die man schon seit vielen Jahren nicht mag, fassen einen an und wünschen „einfrohesneuesjahr" und wenn man dann nach Hause will, ist natürlich kein Taxi zu bekommen.

Sonntag, 4. Januar

Mutti den Wagen zurückgebracht und bei meinen Eltern zum Abendbrot geblieben. Zu Hause den Koffer ausgepackt. Ich denke, ich werde jetzt erst einmal Sabine vier, fünf Tage nicht sehen. Die Woche war prima, aber jetzt brauche ich ein bisschen Pause von ihr. Es ist mir wirklich ein Rätsel, wie andere Paare ständig ihre Zeit miteinander verbringen, ohne sich komplett anzuöden und anzunerven.

Sehr schön: habe noch eine Woche Urlaub vor mir.

Montag, 5. Januar

Gestern abend wurde es noch gut. Gegen halb zehn rief Sven an und fragte, ob ich noch Zeit hätte. Ich hatte. Zehn Minuten später war er da. Erst Portwein und Zigarren (bei mir im Wohnzimmer stinkts wie Otter!). Um zwölf waren wir beide reichlich aufgekratzt, und uns stand der Sinn nach körperlicher Ertüchtigung. Hatten die famose Idee, ein Nachtrodeln zu veranstalten. Füllten zuerst den restlichen Portwein in den Edelstahlflachmann ab, den Sven immer bei sich trägt (natürlich haben wir die darin befindliche Kleinstmenge Cognac vorher schnell verköstigt). Dann durchwühlten wir meine Abstellkammer und fanden dort tatsächlich zwei Taschenlampen. Wir schnappten die beiden aus Dänemark mitgebrachten Rodel, setzten uns auf unsere Fahrräder und fuhren zur 24-Stunden-Tankstelle, um dort für die eine Leuchte neue Batterien zu kaufen. Schweineteuerst!! Aber wo sonst bekommt man schon nachts um halb eins Batterien? Anschließend gings weiter zu Knoops Park, der sehr hügelig ist und wo wir schon als Kinder immer Schlitten fuhren. Keine Menschenseele dagewesen. Wir leuchteten mit unseren Lampen zur Eruierung des Geländes zuerst den Hügel runter. Nix gesehen außer Dunkelheit. Deshalb gemeinsam dreiviertel des Flachmanninhalts geleert. Schnelle Wirkung, daher auch sofort wieder Mut gefasst. Wir beschlossen, die Taschenlampen während der Abfahrt in den Mund zu stecken, um wenigstens etwas zu sehen. Das brachte aber eigentlich überhaupt nichts, und es war schon ein ziemlicher Kitzel, ins Dunkel zu rodeln. Nach einigen Abfahrten landete Sven mit hohem Tempo in einem Gebüsch und sah danach im Koppbereich etwas zerkratzt aus, war aber weiterhin guter Dinge.

Nachdem wir die aus dem Mund geschleuderte Taschenlampe wiedergefunden hatten, fuhren wir noch zwei, drei Mal, dann war der Flachmann leer und wir ziemlich kaputt. Die Heimfahrt kam mir entsetzlich lang vor, und wenn es nicht so kalt gewesen wäre, hätte ich mich am Straßenrand hingelegt, um dort ein Weilchen zu schlafen. Zu Hause angekommen, zog ich nur die Jacke aus, legte mich angekleidet ins Bett und war sofort weg.

Heute lange geschlafen. Übrigens habe ich eine ziemliche Beule am linken Bein. Ich bin bei einer der Abfahrten ein bisschen gegen einen Baum geratscht, das hat aber dabei gar nicht so sonderlich wehgetan. Ohje, ich möchte lieber nicht wissen, wie ich ausgesehen hätte, wenn ich frontal gegen diesen Baum geklatscht wäre. Eigentlich war es ganz schön unvorsichtig, nachts durch die dunkle Gegend zu rodeln.

Aber man kann doch nicht immer zu Hause auf dem Sofa sitzen und sich die Eier schaukeln.

Dienstag, 6. Januar
Nachdem ich gestern nach den Anstrengungen der Nacht eigentlich nur in der Wohnung herumgegammelt habe, fuhr ich heute morgen zum Frühstücken zu Frau Harms aus der Dispoabteilung. Die Gute ist krankgeschrieben, wie ich gestern abend bei einem Telephonat mit ihr erfuhr, weil sie an Neujahr beim Spazierengehen übel ausglitt, sich dabei die Bänder im linken Knöchel zerrte und seitdem mit dickem Fuß in ihrer Wohnung hockt. Von ihr den jüngsten Firmentratsch erfahren. Herr Lindner und Frau Alberts hatten demnach kein richtig besinnliches

Weihnachtsfest. Die zwei haben wohl schon eine erhebliche Weile miteinander gepoppt (warum wusste ich nichts davon, alle wussten davon, nur ich nicht, empörend), obwohl beide verheiratet sind, aber eben nicht miteinander. Für ihre Schäferstündchen nutzten sie die Kleingartenhütte der Familie Alberts. „Wie blöd kann man eigentlich sein?", muss ich mich doch da wieder einmal fragen. Wie nicht anders zu erwarten, beobachtete irgendein Kleingartenarschgesichtnachbar, dass Frau Alberts regelmäßig mit einem fremden Herrn in der Hütte verschwand und teilte das natürlich Herrn Alberts mit. Dem gelang es schließlich zwei Tage vor Heiligabend, das Paar auf frischer Tat zu ertappen, und dann war Schluss mit lustig. Inzwischen gabs wohl einige Vierersitzungen – Herr Alberts, Frau Alberts, Herr Lindner und Frau Lindner (obwohl Herr Lindner Herrn Alberts inständig darum gebeten hat, doch bitte, bitte seine Frau nicht über die Geschichte zu informieren, aber da kannte Herr Alberts keine Gnade) – bei denen die weitere Vorgehensweise erörtert wurde. Inzwischen haben sich zwei Möglichkeiten herauskristallisiert: Eines der Turteltäubchen wechselt die Firma oder Scheidung. In den ersten Tagen war vor allem Herr Alberts für Scheidung, aber inzwischen tendiert es in Richtung Stellungswechsel (kleines Wortspiel – obwohl damit bei Herrn Lindner und Frau Alberts natürlich Schluss ist). Naja ich kann mir schon vorstellen, dass Herr Alberts über die ganze Geschichte ein bisschen sauer war. Nicht nur, dass ihn seine Frau betrogen hat, nein, sie tat es auch noch in dieser beschissenen Kleingartenhütte, die Herr Alberts selbst gebaut hat und in der er bis dato so gern seine Wochenenden verbrachte.
Die Geschehnisse hat Frau Alberts unter dem Siegel des Schweigens Frau Schmidt anvertraut, die es natürlich sofort allen weitererzählte.
Bei Frau Harms aus der Dispoabteilung reichlich Sekt genossen, was ich am Morgen nicht gewohnt bin. Schließlich gegen vier Uhr nachmittags dudeldick vom Frühstückstisch aufgebrochen. Zu Hause dann bis acht geschlafen. Mit Sodbrennen erwacht, unschöner Zustand. Werde noch einmal spazierengehen und dabei die Notapotheke aufsuchen, um mir dagegen ein Medikament zu besorgen.

Mittwoch, 7. Januar
Auf zehn Uhr hatte ich mir für heute früh den Wecker gestellt (wie in den Tagen zuvor). Natürlich dann nicht aufgestanden, sondern noch bis zwölf weitergeschlummert (wie in den Tagen zuvor). In diesem Zustand zwischen Schlaf und Wachsein träume ich immer die herrlichsten und skurrilsten Sachen, die ich leider nach dem richtigen Aufwachen aller-

dings schon wieder vergessen habe. Das ist natürlich ein bisschen schade bei der Sache. Auf alle Fälle ist es aber ein billiges Vergnügen, denn damit bei anderen Menschen ähnliche interessante Dinge im Kopf vorgehen, müssen die für viel, viel Geld illegale Drogen nehmen. Lange schlafen ist prima, das könnte ich jeden Tag machen, leider gehe ich aber nächste Woche wieder zur Arbeit. Unschöne Vorstellung.

Jetzt muss ich bald los, denn um drei treffe ich mich mit Sven in einem Café in der Innenstadt, um dort über die Leute zu lästern, die wir beobachten.

Donnerstag, 8. Januar
Heute doch bei Sabine gewesen. Der Trieb ist halt stärker als jeglicher Grundsatz. Fatal, fatal.

Samstag, 10. Januar
Gestern lange mit Carsten telephoniert. Hatte seit Ewigkeiten nichts mehr von dem Kerl gehört. Seit er in Hannover ist, nimmt der Kontakt zwischen uns wirklich kontinuierlich ab.

Jedenfalls gehts ihm sehr gut, er wohnt jetzt mit seiner Freundin zusammen und deshalb rief er auch an, um mir die neue Adresse zu geben. Er ist wohl übernächste Woche hier, um seine Eltern zu besuchen. Vielleicht treffen wir uns dann ja mal. Doch, ich hätte schon Lust dazu, er ist eigentlich ein prima Kerl.

Dabei fällt mir ein, dass ich mich auch wieder bei Udo melden könnte. Der Blödian ruft ja bei mir anscheinend nicht mehr zurück. Ich bin deswegen schon ernstlich beleidigt und enttäuscht und sehe gar nicht ein, warum ich schon wieder anrufen sollte. Ich habe das ungute Gefühl, dass das nichts mehr wird, was ich eigentlich jammerschade finde, denn ich mag Udo verdammt gern. Aber von ihm muss doch auch mal was kommen. Schon bitter: Vor einem Jahr haben wir ein, zwei Mal in der Woche was zusammen unternommen, und jetzt haben wir seit über drei Monaten nicht einmal mehr miteinander telephoniert. Ach, vielleicht ruf ich doch wieder an.

Der Freitag banal: lange geschlafen, ein bisschen aufgeräumt, aber wirklich nur ein bisschen, Fernsehen geguckt, Portwein getrunken, durch zahlreiche Bücher geblättert.

Heute mit Sven im Kino gewesen, natürlich für beide bezahlt, da Kinobesuche in seinem schmalen Finanzplan nicht einkalkuliert sind. Kino ist arschteuer! Für das Geld hätte ich mir auch schon ein gebundenes Buch kaufen können. Na egal, der Film war gut und die Unterstützung von

Sven gibt mir das erhabene Gefühl, dass ich so etwas wie eine soziale Ader habe. Er meinte übrigens auch, dass ich den Kontakt zu Udo noch nicht abreißen lassen soll.

Sonntag, 11 Januar.
Scheußlicher Tag. Von morgens bis abends unterschwellig missmutig. Der Grund dafür ist natürlich sonnenklar: Der Urlaub ist vorbei, morgen um zehn vor sieben klingelt wieder der Wecker. Ich will nicht!! Ich bin nicht für die Arbeit geschaffen! Gebt mir eine ausreichende Summe Geldes, und ich bleibe sofort zu Hause!
Ach, ach, warum muss gerade ich werktätig sein. Ich möchte morgen nicht ins Büro gehen müssen. Die vergangenen 14 Tage als Privatier haben mir ausnehmend gut gefallen. Und ich muss noch so viele Jahre arbeiten. Unvorstellbar, das schaffe ich nie.
Werde heute sehr spät ins Bett gehen, denn nur weil morgen wieder Arbeit ist, lege ich mich nicht schon um elf hin!

Montag, 12. Januar
Hundemüde, da ich gestern tatsächlich sehr spät ins Bett ging und auch unruhig schlief und von der Arbeit träumte. Verschont einen die Peinigung des Broterwerbs denn nicht einmal im Schlaf?
Den ganzen Tag lustlos gewesen. Jedem, der es hören wollte oder auch nicht, vom Urlaub erzählt und so doch eine erquickliche Anzahl von Arbeitspausen erschunden.
Lud heute abend Sabine in die Sushi-Bar ein; ich musste mir unbedingt etwas gönnen.
Vorher rief ich auch bei Udo an und hatte wieder einmal nur den Anrufbeantworter dran. Ich verstehe das nicht, ist der nie daheim? Vielleicht ist er immer bei seiner Freundin? Oder auf der Arbeit? Das gibts doch alles gar nicht. Ich bin mir eigentlich schon sicher, dass er sich wieder nicht melden wird, das Arschloch. Ich jedenfalls habe mein Pflicht und Schuldigkeit getan.

Dienstag, 13. Januar
Zu mir kam heute Stephan, während Sabine mit Ilka ausging. Mit den beiden etwas alleine zu unternehmen, ist fast unmöglich. Wenn sie sich einmal einzeln mit jemandem verabreden, haben sie immer ein ungutes Gefühl, dass der andere zu Hause sitzt und sich langweilt. So wie heute geht es zwar, aber Sabine und ich finden es doch etwas anstrengend, dass wir immer an den Partner denken müssen, wenn sich einer von uns mit

einem der beiden verabreden will. Außerdem, was ist, wenn ich mal keine Lust habe, etwas mit Stephan zu machen, oder – umgekehrt – Sabine mit Ilka?

Immerhin war es sehr amüsant mit Stephan. Wir verfielen auf die großartige Idee, eine Bar mit Tabledance zu besuchen und den Strip-Tänzerinnen Geldscheine in die Strapse zu stecken. Das wollte ich schon immer einmal machen! Aufgeregtes Studium der Anzeigen in der Tageszeitung. Tatsächlich fanden wir unter der Rubrik „Bars, Clubs, Treffpunkte" zwei Etablissements, die Tabledance im Programm haben. Dort angerufen, aber dabei leider bitter enttäuscht worden. Es wurde uns mitgeteilt, dass es zwar in diesen Bars wirklich Tabledance gibt, aber den Tänzerinnen kann man nicht – wie in tausend Filmen gesehen – Geldscheine zustecken. Stattdessen dient das Tanzen dort nur als Appetithappen, um die Gäste dazu zu bringen, eine der Tänzerinnen oder andere Damen des Ladens gegen Bares zu vernaschen. Das wollten wir denn doch nicht. Unsere überschüssigen Energien konnten wir zum Glück schnell anderweitig kanalisieren. Wir kamen darauf, dass Stephan im Keller noch seine Carrera-Bahn stehen hat. Deshalb fuhren wir zu ihm, durchwühlten den Keller und schleppten den Karton ins Wohnzimmer. Stundenlanges Aufbauen und Fahren. Carrera-Bahn hatten wir bestimmt schon seit 15 Jahren nicht mehr gespielt.

Mitten im schönsten Spiel gestört durch die Heimkunft Ilkas, die über unser Tun sichtlich überrascht und erheitert war. Ich brach dann bald auf. Den Abbau überlasse ich morgen großzügig Stephan.

Bevor ich dieses schrieb, noch kurz mit Sabine telephoniert, die aber zu müde war, um sich noch mit mir zu treffen. Ist ja auch schon längst nach Mitternacht.

Mittwoch, 14. Januar
Gleich kommt Sabine. Ich kanns kaum noch erwarten.
Ich hoffe innigst auf den Austausch von Körperflüssigkeiten und habe deshalb schon die Heizung aufgedreht. Sabine ist es ja in meinem Schlafzimmer oft zu kalt. Was die Zimmertemperatur angeht, ist alles bestens vorbereitet.

Donnerstag, 15. Januar
Gerade hat Carsten angerufen und wir haben uns für Dienstagabend verabredet. Ich glaube, das kann richtig nett werden, das Telephonat war jedenfalls sehr kurzweilig. Dabei stellten wir fest, dass wir uns tatsächlich schon seit mindestens zwölf Monaten nicht mehr gesehen haben,

jedenfalls im vergangenen Jahr gar nicht. Schon seltsam, da waren wir mal eng befreundet, dann ging er wegen des Studiums nach Hannover, und langsam aber sicher verloren wir uns aus den Augen und schließlich war komplett Funkstille und gefehlt hat er mir in dieser Zeit überhaupt nicht und ich ihm bestimmt auch nicht. Und plötzlich kommt er aus welchen Gründen auch immer auf die Idee, sich bei mir zu melden. Und beim Reden vorhin war da eine eigentümliche Verbundenheit, die Pause ist beendet ohne echte Entfremdung. Vielleicht ist so etwas nur mit Menschen möglich, mit denen man vieles und wichtiges erlebt hat, zum Beispiel wie mit Carsten die Zeit zwischen Schule, Zivildienst und Beginn des Berufslebens oder Studiums. Ich freue mich jedenfalls auf das Treffen!

Und jetzt zu Sabine, geplant ist ein gemeinsames Wannenbad. Das verspricht ein hübscher Abschluss des Tages zu werden!

Freitag, 16. Januar
Auf dem Nachhauseweg glitschte ich über eine vereiste Stelle, rutschte dabei aber dummerweise aus und schlug tüchtig auf den Rücken. Zum Glück tat ich mir dabei nicht weh, aber der Sturz muss sehr unwürdig ausgesehen haben, denn eine Schar Kinder lachte hämisch über mich. Mich ekelt diese böse Brut!

Sonntag, 18. Januar
Gestern Party; sehr gelangweilt. Die Zeit wollte nicht umgehen. Irritiert, dass sich Sabine sehr amüsierte. Dachte an ein gutes Buch, das ich viel lieber lesen würde, als auf dieser Feier zu sein. Gegen eins nach Hause. Heute in einer Kunstausstellung gewesen, auf Sabines Wunsch. Stellte wieder einmal fest, dass mir dazu der Zugang fehlt. Schönes Wochenende für Sabine.

Montag, 19. Januar
Bei der Busfahrt nach Hause saß direkt vor mir ein Mann mit starkem Koppgeruch. Musste deswegen leichten Würgereiz unterdrücken.
Vielleicht sollte ich mir doch ein Auto zulegen.

Dienstag, 20. Januar
Sehr schönes Wiedersehen mit Carsten, wir verstanden uns blendend. Keine Ahnung, wieso wir so lange nichts miteinander gemacht haben, vollkommen blöde. Bei diesem Treffen merkten wir übrigens, dass wir langsam aber sicher ein fortgeschrittenes Alter erreichen. Wir erzählten

uns nämlich reichlich „Weißt-Du-noch..."-Geschichten und fragten uns oft „Was macht eigentlich...". So etwas macht man doch erst ab einer gewissen Altersstufe, ich glaube jedenfalls nicht, dass solche Gesprächsinhalte sehr oft bei 20-Jährigen auftauchen. Und mich hat so etwas vor, sagen wir einmal, fünf Jahren auch noch nicht sonderlich interessiert. Jedenfalls stellten wir erstaunt fest, wieviele Leute von früher inzwischen verheiratet sind und/oder Kinder haben. Naja, klar, zwischen 25 und 35 ist die beste Zeit für so etwas. Ich jedenfalls gehöre nicht zu diesem Kreis, und ich bin nicht traurig darum. Carsten gehört auch nicht dazu und wird es wohl auch so bald nicht, obwohl er mit Ellen jetzt schon neun Jahre liiert ist. Sie leben zwar schon seit Ewigkeiten zusammen, aber von Heirat oder Kind keine Spur. Immerhin nähert er sich langsam aber sicher dem Einstieg ins bürgerliche Leben. Er schreibt schon seit geraumer Zeit an seiner Diplomarbeit und hat schon fast die Hälfte fertig. Aber bei Carsten ist es wie bei Sven ja eh schon seit Jahren nur noch so ein Pseudostudium. Allerdings mit dem Unterschied, dass Carsten schon recht viel Kohle verdient. Seine Artikelschreiberei für Zeitungen und Zeitschriften hat er erheblich ausgebaut, außerdem arbeitet er öfters als freier Texter für Werbeagenturen. Der verdient damit mehr als ich! Klar, warum auch nicht, dafür hat er ja auch studiert und lange wesentlich weniger gehabt. Und da Ellen seit geraumer Zeit mit dem Studium fertig ist und ebenfalls arbeitet, geht es den beiden finanziell wirklich gut. Ihnen ist es immerhin zu gönnen. Als Carsten ging, beschworen wir uns beide, den Kontakt nicht wieder abreißen zu lassen. Mal sehen, obs klappt. Schön wäre es jedenfalls.

Mittwoch, 21. Januar
Hübsch kalt draußen. In der Firma haben wir deshalb schon Glühwein getrunken. Ach ja, der schöne Winter. Ich hätte Lust, wieder einmal Schlittschuh laufen zu gehen. Na, noch ein paar Tage Frost, und dann werden wohl die überschwemmten Wiesen freigegeben. Ich glaube, ich ziehe mich gleich richtig warm an und fahre dann mit dem Fahrrad zu Sabine. Das könnte lustig werden, hier und da liegt ja Schnee, da kann ich bestimmt toll mit dem Rad schliddern.
Vorhin hat übrigens Opa Willi aus der Wohnung über mir geklingelt. Er hat mir wirklich ausgesprochen krauses Gedankengut vorgetragen. Langsam glaube ich, dass er in einem Heim vielleicht doch besser aufgehoben wäre. Na, mit Opa Willi werde ich mich später noch beschäftigen. Jetzt will ich aber schnell los Rad fahren und zu Sabine.

Donnerstag, 22. Januar
Lange in der Badewanne. Betörender Duft des exquisiten Rosenschaumbades. Gelesen, schließlich noch Cigarre. Viel Martini. Ließ immer wieder warmes Wasser nachlaufen. Schlussendlich vollkommen verschrumpelte Füße. Das Leben ist uninteressant. Uninteressant, aber schön.

Samstag, 24. Januar
Am Nachmittag bei Weinbrand gute Diskussion mit Sven darüber, wie wir die Fußballnationalmannschaft führen würden und dass die USA allein deshalb Scheiße ist, weil man dort in einigen Bundesstaaten in den Knast kommen kann, wenn man beim Oralsex ertappt wird. Zum Abschluss unseres Treffens draußen einen prachtvollen Schneemann gebaut und uns gegenseitig davor photographiert. Gegen sechs haute Sven ab, er wollte erst bei seinen Eltern zu Abendbrot essen und dann auf eine Party, wo er hoffte, reichlich alkoholische Getränke genießen zu können. Ich füllte seinen Flachmann, den er immer mit sich führt, noch mit dem restlichen Weinbrand auf, weil er zum Ende des Monats pleite ist und in seiner Wohnung nichts Vernünftiges mehr zu trinken hat.
Anschließend verabredete ich mich mit Sabine telephonisch, morgen Schlittschuh laufen zu gehen. Sie brachte ihre Schlittschuhe gleich mit, als sie gegen acht zu mir kam. Nötigte sie, den Schneemann zu bewundern, was sie auch brav tat.
In der Videothek einen Actionfilm ausgeliehen und dort auch sehr teure Chips gekauft. Besinnlicher Abend vor dem Fernseher.

Sonntag, 25. Januar
Zum Mittagessen fuhren wir zu Sabines Eltern. Sabine und ich hatten dahin gleich unsere Schlittschuhe mitgeführt, weil wir danach laufen gehen wollten. Es gab Lammbraten und Kroketten, doch meine Genussfähigkeit war eingeschränkt, weil der Kaminofen an war und meinen Unterkörper durch die lange Unterhose, die ich trug, regelrecht überhitzte. Um es mit Wellmanns Worten zu sagen: „Mir kochte das Kaffeewasser in der Ritze". Nach dem Essen liehen wir uns das Auto von Sabines Eltern und fuhren damit raus zur Wümme. Ich hätte übrigens nicht gedacht, dass so viele Menschen die gleiche Idee hatten; es war auf der Wümme bumvoll mit Schlittschuhfahrern. Einige gewiefte Geschäftsleute hatten das schon geahnt, denn es gab Imbisswagen, die Würstchen und vor allem Grog und Glühwein anboten. Eigentlich war uns dieser Trubel nicht so recht, denn wir waren schon seit Jahren nicht

mehr gefahren und hatten wenig Lust, vor den Augen von abermillionen Menschen doof hinzuschlagen. Ich musste da natürlich auch noch einmal mit Schaudern an den Freitag vergangener Woche denken. Wider Erwarten gings mit dem Schlittschuhlaufen aber erstaunlich gut. Lange gefahren, dann Glühwein, um uns wieder aufzuwärmen. Nachher noch bei meinen Eltern Abendbrot gegessen. Zu Hause schließlich zusammen in der Badewanne gelegen. Eng, aber sehr schön!
Nun aber gleich ins Bett, denn wir sind von der ungewohnten körperlichen Ertüchtigung hundemüde.

Montag, 26. Januar
Unglaublicher Muskelkater im ganzen Körper. Besonders arg ist es natürlich in den Beinen. Aber auch der Rücken- und Bauchbereich blieben davon nicht verschont. Nur gut, dass es Sabine nicht besser geht.

Dienstag, 27. Januar
WinterSchlußVerkauf. Ich ging deshalb heute nach der Arbeit shoppen. Die Fußgängerzone war vollkommen zugepfropft mit irgendwie blöde dreinblickenden Personen. Schnäppchenjäger halt. Unangenehmes Völkchen!
Wie immer, wenn diese Ausverkäufe sind: Ich hatte die Taschen voll gutem Gelde, fand aber natürlich nichts, das mir gefiel. Ich weiß gar nicht, warum ich zu solchen Gelegenheiten noch in die Stadt gehe, eine einzige Zeitverschwendung ist das. Das mache ich auch nie wieder. Stattdessen sollte man lieber mit der Liebsten auf dem Sofa sitzen und Händchenhalten!
Nun ja, zum Trost für diese zwecklosen Mühen, die ich mir da aufgebürdet hatte, erstand ich ein Fläschchen trockenen Weißwein und ein Dutzend Austern. Schnell eilte ich nach diesen Einkäufen heim, denn Austern sind ja nun wirklich superlecker!!
Allerdings steht einem vor dem Genuss noch die furchtbar Aufgabe, ja ich möchte fast sagen: Prüfung des Öffnens bevor. Das ist wirklich immer wieder die Hölle!
Zum Glück hat mir ja Sabine Weihnachten ein Austernmesser geschenkt. Das macht es etwas leichter, aber leider nicht sehr viel. Während man mit der einen Hand die Auster hält, versucht man mit der anderen, das Messer zwischen die Schalenklappen zu treiben. Das ist oftmals verdammt schwierig, weil die Viecher ganz schön dichthalten. Irgendwie sehr verständlich, es geht immerhin um ihr Leben. Bis man da einen Zugang findet, kommt man nicht selten ins Schwitzen.

Außerdem ist die Gefahr des Abgleitens von der Muschel sehr groß, und diese Austernmesser müssen eklig scharf sein, und wenn das Ding die Hand treffen sollte, braucht es sehr viel Pflaster oder einen Besuch beim Unfallchirurgen und der Appetit auf Austern ist einem dann bestimmt gründlichst verdorben! Ist man in der Auster erstmal drinnen, ist die Schlacht eigentlich schon gewonnen. Das Messer muss dann nur noch bis zum Muskel hochgezogen werden. Und ist der durchtrennt, kann die Auster aufgeklappt werden. Hm, klingt doch, wenn ichs so aufschreibe, ein bisschen barbarisch!
Dann muss nur noch das Fleisch von der Schalenklappe getrennt werden, das Tier ist somit tot, und schon ist das Ganze verzehrfertig. Natürlich esse ich die gerade geöffnete Auster nicht sofort, sondern lege sie auf einen großen Teller. Das geschieht mit jeder Auster so, bis dort schließlich alle postiert sind. Wenn zehn oder zwölf Austern geöffnet beisammen liegen, ist das wirklich ein ausgesprochen hübscher und leckerer Anblick. Dann brauche ich nur noch ein Gläschen mit Weißwein, und endlich kann es losgehen. Viele beträufeln die Austern mit Zitrone, aber das habe ich nur ein einziges Mal gemacht, und ich fand, dass so der ursprüngliche Geschmack nicht positiv verändert wird.
Und ist das ein guter Augenblick, wenn die erste Auster in den Mund geschlürft wird. Von der Konsistenz fühlt sich das tatsächlich so ein bisschen wie fester Rotz an, der einem beim Nasehochziehen in den Mund kommt (Rotz wird ja auch, vielleicht gar nicht so zu unrecht, die „Auster des kleinen Mannes genannt", was ich für eine ausgesprochen putzige Formulierung halte). Schmeckt zuerst auch ein wenig so, salzig. Doofiane schlucken die Auster dann auch schon herunter. Vollkommen falsch, ich lasse die Auster dann eine Weile vorsichtig im Mund herumgleiten, das Salzige verschwindet und weicht einem ganz einzigartigen milden Geschmack, der mit nichts zu vergleichen ist. Mhm, ist das lecker, da bekomme ich schon wieder Appetit und könnte noch einmal diese kleinen Leckerlinge verspeisen.
Bei der Menge der verköstigten Austern sollte man allerdings ein wenig Obacht walten lassen, denn ich habe mal einen Bericht über einen Schauspieler gelesen (allerdings in der Yellow-Press, und wie weit es da mit dem Wahrheitsgehalt her ist, bleibt natürlich fraglich), der drei Dutzend Austern aß und deshalb einen Eiweißschock bekam.
Ein anderer Artikel hat mich da viel mehr beunruhigt. In dem rieten nämlich Tierschützer vom Austernessen ab, solange nicht geklärt sei, ob die Tiere beim Verzehr Schmerzen fühlten. Mir hat diese Äußerung ein bisschen ein schlechtes Gewissen gemacht, das Austernessen habe

ich aber natürlich trotzdem nicht eingestellt.

Mittwoch, 28. Januar
Immer noch viel tiefer Frost. Trage deshalb den guten alten chicen grauen Mantel von Opa – wie der Einnäher im Futter verspricht – „formtreu" und „mit echtem Kamelhaar", der mich sehr kleidet und glänzend wärmt. Zusammen mit der grauen Schiebermütze sehe ich aus wie ein distinguierter Herr aus den 60ern. Das gefiel mir so gut, dass ich auf dem Heimweg zwei Stationen früher aus der Straßenbahn stieg und die restliche Strecke zu Fuß ging. Das Spazieren in der kalten, klaren Luft war sehr erquickend, und so kam ich froh und erfrischt in der Wohnung an.
Dort erwartete mich allerdings eine komplette Horrornachricht auf dem Anrufbeantworter: die Ankündigung der Eltern, nach dem Kegelabend kurz einmal vorbeizuschauen, da es doch auf dem Wege liege.
Angesichts des Zustandes der Wohnung überlegte ich zuerst, wegzugehen und den Abend bei Sabine zu verbringen oder einfach kein Licht anzumachen und auf etwaiges Klingeln an der Wohnungstür nicht zu reagieren und somit so zu tun, als sei ich nicht da. Das fand ich nach kurzem Überlegen dann doch reichlich albern. So machte ich mich kräftig ans Aufräumen und als meine Eltern kamen, war meine Wohnung in einem Zustand entzückender Reinlichkeit.
Die beiden sahen prima aus und haben sich außerdem immer noch so lieb, und das finde ich jedesmal wieder aufs Neue schön. Sie schwatzten sich bei mir regelrecht fest, und Papa aß fünf (!) Bockwürste, weil ihn mein neuerworbener Honigsenf so gut schmeckte, der aber auch wirklich sehr lecker ist. Schließlich die Eltern bis zum Wagen begleitet, das inzwischen fast halbleere Senfglas mitgegeben und mit Mantel und Mütze noch einmal einen kleinen Rundgang gemacht.
Noch keine Rückmeldung von Udo. Ich denke, er hat das Interesse an mir verloren. Bin traurig deswegen, aber es ist dann wohl nicht zu ändern. So etwas passiert halt immer wieder einmal bei Freundschaften, bei mir wars umgekehrt schon genauso, aber schön ist das nicht.

Donnerstag, 29. Januar
Opa Willi aus der Wohnung über mir ist tot! Gestern morgen ging er wohl aus dem Haus, um Brötchen zu holen. Leider fand er vom Bäcker nicht mehr den Rückweg und verirrte sich in unserer hübschen Heimatstadt hoffnungslos. Das ist im Januar nicht immer von Vorteil.
Den Nachtfrost hat er nämlich nicht überstanden.
Was aus den Brötchen wurde, weiß ich nicht.

Nun ja, er war bereits 87 und hatte in der letzten Zeit geistig doch arg nachgelassen. Aber so etwas kommt ja in den besten Familien schon oft in wesentlich jüngeren Lebensabschnitten vor.

Mein Gott, vergangene Woche habe ich noch mit ihm geplaudert. Gegen Abend hatte es bei mir an der Tür geschellt. Es war Opa Willi, in den Händen eine elektrische Bohrmaschine.

„Wissen Sie, was ich hier habe?", fragte er mich verschmitzt.

„Nun", entgegnete ich, „sieht ganz nach einer Bohrmaschine aus."

„Freilich, freilich. Mit der werde ich den Leuten den Schädel aufbohren, damit daraus die Dummheit entweichen kann!"

Ehe ich auf diese unkonventionelle Theorie eingehen konnte, verabschiedete er sich. „Ich muss noch ein paar Bohrer zusammensuchen", rief er mir noch fröhlich winkend zu, als er munter die Treppe zu seiner Wohnung hinaufstapfte.

Vielleicht gut, dass ihm der rauhe Wind des Schicksals die Möglichkeit nahm, seine Ideen zu konkretisieren.

Freitag, 30. Januar
Ich bin ein Dieb!
Ich war heute nach langer Zeit wieder einmal in meinem Lieblingsantiquariat. Der Besitzer ist steinalt, pafft immer billige Zigarren und schaut unglaublich muffelig und misslaunig drein. Sein Missmut kommt schon in Kleinigkeiten zum Ausdruck. Wegen des Winters sind die Gehwege schon sehr matschig und dadurch die Schuhe immer nass. Als ich vor der Ladentür stand, konnte ich in deren Glasscheibe ein kleines handgeschriebens Schild lesen. „Füsse abtreten!" stand da. Nicht „Bitte die Füße abtreten" oder eine andere freundliche Aufforderung zur Schuhreinigung. Kaum stand ich im Flur und wollte gerade der Anordnung nachkommen, lugte der alte Sack auch schon ums Eck. „Füße abtreten; Dreckwetter, die sauen mir alle das Haus ein", sagte er übellaunig und verschwand wieder. Dieser Mann ist wirklich die Inkarnation des unfreundlichen Menschen. Aber sein Geschäft ist unglaublich toll. Das Antiquariat ist nämlich nicht in einem normalen Laden untergebracht, sondern in seinem eigenen Wohnhaus, einem riesigen Backsteingebäude. Einige der Zimmer sind für die Kunden nicht zugänglich, in denen haust er wohl.

Ich möchte nicht wissen, wies dort aussieht!
Oder doch?
Der Rest der Räume aber ist öffentlich und geradezu mit Büchern tapeziert. Auf drei Stockwerken sind – so hat mir der Antiquariist einmal in

einer weniger unfreundlichen Stunde erzählt – rund 20 000 Bücher verteilt. Das ist eine ganze Menge, jedenfalls unglaublich mehr, als ich besitze oder auch je besitzen werde. Weil er so viele Bücher hat und wohl den Leuten bei Nachlässen Bücher für ein Spottgeld abluchst, bietet er sie wesentlich preisgünstiger an als das andere Antiquariate tun, die nur ihren Ladenraum mit einigen hundert Exemplaren haben. Dementsprechend viele Leute sind deshalb auch bei ihm am Stöbern und weil fast jeder irgendetwas kauft, macht er bestimmt viel mehr Kohle als alle anderen Antiqariatsbesitzer dieser Stadt zusammen. Ein unfreundlicher doch geschäftstüchtiger Zeitgenosse. Aber das scheint ganz natürlich zu sein, denn wir alle wissens doch im innersten Gemüte, dass jene, die es zu was gebracht haben und aus denen was geworden ist, allermeist zu den schlichthin Widerlichen gehören, damit endlich einmal klipp und klar gesagt sei!

Heute fand ich diese Theorie auch sogleich wieder einmal bestätigt. Mir war nämlich ein Buch aufgefallen, das prachtvoll in Leder eingebunden ist. Es heißt: „Geschichte der Mission der evangelischen Brüder auf den caraibischen Inseln S. Thomas, S. Croix und S. Jan". Gedruckt wurde das Buch 1777 in Leipzig, und trotz der erheblichen Zeitspanne, die seit der Drucklegung verstrichen ist, sah es noch aus wie beinah neu. Wegen des sehr guten Zustandes war ich auch mächtig erstaunt, dass der Antiquariist in das Buch einen Preis von nur 70 Mark geschrieben hatte. Das schien mir doch relativ wenig. Mir fiel aber dann auf, dass auf der Seite früher noch ein anderer Preis stand, der allerdings inzwischen ausradiert war. Bei genauer Betrachtung konnte ich ihn aber entziffern: 200 Mark. Nun wurde ich neugierig, wie wohl die Senkung zustande gekommen war, und deshalb inspizierte ich das Buch genauer. Schnell hatte ich die Lösung gefunden: Unter dem Titel stand noch „Mit sieben Kupferstichen". Es waren aber keine Kupferstiche drin in dem Buch, nur noch die Reste von sieben Seiten, die säuberlich mit einer Rasierklinge oder einem ähnlich scharfen Werkzeug herausgeschnitten worden waren. Da war ich dann aber wirklich empört, denn ich wusste, wer der Übeltäter war, gibt es doch im Antiquariat auch eine kleine Ecke mit Kupferstichen. Ich meine, so etwas ist doch wirklich das Letzte. Da übersteht ein Buch zwei Weltkriege und einige Besitzer unversehrt, und dann kommt da ein profitgieriger, zigarrenrauchender alter Sack an und schneidet die Kupferstiche raus, weil er mehr Kohle machen kann, wenn er die Bilder einzeln verkloppt. Mir war sofort klar, dass ein solch verwerfliches Handeln eine böse Abstrafung verdient. Schwuppdiwupp hatte ich auch schon unter meinen Pullover gefasst, das Hemd aufgeknöpft und das Buch hineingeschoben. Keiner hatte die Tat bemerkt, und unter Hemd und Pullover war das Buch auch nicht zu erkennen. Ich schaute – mit sehr stark pochendem Herzen freilich – noch zwei, drei Minuten im Antiquariat herum, kaufte schließlich einen Kriminalroman für eine Mark und verließ das Haus. Ich war danach sehr aufgekratzt, immerhin war das tatsächlich mein allererster Diebstahl. Ich habe meine Neuerwerbung schon mehrmals liebevoll betrachtet und bin sehr froh, sie den Händen dieses Barbaren entrissen zu haben. Sabine meinte allerdings, dass ein Richter meine Auffassung, dass ich recht getan habe, weil man so nicht mit Büchern umzugehen hat, vielleicht nicht teilen würde. Aber ich bin ja nicht erwischt worden und fühle mich auch nicht als Dieb, sondern eher als Retter. Trotzdem werde ich erst einmal nicht mehr ins Antiquariat gehen.

Sonnabend, 31. Januar
Na toll, wieder einmal böse Probleme mit dem Magen. Vielleicht ist mir ja die gestrige Aufregung nicht bekommen. Jedenfalls wachte ich heute morgen schon mit kräftigem Sodbrennen und leichten Magenschmerzen auf. Dummerweise darauf keine Rücksicht genommen, sondern heute viel Schwarztee und am frühen Abend sogar Brandy getrunken. Beides tat mir überhaupt nicht wohl. Heftige Schmerzen, Wärmflasche.

Sonntag, 1. Februar
Befinden miserabel. Immer noch schlimmes Magenweh. Der Zustand permanent so, als habe man gerade eben einen kräftigen Schlag in die Magengrube bekommen. Am schlimmsten ist es, wenn ich irgendetwas esse. Danach wird mir nämlich auch noch übel. Alles in allem unerfreulich und so nicht mehr tragbar.

Dienstag, 3. Februar
Die Magenbeschwerden sind praktisch wieder vollkommen verschwunden. Nur wenn ich auf den Magen drücke, tuts noch etwas weh. Die Schmerzen dauern nie lange genug an, damit ich mich aufraffen kann, zum Arzt zu gehen.
Ein bisschen sinniert. Dabei erstaunt festgestellt, dass ich mit Sabine schon seit über einer Woche nicht mehr gepoppt habe. Eigentlich eine ganz schön lange Zeit. Aber gefehlt hat es mir nicht. Kein gutes Zeichen. Unsere Popphäufigkeit ist eh in den letzten Monaten zurückgegangen. Klar, nach zweieinhalb Jahren ist man in der Regel nicht mehr so rattenscharf aufeinander wie in den ersten Wochen einer Partnerschaft. Aber

das hier ist schon ein bisschen arger, glaub ich. Ob das mit dem zunehmenden Alter (beim Mann soll das sexuelle Leistungsvermögen ab dem 20. Lebensjahr ja stetig nachlassen) zusammenhängt? Oder hat das mit Sabine zu tun? Lieber nicht drüber nachdenken! Nachher kommt sie vorbei, und dann werde ich sie jedenfalls verführen.

Mittwoch, 4. Februar
Die Arbeit ödet mich ja so an. In den Sack hauen sollte ich. Kündigen. „Auf Wiedersehen" sagen und gehen. Doch die Traute fehlt.

Donnerstag, 5. Februar
Besitze überhaupt keine anständigen Socken mehr. Die sind alle total ausgewaschen und an den Fersen schon ganz dünn. Muss unbedingt neue kaufen. Aber mich reut das Geld, Socken sind so unverschämt teuer. Ich finde es wirklich dreist, das sechs, sieben Paar meiner Marke soviel kosten wie eine Qualitätsjeans. An der Hose ist doch wesentlich mehr Stoff. Und Knöpfe sind auch noch dran. Ich habe mal billige Socken gekauft, da waren in einem Bund fünf Paar drin und die kosteten nicht einmal soviel wie ein Paar von meinen. Aber das bringt nichts, da hatte ich am falschen Ende Geld gespart. Natürlich waren die von minderer Qualität, und immer wenn ich die trug, hatte am Ende des Tages das Schwarz der Socken ganz impertinent auf die Fußnägel abgefärbt. Das sah total ordinär aus und ging zudem auch noch unheimlich schlecht beim Duschen ab.
Doof ist, dass ich noch einige sehr guterhaltene Socken im Schrank liegen habe. Zu denen fehlt aber das Gegenstück. Keine Ahnung, wo die zweite Socke ist. Weg! Dazu ist aber noch zu bemerken, dass vor allem bei Sabine unheimlich viele Socken von mir verschwinden. Sabines Wohnung muss wirklich so eine Art schwarzes Loch für meine Socken sein. Ich lege da abends ein Paar ab, ziehe am nächsten Morgen frische an, und wenn ich meine Wäsche dann zusammenpacken will, fehlt einer von den alten Socken. Sowas passiert bei ihr immer wieder.
Das muss ich ihr noch einmal zum Vorwurf machen.

Freitag, 6. Februar
Ich habe heute höllisch schlechte Laune. Allen möglichen Leuten, die ich im Laufe des Tages auf der Straße oder im Büro sah, hätte ich am liebsten in die Fresse schlagen mögen.
Gleich kommt Sabine, und ich hoffe, dass ich mich in ihrer Gegenwart halbwegs zivilisiert benehmen kann.

Nachtrag: Das war wohl nichts mit halbwegs zivilisiert benehmen. Sabine wusste sofort bei ihrem Eintreffen, wie der Hase läuft. Anscheinend strotzte mir die schlechte Laune nur so aus dem Gesicht. Sie war etwa ein Stündchen hier, und ich nervte sie gehörig, indem ich unwirsch und itzig wie ein übermüdetes Kleinkind war. Schließlich stand sie auf, sagte: „Ich fahre jetzt nach Hause, denn da wartet noch ein gutes Buch auf mich, und das lese ich jetzt weiter. Ich habe nämlich keine Lust, mir von dir den Abend verderben zu lassen. Vielleicht hast du dich ja morgen wieder gefangen." und verschwand!
Recht hat sie! Wenn ich misslaunig bin, ist mein Verhalten wirklich ungehörig und kaum auszuhalten. Nachdem mir Sabine so den Kopf gewaschen hat, fühle ich mich schon wesentlich besser, und meine schlechte Laune ist eigentlich schon wieder weg. Gleich müsste Sabine bei sich angekommen sein, und dann rufe ich mal an.

Nachtrag zum Nachtrag: Ich habe gerade mit Sabine telephoniert, und nach einer kleinen Entschuldigung von mir haben wir uns über meine Itzigkeit recht gut amüsiert. Nun ist alles wieder gut, und jetzt fahre ich zu ihr, und der Abend kann vielleicht doch noch nett werden mit Ausgehen und allem Drum und Dran. Ich bin wirklich ein kleiner Depp!

Sonnabend, 7. Februar
Bei mir schwillt immer noch der Grimm an, wenn ich daran denke, mit welcher bodenlosen Frechheit ich mich am gestrigen Abend konfrontiert sah. Sabine und ich waren aus und also wie immer in unserem Lieblingsclub, dem Römer. Ich hatte gerade getanzt, verweilte nun am Rande der Tanzfläche und beobachtete selbstzufrieden, wie die Damen tanzten. Plötzlich legte sich eine Hand auf meine Schulter, und jemand raunzte mir ins Ohr: „Ich wollte immer mal sehen, wie es in deiner Stammdisse ist." Dieser jemand war – ist das nicht abscheulich – Wellmann! Es ist doch eine Impertinenz sondergleichen, dass diese Person mich in meiner Freizeit heimsucht. Ich gehe doch – Gott behüte – auch nicht in seine „Disse", wie er sich auszudrücken pflegt.
Ich habe auch nicht viel mit ihm geredet. Naja, war auch gar nicht möglich, da er sich aus unverschämtesten (!) Gründen schnell wieder von Sabine (die ihn übrigens, auch schlimm, nicht halb so eklig aussehend fand, wie ich ihn ihr immer beschrieben hatte) und mir loseiste. Seine Beweggründe dafür waren wirklich ausgesprochen niederträchtig. Er nahm nämlich Kontakt zu einer Frau auf!! Vom Sehen kenne ich die schon lange, die ist auch immer im Römer. Braune Augen, braune lange

Haare, der eher abweisende, problematische Typ, also sehr, sehr attraktiv. Um es im Wellmannschen Sprachduktus zu sagen: „Die würde ich auch nicht von der Bettkante stoßen." Ich bin allerdings bei ihr nicht einmal in die Nähe ihrer Bettkante gelangt, weil es zwischen uns beiden nicht annähernd zu so etwas wie einer Kontaktaufnahme wie Blicken oder so gekommen ist. Ganz anders die Situation für Wellmann. Binnen kürzester Zeit waren er und die Schöne intensiv am Reden. Und gegen halb drei – man bedenke, Wellmann war erst um halb eins gekommen – verschwanden die beiden Arm in Arm! Man kann sich ausmalen, was sie vorhatten. Ich finde es wirklich unmoralisch, dass dieser Windbeutel in meinem Club auftaucht, um sich dort mirnichtsdirnichts eine der hübschesten Damen zu angeln. Alles was Recht ist, so gehts nicht. Ich hätte nicht wenig Lust, ihn für sein verwerfliches Benehmen gehörig abzustrafen.

Montag, 9. Februar
Tja, Wellmann, der alte Saubär, hat, wenn ich seinen Erzählungen glauben darf, tatsächlich Freitagnacht und Sonnabend mit der Römer-Schönen verbracht. Ich durfte mir anhören, dass sie ihn gern in den Mund nimmt, was an sich eine super Geschichte ist, bei mir aber geradezu Ekelschauer auslöst, wenn ich mir nur ansatzweise vorstelle, dass es sich nicht um mein, sondern um Wellmanns Ding handelt. Deprimierend, zu was Frauen, von denen man eine hohe Meinung hat(te), fähig sind. Die beiden sind übrigens nicht zusammmen, es handelt sich hier wohl um eine reine Poppbeziehung. Da es aber damit am Wochenende so vorzüglich geklappt hat, soll die Geschichte möglichst bald wiederholt werden. Ich möchte davon nichts hören.
Abends mit Sabine und einigen anderen Leuten im Kino gewesen. Spannender Actionfilm. Der Hauptdarsteller mit viel Muskulatur ausgestattet, was gar nicht einmal so übel aussah und mich wieder einmal zu der Überlegung brachte, es doch auch mit Kraftsport, Schwimmen oder sonstigen körperlichen Ertüchtigungen zu versuchen, die den Körper hübsch formen. Wird eh wieder nichts.
Gerade kommt wieder Ärger über Wellmanns Poppgeschichte hoch. Ich möchte dem Kerl deswegen so richtig eins auswischen. Billige, kindliche Eifersucht bei mir, die aber die Phantasie beflügelt. Mir sind schon einige schlimme Schandtaten eingefallen, mit denen ich Wellmann ordentlich piesacken könnte. Mit größter Wahrscheinlichkeit werde ich sie nicht in die Tat umsetzen, aber allein das Ausdenken befriedigt schon sehr.

Dienstag, 10. Februar
Zuviel Branntwein!

Mittwoch, 11. Februar
Letzter Versuch: Wieder einmal rief ich bei Udo an. Mit vollem Herzen bin ich wohl aber schon nicht mehr bei der Sache, denn vorsichtshalber versuchte ich es gegen elf vom Büro aus bei ihm, also zu einem Zeitpunkt, bei dem ich sicher sein konnte, ihn nicht persönlich am Apparat zu haben. Trotzdem hatte ich leichtes Herzklopfen, als das Telephon klingelte, und war schon etwas erleichtert, als nur der Anrufbeantworter ansprang. Ich sprach darauf übrigens gar keine Bitte um Rückruf, sondern sagte nur schnell: „Hallo Udo, bist nicht da, na kann man nichts machen, Tschüß." Wetten, dass er sich nicht meldet?!

Donnerstag, 12. Februar
Scheußlichst!! Bemerkte es heute wieder einmal bei genauer Betrachtung im Spiegel: Rücken- und Nasenbehaarung werden bei mir immer mehr. Wohl eine Frage des Alters. Am 25. Geburtstag scheint der Wendepunkt zu sein. Erreicht man(n) dieses Alter, scheint der hässliche Hutzelmann (ein zumindest entfernter Verwandter des Teufels, ganz bestimmt) in seinem ebenso hässlichem Kabuff in irgendeinem muffigen Erdloch vergnügt die Hände zu reiben und zu sagen: „Jetzt aber ab dafür!" Und augenblicklich fangen die Haare an zu sprießen. Bei mir jedenfalls wars so. Ich bin mir sicher, dass ich vor meinem 25. Geburtstag nicht ein einziges Rückenhaar besaß. Und jetzt sind es inzwischen bestimmt schon um die 50. Dunkle Haare – und gar nicht mehr so vereinzelt wie einst (vor vielleicht einem Jahr). 50 Haare, das klingt nicht viel, aber tatsächlich ist diese Anzahl schon recht deutlich zu sehen und nicht nur, wenn man ganz genau hinschaut. Sie sind wirklich gut sichtbar, vor allem in dieser bösen, bösen Badezimmerbeleuchtung. Wenn das so weitergeht, habe ich in zehn Jahren im Rückenbereich das Fell eines brünftigen Gorillas. Gott bewahre! Sabine muss mir diese ekligen Dinger unbedingt mal wieder auszupfen. Wahrscheinlich macht das die Heftigkeit des Haarwuchses nur noch schlimmer, doch egal, dann sieht der Rücken wenigstens ein paar Wochen wieder makellos aus.
In der Nase werde ich dem dichten Haargestrüpp eh nur noch durch regelmäßiges Schneiden Herr. Noch verbieten mir der Stolz und mein Schamgefühl, in den nächsten Elektroladen zu marschieren, um dort den Kauf eines elektrischen Nasenhaarschneiders zu tätigen. Doch bald wird er unabdingbar sein. Na, wenigstens (auch wenn es kein wirklicher Trost

ist) bin ich noch nicht so schlimm dran wie Sven. Der muss sich inzwischen sogar den Nasenrücken (!!) rasieren. Wo soll das enden?

Freitag, 13. Februar
Das ist tatsächlich ein richtiger Freitag der 13. für mich. Schon heute morgen hatte ich leichte Magenschmerzen, die im Laufe des Tages immer böser wurden und sich langsam zum großen Übel ausweiten. Natürlich habe ich auch wieder einmal Fehler gemacht, denn ich weiß doch eigentlich, dass mein Magen bei Beschwerden ausgesprochen empfindlich ist. Trotzdem aß ich Trottel in der Kantine Braunkohl, weil ich mich darauf schon die ganze Woche gefreut hatte, und nach dem fetten Zeug wurde es erst richtig schlimm. Nun liege ich auf dem Sofa, habe eine Wärmflasche auf dem Bauch, trinke Kamillentee und hoffe auf Besserung.

Sonnabend, 14. Februar
Beschissene Nacht gehabt. Kaum geschlafen, da ich vor Schmerzen nicht mal richtig liegen konnte und deshalb die meiste Zeit in der Wohnung umherwanderte. Dabei lief ununterbrochen bis zum Morgen der Fernseher, um mich etwas abzulenken. Da wird morgens um vier aber auch ein Dreck gesendet, unverschämt.
Heute war Sabine bei mir und umsorgte mich liebevoll. Viel machen konnte sie aber auch nicht für mich, denn außer Kamillentee und ab und an einen Brocken trockenes Weißbrot bekomme ich eh nichts herunter. Immerhin schimpfte sie mich tüchtig aus, denn ich habe es nun ja weiß Gott nicht zum ersten Mal mit dem Magen und soll endlich mal deswegen zum Arzt gehen. Ich versprachs ihr und versprach zudem, es nicht nur beim Versprechen zu lassen, sondern diesmal wirklich zum Arzt zu gehen. Ist ja auch wirklich doof: Blöde Schmerzen und Sabine ist heute abend allein auf eine Party gegangen, weil ich dazu wirklich nicht in der Lage bin.
Die Gute hat mir noch Tabletten für den Magen aus der Notapotheke geholt, und ich glaube auch, dass es mir tatsächlich schon etwas besser geht. Ich bin aber trotzdem immer noch ziemlich weit weg von „Gutgehen", und das nervt mich schon sehr.

Sonntag, 15. Februar
Die Magenbeschwerden sind jetzt doch erheblich abgeklungen, kein Vergleich zu gestern oder gar Freitagnacht, aber fit bin ich immer noch nicht. Ich hatte vorhin sogar wieder etwas Hunger und machte mir des-

halb eine Fertigpizza warm. Nach deren Genuß wieder recht starke Schmerzen, die allerdings jetzt (immerhin vier Stunden nach der Pizza) wieder fast weg sind. Also, mit richtigem Essen ist noch nicht wieder so viel.
Das war jetzt alles in allem nicht direkt das, was ich mir unter einem gelungenen Wochenende vorstelle.

Montag, 16. Februar
Um meinen Magen zu schonen, aß ich den ganzen Tag Haferschleim. Das Zeug ist eigentlich unessbar und eine Strafe Gottes. Bei jedem Bissen hat es mich erheblich geschüttelt. Ließ mir deshalb gleich morgens einen Termin für Mittwoch beim Arzt geben. Haferschleim ertrage ich kein weiteres Mal.

Dienstag, 17. Februar
Der Mensch ist immer wieder zu außerordentlichen Leistungen fähig, denn auch heute gönnte ich mir weiter vornehmlich Haferschleim. So widerlich Haferschleim ist, er hat anscheinend doch geholfen. Bis einschließlich heute mittag würgte ich den Brei herunter, und mir tut nichts mehr weh und ist das schön. So etwas weiß man erst so richtig zu schätzen, wenn irgendwas längerfristig wehtut. Den Abend verbrachte ich bei Sabine, und sie hatte gekocht, und ich hatte wirklich etwas Angst, ob sich nach dem Essen wieder der Magen bemerkbar machen würde, und deshalb kaute ich auch alles besonders gut durch, aber da war nichts, kein Zwicken und Zwacken. Das war ausgesprochen gut für meine Laune, und so poppten Sabine und ich endlich einmal wieder sehr ausgiebig, denn daran war ja in den letzten Tagen überhaupt nicht zu denken.

Mittwoch, 18. Februar
Mein Hausarzt meinte, höchstwahrscheinlich eine Magenschleimhautentzündung. Vielleicht auch die Galle. Genaueres könne man nur bei einer Magenspiegelung sagen. Der Arzt riet mir zu dieser Vorsorgeuntersuchung. Ich willigte ein, allein aus Neugier, vielleicht selbst einmal einen Blick in meinen Magen nehmen zu dürfen. Ich muss allerdings dafür einen Schlauch schlucken. Na, möglicherweise ist das ja auch recht heiter. Obwohl – ich glaube fast eher nicht. Nächsten Montag habe ich einen Termin beim Internisten, bei dem ich gleich um acht Uhr mit leerem Magen sein muss.
Außerdem wird meine Kacke auf Blut untersucht. Ich habe nämlich gegenüber dem Arzt erwähnt, dass es in meiner Familie Fälle von

Magenkrebs gegeben hat. Deshalb gab er mir gleich einen „modifizierten Guajak-Test nach Gregor auf okkultes Blut im Stuhl" mit. Habe ich „okkultes Blut im Stuhl", bin ich wohl mit großer Wahrscheinlichkeit in drei Wochen tot oder so. Scheiße (im wahrsten Sinne des Wortes!), ich habe wirklich Angst, dass ich Magenkrebs habe. Übrigens interessant, was mein Arzt mir erzählte: Die Magenkrebserkrankungen sind in den vergangenen Jahren stark zurückgegangen, weil die Leute heute kein verschimmeltes Brot mehr essen. War nämlich früher Schimmel am Brot, hat man den sichtbaren Schimmel weggeschnitten und das restliche Brot weitergegessen. Das war aber vollkommen falsch, weil das ganze Brot schon von undurchsichtigen Schimmelsporen oder wie die heißen durchsetzt war. Und diese Schimmelsporen verkrebsen dann, wenn man Pech hat, den Magen.

Genauso interessant ist, was ich neulich in einer Zeitung gelesen habe: Die Hodenkrebserkrankungen haben in den letzten Jahren sprunghaft zugenommen.

Und das liegt nicht am Rückgang des Verzehrs von schimmligen Brot, nein, nein, ganz und gar nicht; ich glaube fast, das hat nichts, aber auch wirklich nichts miteinander zu tun! Der Grund ist viel, viel bizarrer: Schuld ist die Jeanshose. Ja, wirklich und wahrhaftig! Früher trugen die Herren vor allem Stoffhosen, und da hatte das Gemächt jede Menge Platz und konnte auf das Herrlichste und Angenehmste hin- und herschaukeln. Dann aber kam die Jeanshose in Mode, und da war auf einmal für die Eier so überhaupt keine Schaukelfreiheit mehr vorhanden. Im Gegenteil: Die enge Jeanshose drückt und staucht die Hoden ganz unerfreulich zusammen. Und die reagieren auf den jahrelangen Druck dann mit bösartigen Wucherungen.

Gut, dass ich oft Stoffhosen trage! „Schaukelfreiheit für die Hoden!", kann man da den Männern dieser Welt nur lauthals zurufen!

Freitag, 20. Februar
Dieser Guajak-Test ist ja widerwärtig hoch drei! Nein, irgendwie habe ich in meiner jetzigen Laune keine rechte Freude daran. Man bekommt drei so genannte Testbriefchen, die mit Eigen-Exkrementen gefüllt werden wollen.

Ich begab mich also heute abend auf die Toilette, das erste Testbriefchen dabei. Nun, was soll ich sagen, meine Verdauung war famos, überhaupt keine Frage. Doch nun wurde es unerfreulich. Will man nämlich das Kackpröbchen in den Brief tun, darf man sich den Hintern erst einmal nicht abwischen. Denn wenn die Toilette voll Klopapier ist, kommt man

nur sehr beschwerlich an das Objekt der Begierde.
Man steht da also mit heruntergelassenen Hosen, ohne Toilettenpapier benutzt zu haben, und schaut in die Kloschüssel. Dann öffnet man das Testbriefchen. Da steht, dass die Stuhlprobe mit einem Pappspatel zu entnehmen ist. Die Pappspatel hat man natürlich in der Schachtel mit den restlichen Briefchen gelassen, die auf dem Wohnzimmertisch steht.
Mit heruntergelassen Hosen, ohne Toilettenpapier benutzt zu haben, begibt man sich also ins Wohnzimmer und holt diese vermaledeiten Spatel. Ich glaube, das ist auf der Unwürdigkeitsskala schon recht weit oben. Mit diesem Spatel muss man dann also in seinen eigenen Fäkalien herumfuhrwerken und einen schönen, nicht zu großen und nicht zu kleinen Brocken herausangeln. War das übel! (Dabei wurde mir bewußt, dass die neuen Klobecken, wo die Wurst gleich ins Wasser fällt und es deshalb nicht riecht, gar nicht so super sind. Geht man nämlich mit dem Spatel an die Darmwurst, taucht diese durch den Druck unter! Scheußlichst!!)
Danach ist man schon bei Punkt 3 der Anweisungen angelangt. Da steht: „Füllen Sie durch Verstreichen dieser Probe das linke, rot umrandete Testfeld ganz oder nahezu ganz aus."
Punkt 4: „Entnehmen Sie mit einem neuen Spatel von einer anderen Stelle des Stuhls eine weitere Probe und verstreichen Sie diese jetzt im rechten Testfeld."
Und schlussendlich Punkt 5: „Schließen Sie das Briefchen und legen Sie es in den Rückgabebeutel aus bakteriensicherem Papier."
Nun kann man endlich Toilettenpapier benutzen und die Hosen wieder hochziehen.
Schlimm der Nachsatz auf der Gebrauchsanweisung: „Verfahren Sie ebenso am 2. und 3. Testtag."
Mir graut.

Sonnabend, 21. Februar
Persönlicher Abend mit Sabine im Bett und auf dem Sofa. Für Sekunden immer wieder etwas wehmütig, denn möglicherweise ist das einer unserer letzten gemeinsamen Abende gewesen. Vielleicht kommen ja bei der Untersuchung schlimme Ergebnisse heraus, und in kurzer Zeit deckt mich schon die Erde. Obwohl mir im Grunde mein Arzt schon gesagt hat, was ich habe, stelle ich mir immer wieder gern die schlimmsten Sachen vor. Irgendwo habe ich einmal gelesen, dass Männer bei Krankheiten oder Beschwerden viel mehr zum Teufel-an-die-Wand-Malen neigen als Frauen. Wenn das stimmt, bin ich sehr männlich.

Sonntag, 22. Februar
Ohje, morgen früh um acht ist die Magenspiegelung beim Internisten. Jetzt ist es abends elf Uhr und seit vier Stunden darf ich nichts mehr essen. Und obwohl ich noch um sieben ausführlich gegessen habe, setzte schon um zehn nach sieben bei mir ein unglaublicher Hunger ein. Das ist sicherlich rein psychisch. Wenn man etwas nicht darf, will man es natürlich unbedingt. Ich könnte vor Hunger im Dreieck springen!

Montag, 23. Februar
War heute bei der Magenspiegelung. Es wird mir ein unvergessliches Erlebnis bleiben. Für die Spiegelung kann man sich eine Mini-Vollnarkose geben lassen. Aber der erfolgreich aussehende Arzt mittleren Alters kam kurz zu mir ins Behandlungszimmer, schüttelte mir kräftigst die Hand und sagte: „Tach auch. Wie ich sehe, ist das Ihre erste Magenspiegelung. Na, wir fangen alle mal klein an. Die machen wir aber doch ohne Narkose. So eine Narkose ist ja immer eine Belastung für den Kreislauf, und Sie sind ja intelligent, Sie kriegen das hin mit der Spiegelung. Wiedersehen, bis gleich." Schwupp, war der Herr wieder davon. Ich wollte gerade darüber sinnieren, inwieweit Intelligenz das Schlauchschlucken erleichtern könnte, als eine wirklich (!) süße Arzthelferin das Zimmer betrat. Die Dame sprühte mir eine Flüssigkeit in den Mund, die den Rachen betäuben und somit das Schlauchschlucken erleichtern sollte. „Prima", dachte ich dabei, „die ist ganz meine Kragenweite und Altersklasse. Vielleicht kann ich mich mit der ja verabreden." Weniger prima war, dass dieses Mittel nicht für 50 Pfennig den Rachen betäubte, sondern nur die Wangen und das Zahnfleisch.
Schließlich kam der Arzt zurück, und ich musste mich seitlich auf eine Liege legen. Dann bekam ich einen Plastikring mit Loch in der Mitte zwischen die Zähne geschoben. Durch dieses Loch wird der für die Magenspiegelung benötigte Schlauch geschoben und findet so gleich optimal den Weg in den Hals. Dieser Schlauch war etwa daumendick, und als der Arzt ihn durch das Loch schob, war alles noch richtig prima. Dann aber war der Schlauch im Hals, und es war Schluss mit lustig. Nun, es ist ein ganz und gar nicht angenehmes Gefühl, wenn sich so etwas Ähnliches wie ein daumendickes Haar im Rachen Richtung Magen bewegt. Anständige Menschen wie ich fangen da gleich an zu würgen. Das passte allerdings dem Arzt gar nicht. Er hielt mit dem Schlauchschieben inne, bis ich mich etwas erholt hatte und schob dann munter weiter. Das wiederum quittierte ich mit heftigem Gewürge (in der Zwischenzeit hatte die Arzthelferin übrigens ihre Hand auf meine

Schulter gelegt – wenig hilfreich aber doch auch nett). Diesmal gabs allerdings keine Schiebepause, stattdessen sagte der Blödian in Weiß mit einem Gehalt von wahrscheinlich 500 000 Mark im Jahr oder sogar noch mehr, der bestimmt noch nie einen daumendicken Schlauch geschluckt hat, eine fette Villa samt Frau und zwei goldigen Kleinkindern besitzt und einen Porsche fährt, in dem er die süße Arzthelferin vögelt (wahrscheinlich Vorurteile, nicht als Vorurteile, aber mir egal, der Kerl ist doch ein grottenbeschissenes Arschloch): „Ruhig atmen, nicht würgen, sonst werden wir hier nie fertig." Prima Äußerung. Hätte mir nicht dieser blöde Schlauch praktisch den Hals verstopft gehabt, hätte ich dem Meister aber was erzählt! So war das natürlich nicht möglich. Mächtig schade! Aber immerhin habe ich mich über dieses blöde Gerede so geärgert, dass der Schlauch schließlich ohne weiteres Gewürge im Magen angelangt war. Es war natürlich klar, dass der Blödian mich keinen einzigen Blick in meinen Magen nehmen ließ. Und darum bitten konnte ich ja schlecht.

Das Rausziehen war nur halb so schlimm, ging fix und ohne Würgereiz. Mit der süßen Schwester habe ich mich natürlich nicht verabredet. Erstens war mir nach dem Schlauch nicht nach Flirten zumute, zweitens war mir das alles doch peinlich gewesen, und so konnte ich leider nicht nach einer Verabredung fragen.

In drei Tagen muss ich wiederkommen, dann sind die Ergebnisse der Magenspiegelung und der Kackbriefchen da.

Als ich vom Arzt nach Hause kam, habe ich erst einmal kräftigst gefrühstückt: Spiegeleier und gebratenen Schinken auf Schwarzbrot.

Danach ausführliche Lektüre der Tageszeitung, anschließend gings dann zur Arbeit („Tut mir leid, dass es so spät geworden ist, aber beim Arzt hat es so lange gedauert.")

Dienstag, 24. Februar
Heiter, heiter! Ich war heute abend zum Geburtstag von Wellmann eingeladen. Das an sich ist natürlich eine Abscheulichkeit bis dorthinaus. Aber, doch, ich kann es gar nicht anders sagen, ich habe mich königlich amüsiert. Jedenfalls hatte Wellmann heute seine Berufskollegen zu „einem kleinen Umtrunk" eingeladen. Die große Sause mit seinen Freunden (die Arschlöcher würde ich gern einmal kennenlernen) findet am Wochenende statt.

Also heute die Kollegen, da durfte ich natürlich nicht fehlen. Hält man sich nämlich zu oft von solchen Feierlichkeiten fern, ist man schnell außen vor. Und das will ich ja nicht. Außerdem habe ich an diesen Feiern ein schon beinah perverses Vergnügen.

Und für Wellmanns Party hatte ich mir etwas besonders Hübsches ausgedacht. Um acht Uhr abends war die komplette vermaledeite Bürobagage am Stadtmusikanten-Denkmal verabredet. Immerhin hatten zwölf Leute aus unserer Abteilung ihr Kommen zugesagt und tatsächlich waren die Damen und Herren alle pünktlich da. So etwas gefällt mir ja schon einmal ausnehmend gut. Dann gings gemeinsam in die Straßenbahn, und um zwanzig nach acht klingelten wir an Wellmanns Wohnungstür. Ich muss sagen, Wellmanns Wohnung war für mich eine gelinde Enttäuschung. Ich war ja noch nie bei ihm daheim. Die Wohnung war – im besten Sinne – „normal" eingerichtet. Keine Scheußlichkeiten wie Hirschgeweihe, Gelsenkirchener Barock oder Fototapeten mit Palmenmotiv waren darin zu finden. Wellmann gönnte mir also nicht annähernd das Vergnügen einer Bestätigung meiner Vorstellung vom Aussehen seiner Wohnung. Na, egal. Jedenfalls gabs im Wohnzimmer (mit Extra-Stühlen und Schüsselchen mit Knabbergebäck für die Feier präpariert) Sekt. Frau Harms aus der Dispoabteilung mundete das Gesöff offensichtlich ganz ausgezeichnet, denn binnen kürzester Zeit war sie schon beim dritten oder vierten Gläschen angelangt. Schon in der Straßenbahn hatte sie anzügliche Witze zum Besten gegeben, über die sie am meisten lachte. Die Dame war also augenscheinlich in Partylaune. Nach einiger Zeit des Herumgeplauderes verließ ich mit plausibler Begründung („Ich muss mal eben auf ein gewisses Örtchen") meine Gesprächsgruppe und das Wohnzimmer. Tatsächlich ging ich der Authentizität wegen auch auf die Toilette. Außerdem musste ich auch wirklich ein bisschen, und die Toiletten lassen bei Partyabenden an Niveau doch in der Regel stark nach. (Auch bei Wellmanns Feier wars nicht anders, wie ich einige Stunden später mit wenig Begeisterung feststellen konnte). Ich weiß nicht, warum die meisten Männer immer noch im Stehen pinkeln müssen, auch wenn kein Pissoir da ist. Mit der Strahljustierung (gerade zum Beginn des Pinkelvorgangs) kommen doch offensichtlich die Wenigsten zurecht. Die einen treffen mit einem Teil ihres Strahls den hochgeklappten Klodeckel, die anderen den Rand des Toilettendeckels, und der Rest verfehlt die Toilette gänzlich und benetzt stattdessen Fußboden (Toilettenbeckenteppichläufer!) und/oder die hinter dem Becken liegende Wand. So etwas ist doch nicht schön! Meine Mutter hat mich schon in frühester Kindheit mit aller notwendigen Strenge zum Pinkeln im Sitzen angehalten, und Recht hat sie damit getan!
Trotzdem war bei mir der Toilettengang aber nur ein vorgeschobener Grund. In Wirklichkeit hatte mein Weggang eine ganz andere Zielsetzung. Ich hatte mir eine kleine Boshaftigkeit für Wellmann ausge-

dacht, die ich jetzt durchführen wollte. Schon bei der Ankunft hatte ich zu meiner Befriedigung bemerkt, dass Wellmann sein Telephon im Flur platziert hat.

In einer Zeitung hatte ich vor wenigen Tagen eine hübsche Anzeige gelesen: „Ruf an! Scharfe Girls machen dich heiß! Wähle 0190-20022212!!" Am besten hatte mir an der Anzeige das Kleingedruckte gefallen: „Nur DM 1,20/min". Die Anzeige hatte ich herausgeschnitten und mit zu Wellmanns Party gebracht. Nach dem Toilettengang blieb ich im Flur vor dem Telephon stehen, schaute mich einmal rasch um (niemand in Sicht) und schwuppdiewupp war die Nummer gewählt. Zum Glück hatte Wellmann sogar eines dieser neuen Telephone. Der Hörer ist bei denen superleicht, und eine richtige Telephongabel wie bei meinem Apparat gibt es da auch nicht mehr. Wenn man den Hörer auflegt, drückt er eigentlich nur so einen kleinen Kontakt herunter. Es reicht aber wirklich nur ein Mindestmaß an Geschick, um den Hörer nicht korrekt aufzulegen, so dass der Kontakt nicht gedrückt wird. Das gelang mir auch bei Wellmanns Telephon ganz vorzüglich. Die von mir hergestellte Verbindung („Nur DM 1,20/min") blieb erhalten, obwohl der Hörer augenscheinlich aufgelegt war. Bei genauem Hinsehen hätte man bemerken können, dass der Hörer nicht richtig in seiner Halterung lag, aber ich war guten Mutes, dass das niemandem (vor allem nicht Wellmann) auffallen würde. Beschwingt ging ich wieder ins Wohnzimmer zu den anderen. Über den Rest der Party ist eigentlich nichts Nennenswertes zu sagen. Ich plauderte mit diesem und jenem, und so strich die Zeit ins Land...

Erwähnenswert ist vielleicht nur noch Frau Harms aus der Dispoabteilung. Erst schwoll ihre Partystimmung immer mehr an (Sekt, Witze, lautes Lachen), dann schwoll ihre Laune wieder ab (keine Sekt, keine Witze, kein lautes Lachen). Schließlich stand sie still da und stierte sinnentleert mit blassgrünem Gesicht vor sich hin. Der Grünanteil der Gesichtsfarbe stieg dann noch einige Minuten und schlussendlich murmelte sie: „Oh Gott, mir ist ja so schlecht...", und verschwand Richtung Toilette.

Da blieb sie denn auch eine ganze Weile. Später sah ich sie mit Totenblässe, verwischtem Make-up, aufgelöster Frisur und Herrn Reinke (der ihr einen Tee gekocht hatte und, glaub ich, schon geraume Zeit scharf auf sie ist – gute Gelegenheit von wegen fürsorglicher Ritter und so, nicht dumm der Kerl) in der Küche sitzen. Gegen halb eins brach dann die Gesellschaft (Frau Harms untergehakt bei Herrn Reinke und nicht mehr ganz so blass) auf. Der Hörer lag da immer noch nicht rich-

tig auf dem Telephonapparat.
Habe gerade eben (kurz nach zwei Uhr nachts) bei Wellmann angerufen.
Immer noch besetzt...
Befriedigend.

Mittwoch, 25. Februar
Viele, viel zuviele Gedanken wegen morgen. Um mich abzulenken, fuhr ich zu Sven, der auch meint, dass da schon nichts sein wird. Und wenn doch, wäre er gern bereit, die Trauerrede zu halten, so etwas habe er noch nie gemacht und das wäre eine ganz neue Lebenserfahrung für ihn. Schön, wenn man Freunde hat.

Donnerstag, 26. Februar
Kein Krebs!
Ich habe eine chronische Magenschleimhautentzündung!
In den vergangenen Tagen und vor allem als ich heute morgen im Wartezimmer saß, hatte ich mir schon die schlimmsten Dinge ausgemalt. Etwa wie der Internist zu mir sagt: „Es tut mir sehr leid, aber es ist Magenkrebs im Endstadium. Da kann man nichts mehr machen. Sie haben noch drei Monate zu leben."
Ich hatte ganz schönen Bammel, als ich ins Sprechzimmer ging.
Na, wie sich herausgestellt hat, ist ja alles halb so wild. Allerdings schon ärgerlich, dass es eine chronische Magenschleimhautentzündung ist, die ist nämlich ziemlich selten. Die meisten Leute habe eine Magenschleimhautentzündung, die ausgelöst wird durch bestimmte Viren, die im Magen wüten. Die Dinger sind richtig aggressiv und lösen Magenschleimhautentzündungen, Magengeschwüre, Zwölffingerdarmgeschwüre und was-weiß-ich-noch-alles aus.
Das Gute an diesen Viren ist: wer sie hat, braucht nur etwa zehn Tage Antibiotika zu nehmen, dann sind sie tot und die Beschwerden wie weggeblasen.
Ich habe sie nicht und brauche deshalb keine Antibiotika zu nehmen. Das finde ich ziemlich Scheiße, denn bei einer chronischen Magenschleimhautentzündung kann eigentlich nichts gemacht werden. Die hat man halt ein Leben lang. Na super.
Ich muss jetzt feststellen, welche Lebensmittel ich vertrage und welche weniger. Außerdem riet mir der Arzt zu gemäßigtem Alkohol- und Tabakkonsum, weil das beides den Magen erheblich belastet. Auch Stress gilt es nun zu vermeiden.
Erst einmal soll ich gegen die akuten Beschwerden ein Gel einnehmen,

dass die Magenwände bedeckt und so vor den Magensäuren schützt. Übrigens stellte ich heute noch einmal fest, dass dieser Arzt ein unangenehmer Zeitgenosse ist.
Nachdem ich wusste, was ich nun habe, war ich ziemlich erleichtert. Die Anspannung war weg und ich deshalb guter Laune. Zum Abschluß des Gesprächs hielt ich deshalb einen kleinen Scherz für angebracht, der unsere kleine Runde auflockern sollte. Ich hatte diesen Scherz schon einmal bei meinem Hausarzt angebracht, und der konnte sich darüber sehr amüsieren.
„Sagen Sie, ist eigentlich Arzt ein Ausbildungsberuf wie Friseur, oder wird man da nur drei Tage angelernt wie ein Hilfsarbeiter", fragte ich. Bei meinem Gegenüber war die Reaktion überhaupt nicht so wie bei meinem Hausarzt damals. Von ihm kam nur ein säuerliches Lächeln und „Das muss man studieren" als Antwort. Der Kerl ist doch wirklich ein Riesenarschloch!

Freitag, 27. Februar
Da ich wegen des gestrigen guten Arztergebnisses in bester und zudem versöhnlicher Stimmung bin, schrieb ich deshalb in der Mittagspause eine Postkarte, die ich auch schnell abschickte, bevor ich es mir noch anders überlegen konnte. Viel mehr als „Lieber Udo, ich würde mich sehr freuen, wenn Du Dich mal wieder bei mir melden würdest" steht da nicht drauf, aber ich glaube auch nicht, dass das nötig ist. Mehr geht jetzt aber nicht, nun ist er am Zug.
Wegen des oben definierten Gefühlszustandes habe ich Sabine noch zum Essen eingeladen. Natürlich einmal mehr die Sushibar aufgesucht, das ist schon fast phantasielos zu nennen, aber uns fällt nichts ein, was wir zur Zeit lieber essen wollen.

Sonnabend, 28. Februar
Wieder ein besinnlicher Abend mit Sabine. Früher sind wir wesentlich öfter weggegangen. Aber irgendwie ist uns gar nicht mehr so danach. Ja ja, wir älteren Menschen wollen halt unsere Ruhe haben. Das ist ist natürlich scherzhaft gemeint, aber doch auch nicht so ganz, denn offensichtlich sind Sabine und ich ja zufrieden, wenn wir am Sonnabend vor dem Fernseher hocken.
Übrigens ein längeres Telephonat mit Frau Harms aus der Dispoabteilung gehabt. Sie fragte mich, was ich von Herrn Reinke halte. Ich anempfahl ihn ihr. Klar, er ist nicht der Superbringertyp, aber auch keine graue Maus, o.k. halt. Dieser Thorsten, mit dem sie mal ein Weilchen

zusammen war, sah sicherlich besser aus. Dafür war er aber auch ein Arschgesicht sondergleichen. Und so wie ich Herrn Reinke einschätze, ist er das überhaupt nicht, und ich denke, dass so einer Frau Harms mal guttun würde. Jedenfalls hat er sie für heute zum Essen eingeladen, und sie ist sehr aufgeregt und überlegt schon seit Stunden, was sie denn nun anzieht. Schön, wenns so kribbelt!

Sonntag, 1. März
Den Tag genutzt, um in der Wohnung zu putzen, damit für die Geburtstagsgäste vernünftig aussieht. Viel abgewaschen, das Waschbecken gescheuert, gestaubsaugt. Die Bücherwand sieht auch wieder richtig gut aus, denn ich habe die Bücher wieder 100% alphabetisch gestellt; da war mir doch in den letzten Monaten einige Unordnung hineingeraten. Ich bin mir allerdings mehr als sicher, dass diese Fleißarbeit bestimmt niemanden auffallen wird. Seis drum. Jedenfalls bemerkte ich dabei wieder einmal, was für eine hübsche kleine Sammlung ich doch da inzwischen habe.
Auch den Karton mit alten Briefen und Postkarten durchgesehen und einiges fürs Altpapier aussortiert. Zu den aufbewahrten Schriftstücken gehört auch die erste Postkarte, die ich von Sabine erhalten hatte, zu einer Zeit, als wir noch nicht zusammen waren, aber schon ineinander verliebt, uns es aber nicht zu wagen sagten. Sehr gerührt, als ich die Karte wieder las. Das ist alles schon so ewig lang her. Frau Harms aus der Dispoabteilung rief heute auch wieder an. Die Gute ist überglücklich, so soll es sein. Bezauberndes Essen mit Herrn Reinke, schöne Gespräche und so weiter und zum Abschluß noch ein bisschen vor ihrer Haustür geknutscht. Das gönne ich ihr. Für morgen sind die beiden schon wieder verabredet.

Montag, 2. März
Dachte mir heute folgenden Blödsinn: Könnte meine Neigung zu kalten Füßen nicht am übermäßigen Zigarrengenuß liegen? Thomas Mann fühlte sich nach dem Konsum von Zigarren sehr oft angegriffen, rauchte aber munter weiter und starb schließlich an spröden Arterien oder sowas. Gut, er war da schon 80, also doch beträchtlich älter als ich, aber immerhin. Ich meine, eigentlich kann da nichts sein, ich rauche höchstens zwei, drei Zigarren im Monat und einige Zigaretten, aber da auch im Schnitt nicht einmal eine Schachtel im Monat, und beides nicht auf Lunge. Doch wissen kann man nie, und vielleicht sind meine Arterien schon beträchtlich angegriffen. Schade, dass ich keinen Arzt im Bekanntenkreis habe. Vor

einigen Jahren hatte Frau Harms aus der Dispoabteilung mal was mit einem angehenden Arzt, das war komplett klasse, bei den zwei, drei gemeinsamen Treffen habe ich ihm immer ausführlich von meinen gesundheitlichen Befürchtungen erzählen können, und das war immer sehr befriedigend für mich. Leider machte sie relativ schnell Schluss mit ihm, was ich wirklich beinah etwas bedauerte, obwohl das ansonsten auch eines der üblichen Arschlöcher war.

Dienstag, 3. März
So, für den Geburtstag ist jetzt alles vorbereitet. Bier, Wein, Cognac, Cola, Fanta gekauft. Unglaubliche mehrmalige Schlepperei, die ich mir nicht jeden Tag antun möchte. Bis gerade eben an der Suppe für morgen gewerkelt, Curry-Tomaten-Sahne-Suppe mit sehr vielen Flußkrebsschwänzen. Reichlich oft abgeschmeckt, und was soll ich sagen: Sie war jedesmal ausgesprochen lecker. Die braucht morgen nur noch aufgewärmt zu werden, dann gibts dazu Baguette, das dürfte ja wohl reichen. Jetzt warte ich auf Sabine, sie wird bei mir schlafen, das ist gut, dann ist sie auch um Mitternacht noch da, und dann kann ich schon vor dem Schlafengehen ihre Geschenke aufmachen.

Mittwoch, 4. März
Gerade eben hatte ich noch Geburtstag, jetzt ist es aber halb zwei und damit schon wieder ein neuer Tag und der letzte Gast (Sven, wer sonst, der muss ja auch nicht zur Arbeit) ist gerade gegangen. Heute früh in der Firma habe ich reichlich Sekt und belegte Brötchen spendiert und mich ansonsten ziemlich erfolgreich um die Arbeit gedrückt. Interessantes Geschenk der Kollegen: ein Fernglas. Im ersten Augenblick wusste ich damit gar nichts anzufangen, aber dann freute ich mich sehr, denn die Idee zu diesem Präsent kam von Frau Harms. Der hatte ich vor Ewigkeiten einmal erzählt, dass es doch höchst interessant sei, zu beobachten, was so hinter den Fenstern des gegenüberliegenden Wohnblocks vorgeht. Nur leider sei die Entfernung für das bloße Auge zu groß. Dieses Fernglas wird mir nun sicherlich ganz neue Einblicke verschaffen! Nach der Arbeit bin ich kurz zum Kaffee zu meinen Eltern gefahren, und von denen habe ich zwei prima CDs bekommen. Da hat ihnen natürlich Sabine mit Rat und Tat zur Seite gestanden, denn ich kann mir kaum vorstellen, dass meine Eltern vorher jemals von diesen Bands gehört haben. Bei mir daheim habe ich mich dann umgezogen und auf die Gäste gewartet. Zum Glück hatte ich ja schon an den vorangegangenen Tagen tüchtig aufgeräumt, so dass ich mich auf das Warten und mei-

nen Geburtstag konzentrieren konnte und nicht noch irgendwie doof hektisch herumhüpfen musste, um die Wohnung aufzuklaren, damit die Gäste nicht allzu schockiert sind.
Ab acht kam dann der Besuch, nämlich: Sabine, Diana und Patrick, Ilka und Stephan, Sven und Frau Harms aus der Dispoabteilung. Ich denke, wir haben uns alle ganz gut unterhalten und dabei viel gelacht, und was will man mehr, denn ein Geburtstag ist ja nicht zum Problemewälzen und für tiefschürfende Gespräche gedacht. Meiner jedenfalls nicht. Stephan war in Höchstform und präsentierte zu fortgeschrittener Stunde einen Stunt, den er einmal in einem Buster-Keaton-Stummfilm gesehen hat. Den Stunt kannte ich auch, denn den Film hatten wir damals gemeinsam gesehen. Buster Keaton tritt darin in ausgelaufenen Sirup. Deshalb will er sich seine Schuhe begucken und hebt zuerst das rechte Bein auf einen leeren Tisch. Er läßt dieses Bein dort liegen und hebt dann das andere Bein auf den Tisch. Für Sekundenbruchteile schwebt Keaton in der Luft, um dann auf den Boden zu plumpsen. Und diese Szene wollte Stephan nun nachspielen. Ich war sofort Feuer und Flamme (Ilka, glaube ich, nicht so), und schwuppdiwupp hatten Stephan und ich den Küchentisch ins Wohnzimmer geschleppt. Wir anderen suchten uns gute Beobachtungsposten, und Stephan rief uns euphorisch zu: „Tut überhaupt nicht weh, wenn man richtig fällt". Das stimmt natürlich, das mit dem richtigen Fallen. Leider ist Stephan nur nicht richtig gefallen, sondern zuerst kräftig mit dem Hinterkopf auf den Fußboden gedotzt. Zum Glück liegt ja in meinem Wohnzimmer weiche Auslegeware. Trotzdem hat es beim Aufprall mächtig gerummst, und die dumme Alte von unten hat bestimmt einen Schreck bekommen. Stephan jedenfalls hat sich noch eine ziemliche Weile den Hinterkopf gerieben, aber wir anderen haben uns über die kleine Einlage sehr amüsiert. Als wir beide den Küchentisch wieder zurücktrugen, meinte Stephan zu mir: „Junge, Junge, hat das wehgetan!" Zum Glück bekam er aber keine Kopfschmerzen und konnte so munter weiterfeiern.
Diana und Patrick fanden es übrigens ganz seltsam, dass ich Frau Harms aus der Dispoabteilung mit Frau Harms aus der Dispoabteilung anrede, und warum ich sie denn nicht duze. Das ist natürlich ein ausgemachter Blödsinn, denn ich duze Frau Harms aus der Dispoabteilung nämlich, ich sag ja zu ihr „Du, Frau Harms aus der Dispoabteilung, sag mal" und nicht „ Sagen Sie mal, Frau Harms aus der Dispoabteilung". Und wenn ich es mit Reden eilig habe, dann spreche ich sie auch nur mit „Du" oder „Sag mal" oder so an. Außerdem nenne ich Frau Harms aus der Dispoabteilung schon so, seit ich sie kenne, und das finden sie

und ich auch viel hübscher, als wenn ich sie wie die anderen mit Sonja anreden würde.

Und ich glaube, ich werde Diana und Patrick nächstes Jahr auch nicht mehr zu meinem Geburtstag einladen und den Kontakt am besten sowieso ganz abbrechen. Ich werde bei den beiden einfach nicht mehr anrufen, und so wird diese Bekanntschaft sicherlich irgendwann ruhig entschlafen. Mir ist heute abend wieder einmal aufgegangen, dass ich mit den beiden nichts mehr gemein habe. Ich weiß nicht, ich kann das noch gar nicht ganz genau definieren, aber irgendwie haben wir uns halt in zu unterschiedliche Richtungen entwickelt, sie interessieren mich nicht mehr. Tut mir auch leid, aber es ist so und nicht zu ändern. Wenn ich so zurückdenke, haben wir uns seit meinem letzten Geburtstag eh nur noch drei- oder viermal gesehen, und die Abende waren auch nicht sonderlich prickelnd.

Aber ihr Geschenk war sehr gut. Von ihnen bekam ich zwei ausgeprochen edle Havanna-Zigarren.

Sabine schenkte mir einen Efeu, und Efeu ist ja meiner Meinung nach die beste Pflanze, die es gibt. Außerdem hatte sie für mich den tollen Wecker mit Federwerk erworben, den ich einmal beim Spazierengehen mit ihr im Schaufenster eines Trödelladens gesehen hatte. Der Wecker gefiel mir damals ausnehmend gut, doch als ich ein paar Tage nach dem Spaziergang zu dem Laden ging, sagte mir der Händer, dass das Ding verkauft sei. Nun weiß ich, wer die Käuferin war, und allein für so etwas liebe ich diese Frau! Der Wecker jedenfalls tickt unglaublich laut, und er schellt noch viel unglaublich lauter.

Sven überraschte mich mit Frivolem. In einem Antiquariat tat er ein Sexualaufklärungsbuch aus dem Jahre 1930 auf, „Hygiene des Geschlechtslebens" von Dr. Max von Gruber.

Es stehen sehr gute und wissenswerte Dinge darin. Ich habe bisher nur kurz in dem Buch geblättert, aber schon Köstliches entdeckt. So warnt Dr. von Gruber vor der sogenannten Reiterstellung während des Beischlafes: „Bei der Lage des Mannes unten, der Frau rittlings oben sinkt die Gebärmutter nach unten, wird schädlichen Erschütterungen ausgesetzt und an ihren Bändern gezerrt."

Auch zum Geschlechtsakt selbst weiß er noch auf der gleichen Seite des Buches einen guten Rat: „Jede Künstelei ist zu vermeiden, insbesondere die willkürliche Verzögerung der Samenausschleuderung, um die Dauer der Wollustempfindungen zu verlängern."

Ich kann mir sehr gut vorstellen, dass in der nächsten Zeit „Samenausschleuderung" eines meiner Lieblingswörter sein könnte. Jedenfalls freue ich mich schon sehr auf die Lektüre der Kapitel „Ratschläge für die Gattenwahl", „Regeln für den Geschlechtsverkehr" und vor allem „Die Geschlechtswerkzeuge". „Geschlechtswerkzeuge" ist, wenn ich das jetzt so überlege, ein mindestens genauso schönes Wort wie „Samenausschleuderung".

Ilka und Stephan schenkten mir ein Aquarium. Es ist aus Plastik, und die drei Fische, die darin schwimmen, sind ebenfalls aus Kunststoff. Aber in ihrem Bauch ist ein Metallkern, und der ist ganz wichtig. An der Hinterseite des Aquariums ist nämlich eine Vorrichtung für zwei Batterien. Und wenn die eingelegt sind, erzeugen die wohl so eine Art Magnetfeld, und dadurch schwimmen die Fische im Wasser munter drauflos. Ist das hübsch anzusehen! Und bestimmt sehr beruhigend für die Nerven. Ich werde das Aquarium so stellen, dass ich beim Telephonieren immer direkt draufschauen kann.

Und fast genauso toll wie das Aquarium ist die dazugehörige Gebrauchsanweisung, die uns allen heute abend komplett unverständlich geblieben ist. Da steht:

1. Abstand-Deckel und nehmen Sie unseren klaren plastischen Tank.
2. Füllung Tank mit Wasser (logiert Temperatur). Fügen sie einige Tropfen flüssiger Geschirr-Seife, Blasen von Klammern zu meiden zu fischen.
3. Fallen den Fisch in das Wasser.
4. Gebrauchs-Pinzetten (eingeschlossen), den Fisch zu halten. schütteln, um Luft-Blasen wegzunehmen, mögen sie zu dem Fisch gesteckt werden.
5. Abstand-Batterie-Schalttafel auf der hinteren Seite, Beilage 2 „C" Batterien und drehen sie es auf.
6. Lebensunterhalt aus direkter Sonne leuchtet.

Zum Glück ist auf der Verpackung die Gebrauchanweisung noch einmal auf Englisch und sogar mit zusätzlichen erklärenden Zeichnungen abgedruckt. Ich hätte sonst wohl nie erraten, was Punkt 6 mir sagen soll. „Lebensunterhalt aus direkter Sonne leuchtet" bedeutet, dass das Aquarium nicht direktem Sonnenlicht („Keep out of direct sun light") ausgesetzt werden soll.

Ein guter Geburtstag mit guten Geschenken!

Donnerstag, 5. März
In der Nacht wurde ich ganz schlagartig wach, setzte mich auf und musste erst einmal Licht anmachen, weil mir im Schlaf sehr deutlich und real

ein furchtbarer Gedanke gekommen war. Ich dachte: „Oh Gott, vielleicht hat Stephan sich bei dem Aufprall ja doch verletzt und sich Hirnblutungen zugezogen?" So etwas geht ja sehr schleichend, und plötzlich ist die betreffende Person hin.

Manchmal schießen einem solche eigentlich ja irrationalen Gedanken durch den Kopf, und man kann nichts gegen sie machen. Natürlich war mir eigentlich klar, dass Stephan sich keine Gehirnblutungen zugezogen hatte, aber trotzdem hatte ich Angst, dass es doch so sein könnte. Ein paar Minuten überlegte ich ernsthaft, bei Ilka und Stephan anzurufen, um mich nach ihm zu erkundigen. Aber schließlich sagte ich mir, dass das Ganze Blödsinn sei und die beiden auf einen Anruf um vier Uhr nicht unbedingt amüsiert reagieren würden.

Als ich dann morgens aufstand, hatte ich immer noch ein leicht unangenehmes Gefühl bezüglich der Hirnblutung. Zudem plagte mich nun auch noch eine Art Schuldgefühl: „Wenn ich nachher anrufe und Ilka sagt dann, dass Stephan wegen einer gefährlichen Gehirnblutung im Krankenhaus liegt und es nicht gut um ihn steht, würde ich mir mein Leben lang Vorwürfe machen, dass ich aus falscher Rücksicht in der Nacht nicht angerufen habe."

Diese fixe Idee ließ mich also nicht los, und deshalb war ich auch heilfroh, als ich bei der Arbeit eintrudelte. Zu etwa dieser Zeit musste Stephan auch im Büro sein, und flugs rief ich ihn dort mit leicht pochendem Herzen an. Obwohl ich ja eigentlich wusste, dass meine schlimmen Überlegungen nichts mit der Realität zu tun hatten, nur einfach böse Hirngespinste waren, fiel mir doch ein Stein vom Herzen, als Stephan sich am anderen Ende der Leitung meldete. Pudelwohl fühle er sich, beruhigte mich Stephan, nachdem ich ihm meine Sorge mitgeteilt hatte. Zum Glück konnte er meine Anfrage gut verstehen, denn erst neulich habe er Ähnliches gefühlt. Da war Ilka mit dem Auto zu ihren Eltern gefahren, die in Minden wohnen. Stephan war in Bremen geblieben, und irgendwann machte sich in ihm die scheußliche Angst breit, dass ihr auf der Fahrt etwas zugestoßen sein könnte. Das Gefühl nahm so überhand, dass er schließlich unruhig in der Wohnung auf und ab lief und immer nachrechnete, wann sie denn bei ihren Eltern eintreffen könne. Als der Zeitpunkt da war, rief er bei den Eltern an und verfiel natürlich in komplette Panik, als die ihm mitteilten, dass Ilka noch nicht da sei. Nach außen ruhig (denn er wollte sich seine Manie den Schwiegereltern gegenüber natürlich nicht anmerken lassen) bat er um einen sofortigen Rückruf bei ihrem Eintreffen. Seine Erleichterung bei Ilkas Anruf könne ich mir ja wohl gut vorstellen, meinte Stephan zu mir. Ja, konnte ich.

Freitag, 6. März
Nach der Arbeit gingen Frau Harms aus der Dispo und ich noch auf einen Plausch in ein Café. Natürlich gings dabei vornehmlich um ihre neue Liebschaft, Herrn Reinke. Bisher ist alles Friede, Freude, Eierkuchen, aber das ist nach gerade einmal fünf oder sechs Tagen Partnerschaft ja wohl auch üblich. Frau Harms erzählte mir die Abfolge ihres Zusammenkommens noch einmal haarklein, was mir sehr gefiel, denn Liebesgeschichten rühren mich immer so an. Eigentlich wollten Sabine und ich noch ins Kino gegangen sein, aber ich fühlte mich dann doch sehr ermattet und da Sabine passenderweise Kopfschmerzen hatte, blieben wir schlußendlich doch zu Hause.

Sonnabend, 7. März
Beim Aufstehen hatte ich ein leicht schuldiges Gefühl, denn da war es schon halb zwei mittags. Sicher, schlafen ist wunderschön und im Bett bleiben, solange man Lust hat, sowieso. Aber andererseits war da schon wieder ziemlich viel vom Wochenende weg, und der Freitagabend war ja auch schon so vergleust. Nach dem Frühstück kauften wir schnell ein und bummelten anschließend noch ein wenig. Mit Ilka und Stephan ins Kino gegangen, danach noch alle in einer Kneipe gesessen. Irgendwie machen wir immer wieder das Gleiche mit den gleichen Leuten. Nett, aber auch vorhersehbar und nicht sonderlich aufregend. Obwohl ich nicht einmal genau weiß, ob ich Aufregungen will.

Sonntag, 8. März
Wieder lange geschlafen, aber nicht so extrem lang wie gestern, da wir zu meinen Eltern um eins zum Mittagessen eingeladen waren. Ich frage mich, ob ich auch dann so oft so lange schlafen würde, wenn ich mit einer Freundin zusammen wäre, die normalerweise Frühaufsteherin ist? Würde sie mich dazu bringen können, am Wochenende zu gemäßigter Zeit aufzustehen oder gelänge es mir, sie bis zum Mittag im Bett zu halten? Alle meine bisherigen Damenbekanntschaften waren jedenfalls ausgesprochene Langschläferinnen. Oder habe ich sie dazu gemacht? Das wäre natürlich interessant zu wissen, ob sie vor und nach mir durchaus zeitig am Morgen aus den Betten hüpften. Schade, dass ich zu keiner mehr Kontakt habe, um das herauszubringen.
Übrigens sehr langwieriger Aufenthalt bei meinen Eltern. Erst Mittagessen, dann noch Kaffee und Kuchen. Kurz vor Abendbrotszeit brachen wir aber dann schließlich doch auf. Zum Glück benutzten wir nicht die Straßenbahn, sondern liefen den Weg zu mir zu Fuß.

Auch blöde: Hockten stundenlang vor dem Fernseher, obwohl wir zwischendurch müde waren, und jetzt ist es schon wieder total spät. Das war ein so gammeliges Wochenende, dass ich mich geradezu auf morgen freue.

Montag, 9. März
Als Wellmann und ich heute in der Kantine zu Mittag aßen, stampfte an uns eine dicke Dame mit extrem voluminösem Hinterteil vorbei.
„Herrgott, wenn man der den Arsch abküssen würde, hätte man hinterher eine ganz trockene Zunge", stellte Wellmann lapidar fest.

Dienstag, 10. März
Vollkommen idiotischer Vorschlag Sabines: Wir sollten doch zusammenziehen. Dann sähe man sich öfter und würde viel Geld für die Miete sparen!
Ich will aber gar kein Geld für die Miete sparen!
Und Sabine will ich – pardon – auch nicht öfter sehen.
Ich halte den augenblicklichen Zustand für den fruchtbarsten, den eine Beziehung haben kann.
Sabine und ich haben getrennte Wohnungen, aber leben in der gleichen Stadt. Wir können uns sieben Mal in der Woche sehen, müssen aber nicht. Wohnt ein Paar zusammen (ich berichte hier von dutzendmal beobachteter Realität), dann hockt es ständig zusammen herum, es hat ja auch gar keine andere Wahl; so große Wohnungen kann sich doch niemand leisten.
Außerdem:
Ich habe Freunde, die Sabine nicht ausstehen kann.
Sabine hat Freunde, die ich nicht ausstehen kann.
Wohnten wir zusammen, würde ich aus Rücksicht auf Sabine die ihr unangenehmen Personen nicht mehr einladen, und sie würde die mir unangenehmen nicht mehr zu uns bitten.
Zudem verstärkt eine gemeinsame Wohnung die eh schon große Paargefahr, dass sich die beiden einzelnen Individuen auflösen und verschmelzen. Nicht mehr Sabine und ich existieren dann, sondern fortwährend wird dann von „den beiden" die Rede sein. „Die beiden müssen wir auch einladen", oder „Ich war gestern bei den beiden". Sabine und ich würden dann die unzertrennlichen Heinzel und Beinzel.
Nein danke. Es bleibt bei zwei Wohnungen.

Mittwoch, 11. März
Ich glaube, Sabine ist ernsthaft enttäuscht wegen gestern. Sie kam heute noch einmal auf das Thema „Zusammenziehen" zurück. Sie hat nach

über zweieinhalb Jahren Partnerschaft das Bedürfnis, mehr Zusammengehörigkeit mit mir zu erlangen. Und eine gemeinsame Wohnung wäre für sie ein erster Schritt (was soll eigentlich „erster Schritt" heißen? Meint sie etwa, dass da noch weitere Schritte folgen sollen, beispielsweise Heirat und Kinder?!) in diese Richtung. Nur, das Problem ist: Mir graut davor. Ich kann Sabine verstehen, dass sie das möchte, nur ich will es überhaupt nicht. Diese vehemente Weigerung von mir in dieser Sache könnte natürlich den Gedanken aufkommen lassen, dass ich vielleicht Sabine nicht so doll liebhabe wie sie mich. Und ich befürchte fast, diesen Gedanken hegt sie zur Zeit.
Ach, ich weiß doch auch nicht.

Donnerstag, 12. März
Inzwischen wiederholt am Abend das Fernglas benutzt und damit für einige Minuten am Privatleben einiger Menschen vom Haus gegenüber teilgenommen. Die Beobachtungen waren aber nicht sonderlich ergiebig. Bei den meisten Leuten geht es anscheinend genauso langweilig zu wie bei mir. Da wird vor allem Fernsehen geschaut, manchmal telephoniert oder gelesen, hier und da ist auch Besuch da, aber das sind alles keine Sachen, die mich vom Hocker hauen. Keine gewalttätigen Szenen einer Ehe oder ähnliches. Naja, war auch eigentlich nicht zu erwarten und wenn sowas gewesen wäre, hätte es mich wahrscheinlich über alle Maßen schockiert und ich hätte nicht gewusst, was ich machen sollte.
Also von daher ist das schon ganz gut. Aber wenn nichts passiert, ist das Beobachten durchs Fernglas leider auch recht langweilig. Jeden Abend werde ich das in Zukunft bestimmt nicht machen.

Freitag, 13. März
Grimm, Grimm, Grimm!
Wir waren heute mit einigen Bekannten (Sabines wohlgemerkt!) im Kino. Unangenehme Menschen. Damen und Herren aus der Werbebranche; Texter und Grafiker. Berufe, die vor wenigen Jahren (zu unrecht) negativ besetzt waren, und die jetzt (zu unrecht) als unheimlich kreativ und chic gelten. Was für ein Haufen blöder Arschlöcher. Arrogant, überheblich und borniert bis dorthinaus. Die kanzeln Menschen mit einem Blick wegen irgendwelcher Äußerlichkeiten ab.
„Halt, halt", würden jetzt wohl einige meiner Freunde laut rufen, läsen sie diese Zeilen: „Du machst es doch genauso", sprächen sie mit erhobenem Zeigefinger, leicht pikiert ob meiner scheinbar soeben an den Tag gelegten Doppelmoral.

Doch Obacht und aufgepasst: „Ei freilich, liebe Freunde", könnte ich dann froh und munter entgegnen. „Nur gibts da elementare Unterschiede. Erstens: Ich weiß von mir selbst, dass ich ein Arschloch bin. Für diese Einsicht fehlt diesen Damen und Herren allerdings die geistige Vigilanz in nicht unerheblichem Maße! Und zweitens: Natürlich kanzele auch ich Menschen erst einmal über Äußerlichkeiten ab. Aber die akzeptieren in ihrem Bekanntenkreis Menschen, die sie zwar Scheiße finden, die aber die richtigen Äußerlichkeiten (Hemd, Hose, Frisur) besitzen. Das ist mir dann doch zu doof!!"

Nach dem Kino gingen wir noch in eine ganz hippe, total tolle Bar (die in einem Jahr natürlich schon wieder geschlossen ist). Dieses Ding war im Stil der 70er eingerichtet (ach, wie herrlich originell), und vollkommen überfüllt mit blasierten Idioten ähnlicher Couleur wie Sabines Bekannte.

Da gehe ich doch lieber in Günters Bierstube, dort siehts genauso aus, aber das Interieur ist echt. Außerdem kosten da die Martinis nur die Hälfte und der Arschlochanteil ist auch nicht so hoch.

Sonntag, 15. März
Da ich mich am vergangenen Wochenende darüber mokiert hatte, dass wir immer etwas mit den gleichen Leuten unternehmen, regte ich nach dem missglückten Freitag für gestern die Konstellation Sabine-Sven-ich an. Das war relativ nett, mir aber alles in allem doch zu anstrengend. Sabine und Sven kennen sich praktisch kaum, weil wir drei eigentlich nie etwas zusammen unternehmen. Gestern merkte ich wieder einmal, woran das liegt. Irgendwie fehlt zwischen den beiden dieser bestimmte Funke, der ein vollkommen zwangloses und stockungsfreies Gespräch erst möglich macht. Anscheinend haben beide immer wieder das Gefühl, ins Leere zu reden oder von dem anderen missverstanden zu werden. Das ist nicht dramatisch, es gibt da kein komplettes Versanden der Kommunikation oder gar minutenlanges peinliches Geschweige. Aber immer wieder fühlte ich mich veranlaßt – vielleicht sogar unnötigerweise, aber das Bedürfnis ist halt da – das Gespräch in Gang zu halten. „Sabine meinte", „Ich glaube, Sven wollte sagen", „Übrigens, Sven interessiert sich auch für Photographie", so auf die Art halt. Das passierte natürlich nicht permanent, höchstens drei, vier Mal den ganzen Abend (20- 3 Uhr) über, aber ich war die meiste Zeit angespannt, weil ich beim Eintreten einer solchen Situation parat sein wollte, um sofort helfend eingreifen zu können.

Das fand ich auf Dauer sehr ermüdend, und es schmälerte mein

Vergnügen beträchtlich. Zum Glück waren wir ab zwölf Tanzen, und da wird ja eh nicht groß geredet.

Kleiner Nachtrag:
Gerade eben meinte Sabine, dass Sven „ja doch sehr sympathisch" und der Abend außerordentlich unterhaltsam gewesen sei. Und wahrscheinlich wird mir Sven das gleiche sagen. Was zeigt, dass ich mir wohl wieder einmal viel zu viel Gedanken um nichts gemacht habe, aber das ist halt einer meiner vielen dummen Eigenschaften.

Montag, 16. März
Am Abend war Sabine bei mir, was sich als keine sonderlich gute Idee erwies. Nicht, dass irgendetwas Besonderes geschehen wäre. Aber offensichtlich hatten wir beide gar keine Lust, uns zu sehen und uns nur aus Gewohneit getroffen und weil wir dem anderen nicht sagen mochten, dass ein Abend allein einem besser gefallen würde. Wir reagierten merkwürdig gereizt aufeinander, und ich musste aufpassen, nicht alles von ihr Gesagte als persönlichen Angriff aufzufassen. Dabei hat sie wirklich gar nichts Böses oder Gemeines geäußert. Ich habe sowieso in den letzten Wochen immer öfter Mühe, in ihrer Gegenwart gute Laune zu behalten. Wir müssen wieder mehr Wert darauf legen, uns nur zu sehen, wenn wir uns auch sehen wollen.
Gewohnheit ist ja an sich etwas Feines und kann dazu führen, dass man sich behaglich, angenehm und sicher fühlt, aber zuviel Gewohnheit geht einem auch auf den Sack!

Dienstag, 17. März
Wellman hat Pusteln (Herpes?) am Mund. Unschöner Anblick. Musste aber immerzu draufstarren und glaube, dass sie im Laufe des Tages größer wurden. Aß mit Wellman auch zusammen in der Kantine zu Mittag, und als ich ein sehniges Stück meines Schnitzels zerbiss und dabei auf die Pusteln guckte, ekelte mich tüchtig.
Hoffentlich ist der Mist nicht ansteckend und hoffentlich bekomme ich diese Dinger jetzt nicht auch. Wir haben bei uns in der Abteilung ja keine festen Kaffetassen (ich habe mir aber jetzt gleich nach der Arbeit eine eigene Tasse gekauft, die nur ich benutzen werde), und die Reinigung des Geschirrs ist sehr mangelhaft (hoher Männeranteil).
Deshalb die schlimme Befürchtung, dass ich heute Wellmanns Tasse von gestern benutzt haben könnte und mich deshalb mit seinen Pusteln infiziert habe. Als mir im Büro die Idee kam, dass ich da vielleicht aus einer

herpesverseuchten Tasse trinke, habe ich sie natürlich sofort gründlichst ausgewaschen. Aber da hatte ich schon daraus getrunken, und es war wahrscheinlich alles schon längst zu spät. Ich kann also nur der Dinge harren, die auf meine Lippen kommen mögen.

Mittwoch, 18. März
Heute abend verlangte wieder einmal meine Wind- und Regenjacke besondere Fürsorge und Zuwendung. Die ist nämlich aus ägyptischer Baumwolle und mit einem Wachs regendicht versiegelt. Irgendwann ist das Wachs aber abgerieben und vom Regen ausgewaschen und die Jacke muss nachgewachst werden, weil sonst die Baumwolle brüchig wird. Dieses Nachwachsen ist ganz schön anstrengend. Ich habe die Jacke dazu auf dem Fußboden ausgebreitet, und dann krabbelte ich gut eine Stunde herum und rieb mit einer Bürste das neue Wachs auf die Jacke. Ist die Jacke schließlich versorgt, riecht alles nach Kerzen, und die Hände sind vom Wachs ganz seltsam stumpf, und wenn ich die Jacke in den nächsten Tagen anziehe, darf ich mich nirgends gegenlehnen, weil da sonst ein Wachsabdruck zurückbleibt, und manche Leute sehen sowas nicht gern an ihrer Tapete oder im Autositz.
Ich finde, so etwas baut beinah schon so eine Art Beziehung zu einem Kleidungsstück auf, ja es wächst einem regelrecht ans Herz. Das könnte mit einer Kunststoffjacke nicht passieren. Meine Jacke ist prima.
Vor dem Wachsvorgang habe ich zum ersten Mal seit dem Kauf vor drei Jahren auch einmal die zahlreichen Taschen der Jacke gesäubert und ausgewischt. Was sich da alles anfindet:
1 kleine Glühlampe (kaputt)
2 Stücke gefaltete Pappe
1 Kaugummipapier
2 Handzettel (1x Musikkonzert, 1x Lesung)
3 Zettel mit Telephonnummern (natürlich ohne Namen, keine Ahnung, zu wem die gehören)
1 Zettel, auf dem ich das Geschriebene beim besten Willen nicht mehr entziffern kann
2 Kassenbons
1 leere Gummibärenpackung
1 Eintrittskarte für ein Konzert
1 kleine Broschüre, „The way of Health & Happiness" verheißend, die ich in einem Londoner Herbal Inn bekam, einem chinesischem Medizin- und Akupunkturladen
3 Kinokarten

1 Wegbeschreibung zu einer Dame, zu der ich seit über einem Jahr keinen Kontakt mehr habe
1 Parkschein
1 Brief, den ich jetzt auch nicht mehr abschicken brauche
3 (!) Bleistiftstummel (bei Ikea eingesteckt)
1 Rechnungsquittung für unsere Reise nach Dänemark
4 zerknüllte Taschentücher, bzw. Papierservietten
sowie der übliche diffuse Taschengrus.
Beachtlich!

Donnerstag, 19. März
Blöde Streiterei mit Sabine wegen nichts. Auslöser war die Unordnung in ihrer Wohnung, die zum Teil von mir verursacht wurde. Diesen Tatbestand leugnete ich ja auch gar nicht ab, darum gings auch eigentlich nicht. Vielmehr war der Zeitpunkt und der Ton ihrer Beschwerde falsch gewählt. Ich war gleich nach der Arbeit zu ihr gefahren, und als ich eintraf, war sie auch gerade nach Hause gekommen. Beide waren wir aufgeladen und gereizt vom Job, und so wurde es recht bald recht laut. Den Zwist zwar nachher beigelegt, indem ich Besserung bei der Hausarbeit in ihrer Wohnung gelobte und sie versprach, beim nächsten Mal einen günstigeren Zeitpunkt für das Ansprechen von Missständen zu wählen. Trotzdem bleibt bei mir ein schaler Nachgeschmack. Wir streiten eigentlich nie, aber heute hatten wir seit Monaten den ersten Krach und ich finde das auch immer sehr kräftezehrend und überflüssig. Unordnung ist doch an sich ein viel zu banaler Stoff, um daraus einen Streit entstehen zu lassen. Aber das ist wahrscheinlich die Krux: Bei den meisten Streitereien ist der Auslöser irgendein blöder Scheißdreck, halt ein Vehikel, das herhalten muss, und darüber gehts dann ans Eingemachte. Wahrscheinlich führen irgendwelche liderlich abgewaschenen Kaffeetassen oder falsch in den Küchenschrank eingeräumte Geschirrteile viel öfter zum Beziehungsende als irgendwelche Seitensprünge.

Freitag, 20. März
Zum ersten Mal nach meinem kleinen Diebstahl war ich wieder im Antiquariat. Gern gebe ich zu, dass ich doch relativ nervös war, als ich den Laden betrat. Schon auf dem Weg dorthin hatte ich mir ausführlich ausgemalt, was sein würde, wenn der Antiquar mit dem Finger auf mich zeigen und zischen würde: „Bürschchen, du klaust bei mir nie wieder Bücher" oder so ähnlich. Tatsächlich aber musterte er mich wie immer

nur kurz und wandte sich dann wieder einem Stapel neu eingegangener Bücher zu. Ich muss sagen, dieses Unentdecktbleiben meines Vergehens versetzte mich in beste Laune, und sofort packte mich die Idee, Ähnliches wie beim letzten Mal zu wiederholen. Ich konnte mich gar nicht gegen diese Idee wehren, das übermannte mich schlagartig und löste ein ungemein prickelndes Gefühl aus. Beim Herumstöbern fand ich eine sehr schöne zweibändige Ausgabe von „Die Dämonen" von Heimito von Doderer in hervorragendem Zustand für relativ kleines Geld. Die wollte ich kaufen, denn erstens wären die beiden Bände zum Unter-den-Pullover-Schieben viel zu dickleibig gewesen, zweitens hatte ich das Gefühl, mit einem Kauf mein mögliches Vergehen irgendwie auszugleichen und drittens wollte ich die Ausgabe unbedingt haben. In der zweiten Etage, bei den englischsprachigen Büchern, konnte ich dann auch meinen Jagdtrieb befriedigen. Mir gehört nun auch ein wirklich hübscher London-Führer aus den 20er Jahren mit schönen Photos. Das Ding sollte nur zehn Mark kosten, aber dafür hätte ich ihn mir wohl nicht gekauft. Als ich das Haus verlassen hatte, stellte sich bei mir ein enormes Hochgefühl nach dem gelungenen Raub ein. Da die beiden gestohlenen Bücher bei mir zudem einen Stellenwert haben, den sie bei rechtmäßigen Erwerb nie erlangt hätten, überlege ich nun, von jedem Antiquariatsbesuch etwas umsonst mitzubringen. Dann könnte ich mir auch eine kleine Bücherecke einrichten, die nur aus gestohlenen Werken besteht.

Sonnabend, 21. März
Sven hat vor einigen Tagen ein paar Mark von seiner Oma geschenkt bekommen, und da er deshalb einmal wieder in der Situation war, seine Getränke selbst zu zahlen, hielt ich das für eine gute Gelegenheit zum gemeinsamen Ausgehen. Ich steckte zwei gute Zigarren ein, und wir fuhren heute nachmittag zum besten Hotel der Stadt. Dort suchten wir uns im Dining-Room einen Fensterplatz mit Blick auf den Bürgerpark. Dann winkten wir den Ober heran und ließen uns die im Hause erhältlichen Cognac-Marken präsentieren. Wir wählten eine aus und saßen in tiefen Ledersesseln, rauchten Zigarre, tranken edlen Cognac, genossen den herrlichen Ausblick auf den Park und plauschten ein wenig. Sich so die Zeit zu vertreiben, lässt in einem eine satte Zufriedenheit aufsteigen und ist auch gar nicht so teuer, wenn man sich mit dem Cognac zurückhält. Leider war ich nicht in Höchstform. Die Zigarre war zwar hervorragend, sehr sauber im Abbrand und lieblich im Geschmack, doch der doppelte Genuss von geistigen Getränken und Tabak überforderte mich leider leicht. Mir wurde blümerant, und bevor dieses Gefühl überhand nahm,

brach ich nach der Hälfte der Zigarre den Rauchvorgang ab. Es war zwar schade um die gute Tabakware, doch da muss man gleich konsequent sein. Raucht man nämlich nach dem Einsetzen der Blümeranz weiter, wird einem womöglich tüchtig übel, und so etwas kann ja nachhaltig den schönen Nachmittag verderben. Ich erholte mich denn auch recht bald und bin jetzt auch schon wieder fit genug, um gleich zu Sabine aufzubrechen.

Sonntag, 22. März
Wir standen gar nicht so spät auf und da bestes Frühlingswetter war, machten wir uns nach dem Frühstück zu einem netten Fahrradausflug auf. Das angenehme Gefühl, sich wieder einmal so richtig durchgepustet zu haben. Treibt nicht sportliche Ertüchtigung alle Giftstoffe aus dem Körper? Während mehrerer kurzer Stopps genossen wir Hagebuttentee aus der mitgeführten Thermoskanne, was die Illusion gesunden Lebenswandels noch verstärkte. Immerhin kein Alkohol, keine Rauchwaren diesen Tag, durchaus der Notation wert. Nach der Heimkehr gemeinsam gebadet, was uns beide erheblich erotisierte und das Bad ausdehnte. Danach sehr erschöpft, deshalb Bettruhe, die wir lesend verbrachten. Vorhin noch etwas Fernsehen, dabei Abendbrot. Dann fuhr Sabine nach Hause, weil sie dort noch Besuch bekam. Ich verbrachte den Abend damit, abwechselnd zu telephonieren, zu lesen und fernzuschauen. Hohe Zufriedenheit, Freude auf den Schlaf.

Montag, 23. März
Mist, hätte heute gern dies und jenes tun wollen (im Büro noch den Kopf randvoll mit Ideen verschiedenster Art), doch daheim wars dann wie weggeblasen. Der Kopf nun komplett leer; bei vorhandener Zeit für jegliche Ideen. Statt emsiger Tätigkeit nun sinnlose Zeitverschwendung (tumbes stundenlanges Herumgeschalte durch die Fernsehprogramme ohne auch nur annähernd etwas mitzubekommen).
Vergleuster Tag!

Dienstag, 24. März
Erst einmal ein Nachtrag zu gestern. So etwas war natürlich zu vermuten, ja lag nahezu auf der Hand.
Nach der dämlichen Fernseherumschalterei machte ich mich endlich irgendwann bettfein. Kaum hatte ich das Licht gelöscht, war ich hellwach. „Vielleicht sollte ich noch ein wenig lesen", dachte ich. „Nee, lieber nicht, morgen um sieben klingelt der Wecker." Also ließ ich das Licht

aus. Ich hätte es aber genauso gut anmachen können, denn einschlafen konnte ich noch immer nicht. Ich drehte mich links herum, ich drehte mich rechts herum, ich drehte mich links herum, ich drehte mich ... Dann lag ich zwar irgendwie vernünftig, musste aber auch eben noch mal zur Toilette. Kaum lag ich wieder, fiel mir ein, dass ich ja schon seit Monaten meinen Lohnsteuerjahresausgleich vom letzten Jahr machen wollte. Also machte ich das Licht wieder an, stand auf und schrieb eine diesbezügliche Notiz für den heutigen Tag. Dann wieder Herumgewälze im Bett ob der richtigen Schlafposition. Dann musste ich wieder pinkeln (das ist übrigens jedesmal das Gleiche: Wenn ich nicht einschlafen kann, muss ich andauernd auf Toilette, nur damit ich nicht zur Ruhe komme. Das sind skandalöse Vorgänge in meinem Körper, die ganz eindeutig und offensichtlich gegen mich gerichtet sind!). Wieder im Bett (nach erfolgreicher Suche der richtigen Schlafposition) setzte ein Juckreiz an den unterschiedlichsten Körperstellen ein. Dieses Jucken hatte ich schon erwartet, denn es taucht üblicherweise immer auf, wenn ich nicht einschlafen kann. Mit dem Jucken stieg dann auch der Grimm (über die eigene Blödheit, nicht einschlafen zu können, über das Herumgewälze, über den Harndrang, über den Juckreiz) stark an. Spätestens hier wusste ich, dass diese Nacht nicht die meine werden sollte. Mit diesen Nervereien gings noch eine ganze Weile (um 3.50 Uhr sah ich zum letzten Mal auf den Wecker) weiter. Irgendwann schlief ich dann aber doch ein. Am heutigen Morgen fühlte ich mich allerdings – kaum verwunderlich – wie gerädert. Ein Zustand, der sich natürlich über den Tag auch nicht merklich besserte. Nicht schön, sowas.
Zum Glück funktionieren die Mechanismen der Bürotätigkeit nach jahrelanger Ausübung zur Not auch ganz automatisch.

Donnerstag, 26. März
So etwas Beschissenes kann auch nur wieder mir passieren! Ich war vorhin vollkommen in Eile, weil ich unbedingt noch zur Post wollte, um einen Brief an Carsten noch vor Schalterschluss abzuschicken. Da die Zeit bis zum Schalterschluss knapp wurde, machte ich mehrere Sachen gleichzeitig: Brief adressieren, Frikadelle essen und Jacke anziehen. Außerdem musste ich noch unbedingt pinkeln, die Blase duldete da überhaupt keinen Aufschub mehr. Und irgendwo auf dem Weg zur Toilette legte ich die halbgegessene Frikadelle ab. Nur leider weiß ich jetzt nicht mehr, wo. Ich kann mich beim besten Willen nicht daran erinnern und finde das Ding nicht wieder. Ganz toll, eine Glanzleistung. Ich habe ja noch etwas Hoffnung, dass ich die Frikadelle vielleicht doch

nicht abgelegt sondern aufgegessen habe. Vermutlich werde ich aber irgendwann in den nächsten Wochen eine halbverweste Frikadelle in meiner Wohnung entdecken. Oder noch schlimmer: Gäste finden sie. Was werden die dann von mir halten? Nichts Gutes, glaube ich.

Nachtrag: Die Frikadelle ist wiedergefunden: Sie lag auf dem Spülkasten der Toilette.

Freitag, 27. März
Dumpfe Depressionen.
Das Schlimme daran: Ich weiß nicht, wieso.
Kann man den Grund diese Gefühls nämlich definieren, ists ein mehr oder minder Leichtes (schmerzhaft vielleicht, oder unangenehm möglicherweise), sich davon zu befreien. Man muss dann, nach erlangter Einsicht, nur handeln. Das ist übrigens das Schwierigste überhaupt. Viel schwieriger als die zumeist hilfreiche Betrachtung der eigenen Lage von einem möglichst neutralen Standpunkt aus. Doch, doch, der ist gar nicht so schwer zu erreichen, es erfordert nur etwas Willen und Konzentration. Steht man erst dort, wird alles recht schnell überschaubar und klar. Das von diesem Punkte aus als möglicherweise notwendig erkannte Verlassen der tief eingefahrenen Geleise ist aber erst die Rampe, der Ansatz zu weiterem Handeln. Der eigentliche Knackpunkt ist dann das tatsächliche Verlassen dieser Geleise. Der Mensch neigt halt doch zur Bequemlichkeit und hat Angst vor Neuerungen und der Durchführung unangenehmer Entscheidungen. So lässt man dann oft doch die Zügel schleifen und bleibt auch aus der durchaus verständlichen Bequemlichkeit in der bisherigen Situation (so bedrückend sie auch sein mag) haften. Man richtet sich ein. So manches Problem wird so irgendwie im Innersten verkapselt. Oft genug geht solches Handeln (oder besser: Nichthandeln) gut ab. Ich habe es selbst häufig genug erprobt. Doch manchmal brodelt und gärts in der Verkapselung munter weiter. Kommts dann zur Explosion, ist die Katastrophe perfekt.
Den Außenpunkt habe ich zwar heute erreicht, aber eben leider nichts entdeckt (vielleicht ist mir ganz einfach der Blick versperrt – auch sowas gibts). So sitze ich halt im eigenen Saft, nicht in der Lage, diesem zu entsteigen.
Nun, vielleicht weht mich ja schon bald ein warmer Wind an.

Sonntag, 29. März
Übel dran. Bettlägerig. Diese Schweine vom Pizzaservice! Gestern abend ließen wir uns Pizzen bringen, Sabine eine „Funghi", ich eine

„Frutti di Mare". Bei Sabine war natürlich nichts, ich dagegen wurde gegen halb vier morgens wach, musste schnell aufs Klo, um dort anschließend fast zwei Stunden lang erheblich zu kotzen und Durchfall zu haben. Warum immer ich? Jedenfalls gab ich alles von mir, anscheinend auch die Krankheitskeime, denn schließlich wurde mir nicht mehr andauernd schlecht, und so krabbelte ich mit Schüttelfrost und sehr geschwächt zurück ins Bett. Bis jetzt (18 Uhr) dort verblieben. Kraftbrühe zur Stärkung von Sabine gereicht. Nahm später Salzstangen und Cola zu mir. Sabine hat auch beim Pizzaservice angerufen, die sich das gar nicht erklären können, „immer frische Ware, Sauberkeit an erster Stelle usw.". Trotzdem tausendmalige Besserungswünsche sowie Gutschein über freie Gerichtewahl mit der nächsten Post. Pizza „Frutti di Mare" bestelle ich bei denen aber keine mehr!
Ich gehe morgen nicht zur Arbeit, dafür fühle ich mich nach den Entbehrungen der zurückliegenden Nacht noch zu schwach.

Montag, 30. März
Tatsächlich daheim geblieben. Um acht stand ich auf, um in der Firma anzurufen und mein Fernbleiben zu melden. Anschließend rief ich beim Arzt an und konnte dort wegen meiner akuten Erkrankung auch gleich vorbeikommen. Dort leidender getan als es mir ging und deshalb für zwei Tage krankgeschrieben worden. Zu Hause wieder ins Bett gekrabbelt und bis in den Nachmittag hinein geschlummert, was mir sehr wohltat. Schlafen ist doch die beste Medizin. Jedenfalls fühlte ich mich nach dem Aufstehen wieder recht leidlich. Nach einem erquickenden Bad aufs Sofa, wo ich, in die Wolldecke eingekuschelt, lange las. Dazu viel Brühe, Schwarztee und Salzstangen. Ich erholte mich so erstaunlich gut und entwickelte einen Heißhunger auf Hamburger. Rief deswegen Sabine an, die diese nach der Arbeit holte und extra bei mir vorbeibrachte. Die Gute. Nachdem sie noch einmal zu ihren Eltern gefahren war, verbrachten wir den restlichen Abend vor dem Fernseher. Während ich dieses schreibe (23.30 Uhr) liege ich schon wieder müde im Bett. Da sieht man mal, wie mich die Lebensmittelvergiftung erschöpft hat. Sabine ist noch einmal in die Badewanne gestiegen und kommt auch gleich ins Bett. Gute Nacht.

Dienstag, 31. März
Obwohl es mir eigentlich wieder gut ging, blieb ich auch heute den ganzen Tag in der Wohnung und im Jogginganzug. Die meiste Zeit verbrachte ich im Bett, abwechselnd lesend, schlafend und essend. Gegen Abend merkte

ich, dass die Krankheit nun vollkommen überstanden ist, weil ich unbedingt den Jogginganzug loswerden musste. Zog stattdessen einen richtigen Anzug an, da ich genug von schlabbriger Freizeitkleidung und den dazugehörigen Krankheitstagen hatte. Auch rasiert und Brandy probiert. Beides hob das Wohlbefinden. Sabine war ebenfalls sichtlich erfreut über diese Veränderung im Erscheinungsbild.

Mittwoch, 1. April
Nicht in den April geschickt worden. Bedenklich. Mag mich etwa keiner?

Donnerstag, 2. April
Ich sitze halbsauer und dreiviertelgeil in meiner Wohnung. Eigentlich wollte ich jetzt aber in Sabines Wohnung sitzen bzw. liegen, doch daraus wurde leider nichts. Ich war bis gerade eben noch bei ihr und dachte, es könnte ein netter Abend der körperlichen Zuneigung in Sabines Schlafzimmer werden. Falsch gedacht. Sabine hatte nämlich keine Lust, mit mir zu poppen. Das an sich ist ja okay, das kann ja passieren. Nur der Grund dafür ist ungeheuerlich: Jetzt läuft der dritte Teil einer vierteiligen Serie. Und Sabine hat schon die ersten beiden Teile gesehen, und die fand sie supertoll, und darum wollte sie den heutigen Teil auf gar keinen Fall verpassen, und wenn der vorbei ist, ist es schon halb zwölf, und dann sind wir auch beide zu müde für Sex. Beschissenerweise ist mein beschissener Videorekorder zur Reparatur, wenn der dagewesen wäre, hätte ich den Mist aufzeichnen können und ab in die Koje. Aber der ist natürlich jetzt gerade kaputt.
Aber schon bedenkenswert: Vor ein, anderthalb Jahren hätte Sabine niemals wegen einer Fernsehserie eine Nummer mit mir ausgelassen. Und ich hätte damals auch bestimmt nicht so schnell lockergelassen wie vorhin. Oder wir hätten vielleicht die Serie geguckt, und dann meinetwegen um halb zwölf gepoppt und wären dann halt am nächsten Morgen müde gewesen, na und.
Aber jetzt guckt Sabine den dritten Teil einer vierteiligen Serie, und ich sitze zu Hause und bin gar nicht sonderlich beleidigt.

Freitag, 3. April
Der Tag im Büro war natürlich wie immer banal. Danach kurz einkaufen gewesen. Brot, Käse und Fertiggerichte. Käse ist so beschissen teuer. Jetzt ist es halb acht, und gleich kommt Sabine vorbei, da wir ins Kino wollen. Ich bin gespannt, ob die Dame pünktlich ist, denn ich kenne ja

meine Pappenheimer. Sie wird heute mal wieder hier schlafen, obwohl ja mein Bett für zwei ziemlich eng ist. Da sie bei mir bleibt, habe ich vorhin sogar Schwarzbrot gekauft, weil sie das morgens ganz gern isst. Ich bin ja beim Frühstück nur in der Lage, Toastbrot als feste Nahrung zu mir zu nehmen. Und das mag sie nun einmal nicht.

Als ich vorhin beim Abendbrot in die Zeitung schaute, las ich einen sehr interessanten Artikel über „die vierbeinigen Lebenspartner". Und wieder eine Illusion durch die harte Realität zerstört. In dem Artikel kam ein Verhaltensforscher zu Wort, der etwas sehr Einleuchtendes sagte: Seiner Meinung nach hat die Tatsache, dass die meisten Menschen ihr Herz eher an einen Hund oder eine Katze hängen und nicht an ein Schwein oder einen Dachs, einen praktischen Hintergrund: „Hunde und Katzen sind die einzigen Tiere, die ihren Urinfluß kontrollieren können." Nicht von wegen besonderer Zuneigung von Mensch und Hund bzw. Mensch und Katze. Mumpitz die Vorstellung, dass der Hund der treueste Freund des Menschen ist. Der einzige Grund für diese Partnerschaft ist die relativ kontrollierte Ausscheidung von gewissen Körperflüssigkeiten. Wahrscheinlich würde ein Schwein genauso nett, liebvoll und zutraulich werden wie ein Zwergpudel. Nur hat es dem Pudel gegenüber den Nachteil, dass es meinetwegen beim Kaffeekränzchen von Oma Erna vor den versammelten Freundinnen kräftig auf den Boden strullt. So etwas kann den Freundeskreis sehr schnell verkleinern und ist zudem äußerst ruinös für den Teppichboden.

Im Übrigen ist es jetzt zehn vor acht, und meine liebe Freundin ist natürlich immer noch nicht da, und die Zeit, um pünktlich zum Kino zu kommen, wird langsam knapp.

Sonnabend, 4. April
Tatsächlich schafften wir es gestern abend gerade noch so ins Kino, und ich hasse diese Hetzerei ja wie die Pest, aber naja, egal, so ist Sabine halt, ich habe ja auch meine kleinen Schwächen. Obwohl der Film nicht schlecht war, fühlten wir uns beide danach ziemlich müde und fuhren deshalb zu mir und gingen nicht mehr aus, wie eigentlich angedacht. Was sind wir doch für erbärmliche Langweiler!

Heute in der Innnenstadt. Kaufte mir ein ausgesprochen schönes und leider auch ausgesprochen teures Jackett. Es passt aber famos zu der schmalgeschnittenen schwarzen Stoffhose. Wieder ein Jackett mehr. Die werde ich mein Lebtag nicht mehr auftragen, aber egal, Jacketts kann man ja gar nicht genug haben! Wegen des gelungenen Kaufes sehr beschwingt. Lud deshalb Sabine zum Essen ein, was nochmals einiges

kostete. Das ist aber doch eigentlich egal, da ja gerade ein frisches Gehalt aufs Konto geflossen ist. Ausgesprochen erfreulicher Zander, aber auch Sabines Wels nicht minder gut.
Fühlte mich sehr wohl und elegant im neuen Jackett und schaute in jeden Spiegel.

Sonntag, 5. April
Der Tag ließ sich erst sehr lahm und ziellos an, dann aber hatte Sabine eine großartige Idee. Sie schlug vor, doch zum Bleikeller im Dom zu gehen, Leichen gucken. Gesagt, getan. Was für eine schöne Freizeitbeschäftigung, die in dieser Form nur in unserer ebenfalls schönen Hansestadt Bremen möglich ist. An welchem anderen Ort kann man schon für drei Mark Eintritt neun bis zu 500 Jahre alte Leichen unter Glas betrachten? Das letzte Mal war ich, glaube ich, vor über 20 Jahren an dieser herrlichen Stätte, als meine Eltern irgendwelchen Besuch von auswärts hatten. Es spricht für das Wesen der Bremer, dass sie Touristen seit Generationen zu dieser Attraktion führen. Auch heute war es dort recht voll, und die meisten waren offensichtlich von ihren Gastgebern dort hingeschleppt worden. Ich erwarb für zwei Mark eine kleine Broschüre, die für den interessierten Besucher wissenswerte Informationen parat hielt. Der erste Tote im Bleikeller war ein Dachdecker, der beim Bau des Doms vom Dach fiel. Da er nicht von hier war, legte man ihn erst einmal in diesen Raum, in dem auch Bleiplatten aufbewahrt wurden. Der Herr wurde dort allerdings leider vergessen, und als man sich seiner erinnerte, waren längst schon einige Monate ins Land gegangen. Das Hallo war groß, als man feststellte, dass der Dachdecker nicht vergammelt war, sondern immer noch top aussah. Man führte den guten Erhaltungszustand auf die Bleiplatten zurück, beließ den Handwerker im Bleikeller und reicherte diesen im Laufe der nächsten Jahrhunderte mit acht weiteren Leichen an. Fertig war die Touristenattraktion. Bei der Bestückung des Bleikellers legte man übrigens Wert auf eine gesunde Mischung. In der Broschüre heißt es: „Lange blieb der ehrsame Dachdecker einsam, bis sich im Jahre 1590 eine stocksteife Engländerin, Lady Stanhope aus London, zu ihm verirrte. Sie wird froh gewesen sein, als nach dem 30-jährigen Kriege die Gesellschaft standesgemäßer wurde, ein schwedischer General von Winsen mit seinem im Duell erstochenen Adjudanten und zehn Jahre später gar eine schwedische Gräfin hinzukamen. Im 18. Jahrhundert vervollständigte sich die Runde noch weiter: ein im Duell gefallener Student, ein englischer Major und der bremische Arbeiter Konrad Ehlers fanden sich ein. Vornehm abseits hält sich der

1730 gestorbene schwedische Kanzler von Engelbrechten, der im geschlossenen Stein-Sarkophag verharrt." Übrigens wurde in jüngerer Zeit festgestellt, dass die Bleiplatten gar nicht für den Konservierungsprozess verantwortlich sind. Vielmehr sorgt die außergewöhnliche Trockenheit der Luft dafür, also so ähnlich wie bei Trockenpflaumen.
Vor einigen Jahren wurden Glasplatten auf die offenen Särge gelegt, weil zu viele Besucher versuchten, ein Stück von den Leichen abzupuhlen, um ein einmaliges Souvenir zu erhaschen. Ich muss schon sagen, so ein Stück von einer verknurpsten Mumie hätte ich auch gern. Da hätte man etwas zum Vorzeigen, das wirklich Bewunderung verdient.
Ach, das war eine unterhaltsame und auch ausgesprochen lehrreiche Zeit im Bleikeller. Danach großer Bratwurstappetit.

Montag, 6. April
Ich ließ mir heute von Sabine per Pinzette den Rücken enthaaren. Schmerzhafte Angelegenheit. Anscheinend ist die Anzahl der dicken, widerspenstigen Haare seit der letzten Enthaarung sprunghaft angestiegen. Gruselig. Beim nächsten Mal sollten wir es mit Wachs versuchen.
Sabine tirilierte beim Zupfen fröhlich und munter vor sich hin. Sie übertönte damit mein gelegentliches Aufstöhnen, wenn es allzu arg ziepte. Das Ganze bereitete ihr offensichtlich Genuss. Sie hatte auch danach glänzende Laune (während sie beim Kommen eher missmutig gestimmt war). Bedenkenswert!

Dienstag, 7. April
Das nenne ich Zufall: Beim Stadtbummel traf ich Udo. Das erste Mal seit sieben Monaten (!), dass ich ihn sah. Wir setzten uns in ein Café und plauschten freundlich wie in alten Tagen, so als hätten wir uns vorgestern zuletzt gesehen. Nach außen hin war es wie immer. Nur: Wir hatten uns nicht vorgestern zuletzt gesehen, sondern vor sieben Monaten – und damit war es auch nicht wie immer – für mich zumindest.
Ich fragte ihn, ob er meine Karte („Lieber Udo, ich würde mich sehr freuen, wenn Du Dich mal wieder bei mir melden würdest") erhalten habe.
„Ja, habe ich. Aber die Arbeit, ich komme einfach zu nichts mehr, scheußlich. Aber das kennst du sicherlich auch", antwortete er. Ich nahm es so hin.
Vor drei Monaten, vielleicht sogar noch vor zwei Monaten, hätte ich etwas dazu gesagt; beispielsweise: „Blödsinn, man kann sich immer eben mal kurz melden", oder so.

Aber diese Sache ist mir nun egal geworden, und, das merkte ich beim Zusammensitzen mit ihm, auch Udo ist mir damit egal geworden. Schade, wirklich sehr schade, ich hätte es mir sicherlich anders gewünscht. Aber nun ist das Gefühl da – und es ist unabänderlich. Als wir uns verabschiedeten sagte ich, er sei nun dran mit Melden.
Er sagte: „Ja, mache ich, bestimmt."
Er weiß, ich weiß: Er wird es nicht tun.
Die Akte „Udo" ist damit geschlossen und wandert ganz nach hinten ins geistige Archiv.

Mittwoch, 8. April
Wellmann ist natürlich ein kompletter Idiot und Proll. Aber manchmal, das muss man ihm lassen, bringt er recht hübsche Formulierungen zustande: Heute meinte er, als Frau Harms aus der Dispo mal kurz bei uns vorbeigeschaut hatte: „Mannomann, der würde ich aber auch gern mal den Kamin kehren!" Das ist wirklich hübsch gesagt. Muss ich mir unbedingt merken und im rechten Augenblick an den Mann beziehungsweise an die Frau bringen. Damit kann man in der Damenwelt bestimmt hübsche Erfolge einstreichen.
Oder Ohrfeigen.

Donnerstag, 9. April
Verdammter Mist. Mutti berichtete mir, dass gestern abend Michael Raschen schwer mit dem Auto verunglückt ist. Er hat wohl zahlreiche Knochenbrüche, schwere Kopfverletzungen und vielleicht sogar Hirnverletzungen erlitten und liegt im Koma. Das gefällt mir nicht, das gefällt mir gar nicht. Immerhin war ich mit ihm zusammen in der Grundschule, und wir waren damals sogar ein bisschen befreundet. Gut, Kontakt hatten wir schon bestimmt über 20 Jahre keinen mehr, und ich hörte nur etwas über ihn, wenn meine Mutter seine Mutter beim Einkaufen traf. Also von Bekanntschaft oder gar Freundschaft kann da eigentlich nicht die Rede sein, er ist höchstens eine Person, die ich kenne. Aber das reicht schon. Ich will nicht, dass Personen, mit denen ich befreundet bin oder die ich kenne, etwas passiert. Das geht mir nahe und passt mir nicht.
Meinetwegen sollen 90-jährige Rentner in Oberbayern verunglücken, die ihr Leben lang Arschlöcher waren, aber nicht irgendwelche Leute, mit denen ich vor 25 Jahren in der gleichen Klasse war und die gerade mal über dreißig sind und also eigentlich noch fünfzig Jahre vor sich haben.

Freitag, 10. April
Ich bin vorhin mit Sabine im Schwimmbad gewesen. Eigentlich wollten wir ja heute noch ein bisschen weggehen, aber nach der ungewohnten körperlichen Ertüchtigung sind wir beide wohlig müde und haben gar keine sonderliche Lust mehr, einen Schritt vor die Haustür zu setzen, und deshalb bleibt sie heute nacht auch bei mir.
Schwimmen ist eigentlich gar nicht so übel. Natürlich ist das Wasser in öffentlichen Bädern viel zu kalt, aber ich glaube, wenn ich ein, zwei Mal in der Woche schwimmen gehen würde, täte ich wirklich etwas für meine Fitness. Ich habe übrigens heute beim Schwimmgang eine entscheidende Veränderung zu früher vorgenommen, die sich recht positiv ausgewirkt hat. Ich behielt auch im Wasser meine Brille auf und konnte so die anderen Badegäste genau beobachten, und damit war es wesentlich weniger langweilig als sonst. Das werde ich jetzt immer so machen. Was allerdings richtig nervte, waren die zahllosen Kinder im Bad. Die veranstalten einen ungeheuren Lärm, davon kann man ja einen Gehörschaden bekommen. Diese hellen Stimmen, schlimm. Und außerdem springen die immer und überall unkontrolliert ins Wasser, vom Beckenrand, vom Startblock, vom Sprungbrett, von wirklich überall. Irgendwann hüpft einem so ein Blag dann auf den Kopf und bricht einem das Rückgrat, und man ist gelähmt, und Schluss ist mit lustig, während dieses Gör weiterhin öffentliche Schwimmbäder unsicher macht und unbescholtene Bürger bespringt! Außerdem, warum sind eigentlich solche Horden von Halbwüchsigen im Schwimmbad? Haben die denn keine Hausaufgaben zu erledigen? Oder drücken die sich nicht normalerweise in irgendwelchen abgelegenen Ecken herum und rauchen dort heimlich ihre ersten Zigaretten? Anscheinend nicht.
Noch eine Frage beschäftigt mich nach dem heutigen Badbesuch: Wie schaffen es eigentlich einige noch recht junge Damen, schon solch erhebliche Fettsteiße zu haben?

Sonnabend, 11. April
Ich neige zum Suff.
Sicher, Tatsache ist, dass ich mich nicht betrinken kann. Ich war wirklich noch nie in meinem Leben volltrunken, immer nur angetrunken. Wenn ich einen gewissen Pegel erreicht habe, ist einfach Schluss. Da scheint irgendeine Sperre bei mir im Kopf einzurasten, die es nicht zulässt, dass ich über ein gewisses Trunkenheitsniveau hinaus weitersaufe. Nie zuviel auf einmal, immer schön gleichmäßig und mit der gebotenen Vorsicht hinein mit dem köstlichen Nass. Habe ich eine gewisse Menge Alkohol

intus, stoppe ich das Trinken, lasse meinen Körper das Genossene halbwegs verarbeiten und saufe dann weiter. So kann ich über einen ganzen Tag ein relativ hohes Alkoholniveau halten, erwache aber am nächsten Tag ohne Kater und kann weitertrinken. Ich glaube, das zeichnet den wahren Trinker aus. Sich nicht einmal kräftig zukippen und dann drei Tage krank sein – nein, nein, das ist etwas für Amateure. Stattdessen dosiert (möglichst hochdosiert natürlich) trinken, das aber in vollkommener Gleichmäßigkeit jeden Tag über viele Jahre. Zu dieser Sorte könnte ich gehören, und ich betone: könnte. Ich kaufe nämlich selten Alkoholika, denn sind sie im Haus, zwingt mich etwas, sie zu verköstigen, ich muss die Flaschen einfach leeren. Habe ich nichts im Haus, spüre ich auch keinen Drang zum Trinken. Da ich natürlich auch Hypochonder bin und mich die Vorstellung einer geschwollenen Leber, Halluzinationen oder argen Entzugserscheinungen nicht unerheblich ängstigt, wähle ich zumeist den Weg der Tugend und schiebe dann das Einkaufswägelchen im Supermarkt energisch an den Alkoholflaschen vorbei.

Übrigens bin ich auch überhaupt kein Gesellschaftstrinker. Mit anderen Menschen will es mir nicht recht schmecken, da reicht es allerhöchstens zum Schwips, wenn überhaupt. Ich bin von der schlimmsten Sorte, ich saufe allein und nur in der eigenen Wohnung. Schockierend dabei: Kurz vor dem Erreichen des zulässigen Höchstpegels ist mir das Glas zuwider. Da fallen bei mir alle Benimmregeln in den allertiefsten Keller. Dann wird aus der Flasche geschluckt (aus der ich dann später – wenn sie noch nicht leer ist – fröhlich Gästen in deren Gläser einschenke.)

Heute war wieder ein Sauftag. Mittags köchelte ein Fertiggericht im Topf. Zu diesem Kochvorgang wollte ich mir einen Martini gönnen. Der war aber schwuppdiwupp alle, und es folgten drei weitere, bis das Gericht tellerfertig war. Nach dem Essen war die Flasche zu drei Vierteln leer und ich nicht wenig angetrunken. Ich gönnte mir deshalb einen erquickenden Mittagsschlaf (angetrunken schlafe ich glänzend), nach dem ich mich hervorragend fühlte. Genehmigte mir dann gleich mehrere Kornbrände. Ich mag das Zeug eigentlich überhaupt nicht (doofes Mitbringsel irgendwelcher noch dooferen Bekannten), aber das war mir heute nachmittag doch scheißegal. Beim Trinken habe ich pausenlos durch alle Fernsehprogramme geschaltet, das mache ich gern dabei. Eigentlich wollte ich noch staubsaugen, fühlte mich aber nach den Kornbränden nicht mehr in der Lage, mich aus dem Fernsehsessel zu erheben. Schaltete deshalb weiter durch die Kanäle.

Nun bin ich wieder weit genug weg vom starken Angetrunkensein. Ich werde jetzt noch den Rest Martini hinter die Binde kippen.

Sonntag, 12. April
Lang geschlafen, dann ausführlich geradelt, schließlich bei Sabine gelandet. Heute abstinent gelebt. Auch gut.

Montag, 13. April
Habe mir den Schreibstift ins rechte Nasenloch gesteckt, als ich überlegte, was es über den heutigen Tag zu berichten gibt.
Kein unangenehmes Gefühl.

Dienstag, 14. April
Spitze, Sabine hat für übermorgen ein Treffen zwischen sich, Frank, seiner neuen Flamme und mir verabredet. Dabei weiß sie doch, dass ich Frank nicht sonderlich wohlgesonnen bin. Der Kerl ist mir irgendwie zu selbstgefällig.
Vielleicht täusche ich einfach eine Darmgrippe vor und bleibe zu Hause. Nein, zu harmlos. Sabine soll sagen, ich hätte eine Lungenentzündung. Noch besser: Ich sei kurzfristig an Krebs erkrankt.

Mittwoch, 15. April
Sabine sagt, wenn ich irgendwelche Sperenzchen (wird das so geschrieben?) wegen des Treffens mache, gibts kräftige Schläge auf den Kopf. Kann man da noch „nein" sagen? Ich liebe diese Frau.

Donnerstag, 16. April
Heute war der Abend mit Anja und Frank bei Sabine. Das Wichtigste zuerst: Anja ist eine ausnehmend aparte, schöne, üppige Frau. Ich bin hin und weg von ihr. Sie hat mehrere körperliche und geistige Eigenschaften, die mir außerordentlich gefallen. Geiler Kerl, der ich nun einmal bin, erwähne ich da zuerst einmal ihre enormen Titten, die zudem einen schönen festen Eindruck machen. Große Dinger mochte ich immer schon. Die Figur ist insgesamt, wie schon erwähnt, üppig, aber eben noch lang nicht dick. Ich würde sagen, dass sie bei 1,70 m Größe so um die 65 Kilo wiegt. Ihre Pfunde sind wunderbar verteilt, überall ein bisschen mehr als zum Beispiel bei Sabine. Das ist ja gar nicht so selbstverständlich, viele Damen haben bei gleichem Gewicht beispielsweise einen schmalen, kleinbrüstigen Oberkörper, kombiniert mit sehr viel Volumen im Bein- und Arschbereich. Dafür gibts ja sicherlich auch Liebhaber, aber ich gehöre nicht dazu. Na egal, zurück zu Anja. Also: leckerste Üppigkeit, die sie zudem auch zeigt, sie trug nämlich ein recht enges grau-schwarzes Wollkleid. Schöner Küssmund mit dunklem Lippenstift, moosbraune

Augen, umrahmt von einer braunen Hornbrille, famose Kombination, die ich den Abend über ausgesprochen erfreut beguckte. Sie wirkt auf den ersten Blick etwas reserviert und abweisend, ist es aber gar nicht. Genau mein Typ, genau mein Typ! Ich war natürlich dementsprechend aufgekratzt, flirtete mit ihr und brachte sie immer wieder zum Lachen. Ich glaube schon, dass sie mich sympathisch findet.
Auch Frank ist überraschend nett, ich hatte ihn in der Erinnerung doch wesentlich negativer gestaltet, als er in Wirklichkeit ist.
Die Zeit ging flugs vorbei und es wurde sehr spät. Nachdem Anja und Frank gegangen waren, bestätigte mir Sabine, dass ich gut in Form gewesen sei. Ich hoffe nun allerdings, dass ich nicht zu sehr vom Leder gezogen und den Eindruck eines harmlosen, aber überdrehten Irren vermittelt habe.
Solche Treffen, bei denen ich schöne, nette Frauen kennenlerne und umbalze, gefallen mir. Mehr davon!

Freitag, 17. April
Beschwingte Grundstimmung bei mir. Liegt wohl ein wenig an Franks Freundin, die mich gestern arg beeindruckte. Verführte vorhin Sabine, deren Begeisterung sicherlich gedämpfter geblieben wäre, wenn sie gewusst hätte, dass ich ein Teil meiner Motivation aus der neuen Bekanntschaft zog.
Nach Zärtlichkeiten noch zur Tankstelle, da kein Bier mehr im Haus.

Sonnabend, 18. April
Schon der zweite Tag, an dem ich reichlich oft an Anja denke. Ich würde sie sehr gern wiedersehen und habe schon die ersten Schritte in diese Richtung unternommen. Erzählte nämlich Sabine, wie ausnehmend gut mir der Abend gefallen habe und dass Frank ja gar nicht so schlimm sei, wie ich dachte. Darüber freute sich Sabine sichtlich und meinte gleich, dass wir ja bald mal wieder was zusammen machen könnten. Ich stimmte zu, und deshalb ist der nächste gemeinsame Abend also schon so gut wie geritzt. Und nun zu Sven, um mit ihm über das Leben oder das Fernsehprogramm oder sonstige Wichtigkeiten zu diskutieren.

Sonntag, 19. April
Die zweite Aktion gegen Wellmann gestartet. Kramte meine alte Reiseschreibmaschine hervor, die ich mal für fünf Mark auf einem Flohmarkt gekauft habe und die trotz des geringen Preises geht. Formulierte darauf einen kleinen Brief an ihn: „Du Arsch! Deine Kollegen

haben langsam genug von Dir! Warum? Weil Du einfach ein blödes Arschgesicht bist! Hau bloß ab, sonst gibt es mächtig auf die Fresse!" Ich gebe zu, der Text sprüht nicht gerade vor intellektuellem Wortwitz, aber ich denke, er wird seine Wirkung trotzdem nicht verfehlen. Ich kam mir beim Schreiben und Versenden sehr konspirativ vor, weil ich den kompletten Vorgang mit Handschuhen durchführte. Selbst die Briefmarke leckte ich nicht an, sondern machte sie unter dem Wasserhahn nass. Wer weiß, nachher geht er mit dem Brief zur Polizei und die bekommen mich wegen solcher Versäumnisse dran.

Das Seltsame ist, dass diese Aktion völlig losgelöst ist von meinem sonstigen Leben. Auf der Arbeit komme ich mit Wellmann ja eigentlich zur Zeit sehr gut klar, und weder Sabine noch Sven oder sonst irgendein Mensch wissen von der Geschichte mit der 0190-Nummer und diesem Brief, und ich bin mir sehr sicher, dass das auch besser so ist! Ich fahre jetzt gleich wieder zu Sabine und werde auf dem Weg dorthin den Brief einwerfen.

Montag, 20. April
Ich habe gerade beschlossen, ab jetzt bewusst alkoholfreie Tage einzulegen. Ich war heute allein zu Hause, Sabine hat was mit einer Freundin gemacht, und ich wollte einen netten Erledigungsabend einlegen, ein bisschen aufräumen, ein paar Leute anrufen, bei denen ich mich mal wieder melden musste und solche Dinge halt. Das alles habe ich auch hübsch brav über den späten Nachmittag und den Abend verteilt erledigt. Dazwischen etwas Fernsehen gesehen, gelesen, gegessen. Doch, doch, das war schon gut so. Allerdings leerte ich in dieser Zeit immerhin eine komplette Flasche Martini, und das ist doch schon allerhand. Nicht dass ich sonderlich betrunken oder mir gar übel wäre, nein, nein, dazu war der Martini denn doch über ein ausreichendes Stundenmaß verteilt. Aber trotzdem, das ist ja schon eine nicht unbeträchtliche Menge Alkohol, die ich da mal eben so nebenbei weggezwitschert habe. Außerdem ist mir noch kein Tag in diesem Jahr eingefallen, an dem ich nicht Alkohol getrunken habe. Es war zwar manchmal nur eine Flasche Bier, aber gut ist das, glaube ich, nicht. Ich will mal wieder sehen, wie das so einen ganzen Tag ohne Alkohol ist. Vielleicht bekomme ich da ja zittrige Hände oder werde zumindest unruhig.

Dienstag, 21. April
Wunderwelt der Technik! Im Büro bekamen wir heute eine CD-Rom der Telekom, auf der Namen und Telephonnummern unseres Landes

sind. Wie Wellmann und ich der Gebrauchsanweisung entnehmen konnten, sind in dieser kleinen CD-Rom alle Einträge aus allen 122 Telephonbüchern Deutschlands enthalten und der Nutzer hat damit Zugriff auf mehr als 33 Millionen Telephon-Kunden. Das hörte sich gut an, und zum Wohle unserer Firma nahmen wir beiden Schlauberger eine sorgfältige Erprobung dieser neuen Errungenschaft vor, um zu überprüfen, ob sie auch funktioniert. Mit dieser wichtigen Tätigkeit gut die Zeit bis zur Mittagspause herumgebracht. Dabei einiges in Erfahrung gebracht, das sicherlich unserem Arbeitgeber eine große Hilfe ist. Ich habe sogar viele der Ergebnisse fein säuberlich notiert und mit nach Hause genommen. Darauf kann also bei Bedarf zurückgegriffen werden. Erst einmal suchten wir die Telefonnummern von Freunden und Bekannten sowie die eigene Eintragung. Dabei stellten wir fest, wie oft unsere Nachnamen in Deutschland vorkommen: Wellmanns gibts 1232, während mein Nachname nur 48mal im Speicher auftauchte, was mir gut gefiel, denn ich mags dabei gern ein bisschen exklusiv. Schließlich gingen wir dazu über, nach prominenten und obskuren Namen zu schauen. Wirklich erstaunlich, es gibt tatsächlich einen Hitler in Deutschland, der in Oberursel wohnt. Wellmann und ich waren uns einig, dass wir diesen Namen nach 1945 ganz schnell geändert hätten, wie es bestimmt alle Hitlers außer dem Herrn in Oberursel taten. Zum Beispiel in Hiller (344 Eintragungen) oder in Mitler (435 Eintragungen). Nachdem uns nichts anderes mehr einfiel, gingen wir zum Schlüpfrigen über. Wider Erwarten erwies sich dieses Themengebiet als reichhaltige Fundgrube. Wer hätte gedacht, dass 1065mal der Name „Schwanz" und gar 1948mal „Möse" auftauchen würde. Also, wir nicht. Auch „Ficken" (565) kommt recht oft vor, wenn auch längst nicht so oft wie „Poppen" (1325). Jedenfalls fanden wir es sehr interessant, dass die vulgären Bezeichnungen um ein Vielfaches häufiger vorhanden sind als die Fachbegriffe (die sechs Muschis lassen wir hier einfach einmal außen vor). Gut, 122 Eintragungen von Kitzler sind ja noch o.k. Aber ansonsten: Fehlanzeige, nichts!
Bis auf eine Ausnahme allerdings. Es gibt eine Frau Vagina in Deutschland. Wellmann und ich waren dementsprechend enttäuscht, dass es keinen Herrn Penis gibt. Hätte es den gegeben, hätten Wellmann und ich den beiden nämlich die Adresse und Telefonnumer des anderen per Postkarte zugeschickt. Vielleicht hätten die beiden sich dann miteinander in Verbindung gesetzt, später sogar einmal geheiratet und einen Doppelnamen angenommen. Herr und Frau Penis-Vagina würden sie dann heißen. Wäre das selten schön gewesen. Und Wellmann und ich

als Ehestifter. Leider kein echter Penis vorhanden in unserem Land. Und einen ordinären Schwanz wollten wir ihr freilich nicht zumuten.

Mittwoch, 22. April
Bei mir ist der Grimmpegel ganz weit oben!! Ich war heute nach der Arbeit noch ein wenig in der Stadt bummeln. In einem der Schaufenster entdeckte ich ein sehr chices Kurzmäntelchen. Es war einer dieser noblen Läden, bei denen ich mich immer frage, wie die wohl über die Runden kommen, weil man da so selten Kunden drin sieht. Ich spazierte in den Laden hinein und probierte das Mäntelchen an. Zu groß! „Macht nichts", dachte ich, „vielleicht haben die den Mantel auch noch eine Nummer kleiner da."
Hilfesuchend sah ich zur Verkäuferin, die während meines Anprobierens unbeteiligt an der Kasse gesessen und in einer Zeitschrift gelesen hatte. Nun schaute sie auf und sah mich mit einem unglaublich enervierten Blick von der Sorte: „Du Arsch, was störst du mich hier" an. Relativ unbeeindruckt (natürlich steigt bei einem selbst einerseits gleich der Grimm hoch, zugleich fühlt man sich aber auch irgendwie klein und dieses Ladens nicht würdig) sagte ich: „Haben Sie den Mantel auch noch kleiner da?" Ihre Antwort darauf war unglaublich! Zuerst sagte die Dame (?) mit einem minimalen, aber doch deutlich heraushörbar beleidigten Unterton: „Da muss ich mal eben runter ins Lager, nachsehen." Und dann, und dann, sagte diese borniete, arrogante Vettel, mich musternd, doch tatsächlich: „Der Mantel ist aber sehr teuer", und verschwand. Mit rotem Kopf und schlimmsten Gewaltphantasien gegen diese impertinente Person stand ich da. Eigentlich hätte ich ja den noch in der Hand befindlichen zu großen Mantel auf den Boden fallen lassen, meine Schuhe darauf abstreifen und den Laden verlassen sollen.
Habe ich aber nicht, und ich weiß auch nicht, warum. Schön blöd. Tatsächlich zog ich sogar noch den herbeigebrachten Mantel an. Das war allerdings schon eine ziemliche Kraftanstrengung, beobachtete mich die Verkäuferin dabei doch kritischen Auges. Auch der war noch zu groß. „Zu groß", sagte ich kraftlos zu ihr. „Tja, also noch kleiner haben wir ihn aber nicht da", meinte sie dazu schnippisch. „Ja, da kann man wohl nichts machen", sagte ich und verließ den Laden. Danach kam dann der Grimm so richtig hoch, auch über die eigene Sprachlosigkeit. Nicht habe ich im Laden herumgeschrien, nicht den Geschäftsführer verlangt und nicht habe ich meine tiefe Missbilligung über die Umgangsformen dieser Unperson zum Ausdruck gebracht. Ach, es ist doch immer wieder das gleiche mit mir. Jetzt, Stunden später, ist der Grimm ob des Erlebten

eigentlich am höchsten, denn ich habe mich in diesen langsam aber sicher doch recht hübsch hineingesteigert. Ei, reich müsste ich sein, unglaublich reich. Was ich da alles tun könnte: Sofort nach dieser unfreundlichen Bedienung wäre ich losgestürmt und hätte einfach den Laden gekauft. Zuerst wäre dann diese impertinente Person im hohen Bogen hinausgeflogen! Dann ich hätte ich auch das Mietshaus gekauft, in dem sie wohnt. Auch dort: Raus mit ihr. Dank meiner einflussreicher Freunde hätte ich zudem dafür gesorgt, dass sie weder eine neue Stelle noch eine neue Wohnung gefunden hätte. Ruiniert hätte ich sie, ruiniert!
Ja, wenn ich Geld hätte, sollte man es sich nicht mit mir verscherzen!

Donnerstag, 23. April
Endlich einmal um den Urlaubstermin gekümmert. Ich bin dieses Jahr sehr spät dran, was mir aber ja durchaus recht ist. Ich habe von Mitte Oktober bis in den November frei. Sabine kann sicherlich zur gleichen Zeit Urlaub machen, das dürfte kein Problem sein. Wir sponnen am Abend ein wenig herum, was wir wohl machen könnten. Sabine hatte Phantasien von Sonne und Palmen, ich eher von London. Da sie auf London auch Lust hätte, wird es wohl das werden. Das ist gut, denn Exotik interessiert mich nicht sonderlich. Da liegt man nur mit Durchfall im Bett, wird von rattengroßen Insekten gestochen oder gerät in politische Unruhen und wird womöglich erschossen, und so etwas ist doch keine Erholung.

Freitag, 24. April
Ich werde Anja wiedersehen! Wir haben uns mit Anja und Frank für morgen zu einem Spieleabend verabredet. Ich freue mich schon unbändig darauf. Nicht, dass mir an Spieleabenden auch nur für zehn Pfennig etwas liegt. Ganz im Gegenteil, ich verabscheue sie eigentlich zutiefst. Ich mach mir einfach nichts daraus. Viele Menschen mögen sicherlich ihre Freude daran haben, ich gehöre nicht dazu. Ich kann es nicht ändern, diese Spiele gehen mir wirklich am Arsch vorbei. Ich weiß, ich weiß, sie sind prachtvoll aufgemacht, die Spielregeln sind oft knifflig und fordern vollste Konzentration. Wahrscheinlich ist es das, was mich so stört. „Mensch ärgere dich nicht" ist ja gerade noch in Ordnung. Da kann man nett plaudern und tüchtig trinken, und nebenbei spielt man ein bisschen und so. Sowas geht bei diesen anderen Spielen, die in den letzten Jahren auf den Markt kamen, gar nicht. Erst einmal muss der Spielbesitzer die Regeln vom Merkblatt vorlesen (denn die kann er sich natürlich auch nicht merken) – das geht mir schon auf die Eier. Und die meisten

Paragraphen muss er dreimal wiederholen, weil irgendjemand irgendetwas schon wieder vergessen oder nicht verstanden hat. Ich frage nie was, weil ich da nie richtig zuhöre, denn ich habe eh kein Interesse daran, mir so einen Scheiß zu merken. Und dann spielen alle unglaublich konzentriert und gucken verkniffen drein, weil die Regeln so kompliziert sind, und man darf keine einzige davon vergessen, da man dann gleich verloren hat, und deshalb wird auch nicht geredet, und die Spiele dauern auch noch meistens ellenlang, und ich langweile mich dabei fast zu Tode, und dann ist das Spiel endlich vorbei, und ich denke „Geschafft!!!", und dann sagt jemand „Revanche!", und dann geht alles von vorne los, und dann ist es auch schon total spät, und der Abend ist vorbei, und ich gehe frustriert nach Hause und denke: „Wäre ich bloß daheim geblieben und hätte Fernsehen geschaut!"

Ich glaube, darum schaute Sabine vorhin auch etwas überrascht, als sie erzählte, dass die anderen beiden einen gemeinsamen Spieleabend vorgeschlagen haben, und ich sagte: „Prima! Klar, können wir meinetwegen gerne machen!" Egal, ich sehe Anja wieder!

Sonnabend, 25. April
Drei gute Dinge an einem Tag und dazu auch noch Wochenende, was kann ich mehr verlangen. Bei den Eltern erfuhr ich, dass Michael Raschen inzwischen aus dem Koma aufgewacht ist und alle Chancen hat, wieder vollkommen gesund zu werden. Prima, um den muss ich mir keine Gedanken mehr machen, was doppelt gut ist, weil er mich ja eigentlich nicht interessiert und weil ich ihm das Leben gönne. Dass ich in den vergangenen Wochen immer wieder an ihn gedacht und auf seine Gesundung gehofft habe, zeigt doch einmal mehr, was ich im tiefsten Kern doch für ein guter Bursche bin.

Auch schön: Heute mittag nahm ich zum letzten Mal dieses eklige Gel gegen die Magenschleimhautentzündung. Dreimal täglich sechs Wochen lang sind aber auch mehr als genug. Ich weiß gar nicht, was ich zum Schluß widerwärtiger fand. Den pseudo-Karamelgeschmack, der den medizinischen Charakter des Gels nur ausgesprochen mangelhaft zu überdecken vermochte? Oder war es diese mehlig-milchige Konsistenz? Bei ein-, zweimaliger Einnahme macht das ja überhaupt nichts. Doch nach ungefähr 150 genossenen Päckchen á 10 ml bin ich froh, dass es endlich vorbei ist. Aber ich will nicht undankbar sein, immerhin habe ich seit dem Beginn der Einnahme keine Probleme gehabt. Und sollten wieder einmal Beschwerden auftauchen, kann ich sofort das Zeug einnehmen, und das sollte die Schmerzen dann erheblich mindern. Und der blöde Geschmack und die doofe Konsistenz sind allemal besser als langes Magenweh.

Am Abend waren wir dann bei Frank und Anja, und das war auch sehr gut, weil ich Anja wiedergesehen habe, die mir noch hübscher zu sein schien als beim letzten Mal. Außerdem spielten wir Memory, und da sind die Regeln ja nicht so schwierig, bei einem Durchgang habe ich sogar gewonnen. Das war aber nicht halb so wichtig und schön wie die Tatsache, dass Anja mir gegenübersaß und mehrmals (versehentlich?) ihr Bein gegen meines drückte. Ausgesprochen bezaubernder Spieleabend!

Sonntag, 26. April
Aufgrund der positiven Gesamtstimmung lud ich gestern Sabine noch zum Essen ein. Das Essen gut, aber längst nicht so gut wie die überraschend hohe Rechnung vorgaukelte, die der Kellner vorlegte.

Mittwoch, 29. April
Beschissen viel Arbeit. Heut erst um nach sieben aus dem Büro gekommen; gestern und vorgestern wars auch nicht besser. Mittagspause ausfallen lassen, stattdessen Stullen am Schreibtisch. Das Perfide daran ist natürlich, dass das während der Arbeit auch noch Spaß macht. Wellmann und ich waren heute tüchtig am Rotieren, und die Zeit flog nur so dahin. Auch wenn ich die letzten Tage zwei Stunden länger als üblich im Büro blieb, gingen sie schneller herum als die Tage, an denen wenig los ist. Trotzdem kann ich so etwas als Dauerzustand nicht gutheißen. Gegen halb- bzw. viertel vor acht trudel ich zu Hause ein. Dann bin ich noch wie aufgezogen und erzähle Sabine (am Montag war sie bei mir, gestern habe ich sie nur angerufen) eine halbe Stunde lang, was auf der Arbeit passiert ist. In der Zwischenzeit ist das Essen fertig, und nach dem Essen ist dann auch schon eigentlich Schluss mit lustig. Die Anspannung ist weg, und ich bin dann nur noch kaputt und hundemüde. Am besten wäre es natürlich, dann bald ins Bett zu gehen. Aber ich gehe doch nicht um neun, halb zehn ins Bett, nee, nee. Also hing ich am Montag mit Sabine und gestern alleine doof vor dem Fernseher herum. Nichts mit Poppen, Lesen, Ausgehen oder ähnlich angenehmen Freizeitbeschäftigungen. Dazu war ich einfach zu müde.

Die Küche sieht auch verkommen aus.

Also für drei, vier Tage im Monat mag so etwas in Ordnung sein, aber Dauerzustand ist das keiner für mich.

Zum Glück müssten wir morgen mit der Geschichte durch sein, und dann kehren hoffentlich wieder normale Zustände ein.

Donnerstag, 30. April
Bei den Eltern gewesen, die behaupteten, dass ich blass aussehe. Das tat mir gut, weil es meine Meinung bestätigte, dass zuviel Arbeit meine schwache Konstitution untergräbt. Ich muss mich da jetzt unbedingt wieder mehr zurückhalten. Soll doch Wellmann reißen, der ist stark und kräftig.

Freitag, 1. Mai
Habe mich gestern abend wieder einmal herzlich über Sabines Bagage geärgert. Wir waren auf einer Tanz-in-den-Mai-Feier. Dabei wars da eigentlich gar nicht so schlimm, aber ich war halt schon voreingenommen.
Die Party fand in einer alten Fabriketage statt, die inzwischen von einigen Leuten als Gemeinschaftsbüro genutzt wird und nun, praktisch leergeräumt, als Partyplatz diente. Klasse Räumlichkeit. Es war aber bummvoll da, außerdem redeten alle laut und zudem über Dinge (wichtige Arbeit), die mich in meiner Freizeit reichlich wenig interessieren. Mir ging auch auf die Nerven, dass sich einige zur Begrüßung Bussis auf die Wangen gaben. Das kann ich ja auch überhaupt nicht ab, da schwillt bei mir gleich der Grimm ins Überdimensionale an. Gute Musik immerhin. Dadurch wars aber noch viel lauter als durch die Gespräche, und wenn ich meinem Gegenüber immer ins Ohr brüllen muss, habe ich zum Reden keine sonderliche Lust, das ist mir viel zu anstrengend. Ich verstehe auch nicht, wie sich Menschen in Discos ausgiebig unterhalten können. Stand deshalb die meiste Zeit schweigend da und fühlte mich außen vor. Immerhin waren auch Anja und Frank auf der Party. Anja amüsierte sich übrigens großartig (bedenklich) und trank zusammen mit Sabine sehr viele Mango-Margaritas. Die beiden tanzten auch ausgiebig. Wie geschrieben, die Musik war gut, aber ich fühlte mich zu wenig wohl, um da mitzutun. Nee, für mich ist das nichts, und ich sollte eigentlich solche Zusammenkünfte in Zukunft meiden. Und da es den anderen zweihundert-oder-was-weiß-ich-wieviel Leuten dort gefiel, sollte ich eigentlich auch die meiden. Eigentlich. Aber mach ich bestimmt wieder mal nicht. Bin also selbst schuld, wenn ich mich bei so etwas ärgere oder langweile. Immerhin schauten Anja und ich uns des öfteren länger als unbedingt nötig tief in die Augen. Sehr schön. Die beiden Toren Sabine und Frank merkten natürlich nichts davon. Auch sehr schön.
Mit der reichlich angetrunkenen Sabine schließlich gegen drei nach Hause. Zum Glück hat sie in der Nacht nicht gekotzt, das hätte mir noch gefehlt. Heute bis mittags geschlafen. Da famoses Wetter war, gings

dann schnell raus, und wir machten eine nette Radtour. Ich hatte heute sehr gute Laune, weil ich immerzu an das Augengucken mit Anja denken musste.
Abends mit Sabine gepoppt. Das funktioniert übrigens noch ganz hervorragend bei uns, obwohl ich ja eigentlich viel an Anja denke. Aber das zeigt doch wieder einmal recht hübsch, dass Liebe und männliche Geschlechtsteile nicht unbedingt miteinander verwandt sind.

Sonnabend, 2. Mai
Nach Feier- oder Sonntagen ist mir oft nach Geschäftebummeln und Kaufen. Leider fand ich gar nichts, während Sabine überaus erfolgreich war und zwei neue Hosen erwarb, die ihr aber auch wirklich hervorragend stehen, kann ich gar nicht anders sagen. Ich probiere sehr schöne Schuhe, die aber einfach unverschämt teuer waren. Die kosteten mir dann doch zuviel. Schließlich Kauf mehrer Paare Socken, was zwar dringend nötig war, aber nicht sonderlich befriedigte. Die Schuhe gehen mir gar nicht mehr aus dem Kopf. Mist, ich hätte sie gern. Am Abend mit einigen Leuten aus, Cocktailbar, nett, aber sehr laut und schlechte Luft, daher anstrengend. Bei den Plaudereien gut unterhalten, obwohl ich bei einigen Gesprächen verbergen musste, dass ich den Vornamen meines Gegenüber nicht wusste. Das ist aber zu entschuldigen, denn die meisten hatte ich erst zwei- oder dreimal auf irgendwelchen Partys getroffen, und wahrscheinlich wussten die meinen Namen auch nicht.

Sonntag, 3. Mai
Gegen Mittag wurden wir überraschend von Anja und Frank angerufen, ob wir uns am Abend nicht treffen wollten. Das war doch bestimmt eine Idee Anjas? Sagten natürlich zu, obwohl wir eigentlich Sonntagabends nicht so gern weggehen. Ruhige Kneipe, besinnlicher Abend. Sehr schön, mit Anja Zeit zu verbringen, obwohl auf so engem Raum verständlicherweise nicht solche Blicke möglich waren wie am Freitag, das hätten die anderen beiden schon mitbekommen.
Leider jetzt daheim sehr aufgekratzt, werde Mühe haben einzuschlafen. Vielleicht hilft Bier?

Montag, 4. Mai
Gleich zum Wochenbeginn schon beim Frühstück erheblich geärgert, hervorgerufen durch die Lektüre der Tageszeitung. Wäre es nicht so früh am Morgen gewesen und ich damit noch erheblich geschwächt, hätte ich

sicherlich getobt. Im Lokalteil war ein Bericht über die Hobbymalerin Irmtraut Schenkers. Nicht nur, dass neben dem Bericht auch noch ein Photo eines ihrer Werke abgebildet war, das so beschissen aussah, dass es nur für die Tonne taugt. Der Verfasser des Artikels hatte sich auch noch eine besonders pfiffige Überschrift ausgedacht, die bei mehrmaligem Lesen bestimmt Hämorrhoiden hervorruft. Da die untalentierte Kuh laut Artikel auch gern mal surreal angehauchte Pferde malt, textete er: „Irmtraut Schenkers reitet auf ihrem Steckenpferd ins Land der Phantasie".
Drei Fragen stellen sich mir, wenn ich so was lese:
1. Warum müssen so viele Frauen zwischen 40 und 50 ihre kreative Ader entdecken?
2. Warum müssen sie dann auch noch mit diesem grottenschlechten Zeug an die Öffentlichkeit gehen?
3. Warum müssen irgendwelche Lokalreporter darüber mit solch blöden Überschriften berichten?

Zumindestens auf Frage 3 versuchte ich eine Antwort zu finden, leider war der Reporter aber bei meinem Anruf heute mittag gerade „zu Tisch" und später habe ich dann vergessen, da noch einmal anzurufen.

Nach der Arbeit war ich noch einmal beim Schuhladen und kaufte natürlich die Halbschuhe vom Sonnabend. Die müssen jetzt aber auch mindestens 100 Jahre halten! Eigentlich wollte ich diesen Monat etwas sparsamer sein, denn ich hatte vergangenen Monat mein Konto reichlich überzogen und das wollte ich diesen Monat wieder ausgleichen, doch das hat sich wohl mit dieser Aktion erledigt. Aber schön sind die Schuhe!

Dienstag, 5. Mai.
Dieser Wellmann. Ein nicht versiegender Quell des Erstaunens. Irgendwie kamen wir heute beim Quatschen auf die Kindheit beziehungsweise Pubertät zu sprechen. Dabei erzählte er mir von einem Spielchen, das er und seine Freunde ab und an getrieben hätten. Dabei stellten die sich im Kreis auf und in die Mitte kam ein Keks. Dann fingen alle an zu wichsen, und der Abgang wurde auf den Keks gelenkt. Und wer zuletzt fertig wurde, hatte den Keks zu essen. Da musste ich denn doch gucken. Also nee. Mir sind solche Spielchen in meiner Jugend jedenfalls nie passiert, und ich bin auch sehr froh darüber! Meine Kumpels und ich haben in unserer Freizeit im Wald Holzhütten gebaut, Fußball gespielt und hier und da ein wenig rumgezündelt und so. Ich weiß auch wirklich nicht, ob ich das Wellmann glauben kann. Ich habe davon Sven am Telephon und Sabine beim Abendbrot erzählt, und beide meinten, dass mich Wellmann verarscht hat.

Mag sein, aber ich bin ihm deshalb überhaupt nicht böse, denn es ist eine prima Geschichte, und wenn sie ausgedacht sein sollte, dann hat Wellmann zumindest eine tolle Phantasie.

Donnerstag, 7. Mai
„Naschwerk" ist ein wunderschönes Wort.
Viel schöner als „Schnickschnack", „Erlenmeyerkolben" oder „Bockwurst" (obwohl das – zugegebenermaßen – auch wunderschöne Worte sind, da gibts nichts. Tipptoppworte, allesamt durch die Bank).
„Naschwerk".
Geht mir gar nicht mehr aus dem Kopf.
Ich könnte immerzu „Naschwerk" sagen. Naschwerk, Naschwerk, Naschwerk. Ich bin schon ganz blümerant davon.
Noch einmal: „Naschwerk".
Ach, ein schönes Wort.
Und ich finde, es macht sich auch geschrieben hervorragend.
„Naschwerk"!

Freitag, 8. Mai
Komisch, in Sushibars hocken unheimlich viel Menschen, die im Bereich Medien oder Werbung arbeiten. Ich arbeite da aber nicht. Und wenn ich die vom Nachbartisch immer so reden höre (die sprechen immerzu über ihren Job, und so laut, dass ich es mithören kann), dann bin ich auch recht froh darüber.

Sonntag, 10. Mai
Wir trafen uns zum Rollerbladen mit Anja und Frank am Deich. Das war die erste Tour dieses Jahr und ich habe mir am linken Fuß eine entsetzliche Blase gelaufen, die jetzt teuflisch schmerzt. Leider kein Wundpuder oder Ähnliches im Haus. Ich merkte schon beim Laufen, dass das bei mir nicht gut geht, wollte aber auch nichts sagen, um nicht vor Anja als Weichei dazustehen. Trotz der Verletzung schöner Ausflug, denn ich richtete es so ein, dass ich praktisch die ganze Zeit hinter Anja lief und so ausführlichst ihren prachtvollen Arsch betrachten konnte, der auch noch vorteilhaft in eine enge Hose verpackt war. Ehrlich beeindruckt, der müsste großartig in der Hand liegen.

Montag, 11. Mai
Ich nahm all meinen Mut zusammen und rief vorhin bei Anja an. Sie schien über meinen Anruf nicht überrascht zu sein. Wir telephonierten

fast eine Stunde und verabredeten uns für morgen mittag im Bürgerpark. Ich habe gleich eine Flasche Rotwein im Rucksack deponiert. In der Hosentasche mein Taschenmesser mit Korkenzieher.
Bin noch sehr aufgekratzt von unserem Telephonat. Deshalb jetzt schnell noch einige Biere, um die nötige Bettschwere zu erlangen.

Dienstag, 12. Mai
Meine Mittagspause verbrachte ich tatsächlich mit Anja im Bürgerpark. War das schön. Wir trafen uns um eins an der Tankstelle gegenüber des Parks. Dann machten wir im Park schnell ein hübsches Plätzchen aufindig. Es gab Rotwein (von daheim) aus Wassergläsern und englische Sandwiches (von der Tankstelle). Wir plauderten über alles mögliche, lachten viel und alles war so leicht, angenehm und mühelos. War nicht nur vom Wein berauscht. Die Mittagspause ging rasend schnell dahin. Zum Glück schlug Anja vor, diese Art von Treffen schnell zu wiederholen. Ich fragte: „Morgen?"
Sie sagte: „Ja."
Das Leben ist schön.
Küsste ihr zum Abschied die Hand, was ihr sichtlich behagte.
Das werde ich also wiederholen. Natürlich nicht, wenn Frank oder Sabine dabei sind.
Auch ein gutes Zeichen: Wir trennten uns am Ausgang des Bürgerparkes, sie radelte davon, ich blieb aber mit meinem Rad noch stehen und sah ihr nach. Sie drehte sich dreimal (!) um und winkte mir zu.
Ich hatte meine Pause mehr als eine halbe Stunde überzogen, was mir aber reichlich Wurst war. Den Rest des Tages außerordentlich beschwingt. Das fiel vorhin auch Sabine auf, sie meinte, ich hätte glänzende Laune wie lange nicht mehr. Ich schobs auf das prächtige Wetter.

Mittwoch, 13. Mai
Wieder Mittagspause mit der bezaubernden Anja, die so süß ist wie ein Honigtäubchen!!!
Ach, ich bin wirklich ganz schön heftig in Anja verliebt. Der Beweis: Ich habe keine sexuellen Phantasien, die sie beinhalten.
Ich meine, wenn ich mal eine hübsche Dame sehe oder ein wenig verknallt bin, dann kann ich mir die herrlichsten geschlechtlichen Dinge ausmalen.
Nicht so hier. Da sind nur die hehrsten Gefühle bei mir. Ich stelle mir vor, dass ich mit Anja händchenhaltend spazierengehe! Gefährlich.

Donnerstag, 14. Mai
Erzählte Anja, dass ich Sabine gegenüber gar nichts von unseren gemeinsamen Mittagspausen erwähnt habe. Anja antwortete darauf: „Ich habe Frank davon auch nichts gesagt."
Danach schauten wir uns so lange wie noch nie in die Augen. Hatte dabei aufsteigende Hitze und Herzpochen und war kurz davor, sie zu küssen. Tats dann doch nicht. Vielleicht gut so.

Freitag, 15. Mai
Heute nicht im Bürgerpark gewesen, weil Anja in der Mittagspause ein Geschäftsessen hat. Leider können wir uns wohl auch nächste Woche nicht sehen, da bei ihr in der Firma viel zu tun ist und sie die Mittagspausen wohl durcharbeiten wird. Schade, schade, die letzten Tage waren mächtig schön!
Ich entdeckte vorhin bei der Lektüre der Tageszeitung eine selten beschissene Anzeige im Familienanzeigenteil. Familie, Freundin und Freunde gratulierten darin Thorsten Ahrens zum Erreichen des 30. Geburtstags. Dafür hatten sie sogar gereimt:
„Hurra!
Der große Blonde mit den schwarzen Schuh`n,
kann nun doch nicht ausruh`n.
Denn er wird in diesem Jahr
runde 30, ist das nicht wunderbar.
er muss den Besen schwingen,
bis alle Gäste singen.
Es ist erst Schluss,
wenn eine Jungfrau gab ihm
einen Kuss!
Gefegt wird heute um 18.30 am Bremer Dom.
Viel Spaß bei diesem großen Feste
und für die Zukunft das Allerbeste!!"
Soweit der Text. Zudem war in der Anzeige ein unvorteilhaftes Passphoto des Jubilars eingedruckt, was die Sache auch nicht unbedingt besser machte. Für eine solche Anzeige hätte ich mich bei meinen Eltern und Freunden aber bedankt – und zwar mit einem herzhaften Arschtritt. Thorsten Ahrens hats aber sicherlich gefallen, ich kenn den Burschen doch. Und das seit über 26 Jahren, damals zogen nämlich meine Eltern mit mir in unser Haus im Machandelweg. Und die Ahrens wohnten bei uns in der Straße, d.h. die wohnen da immer noch. Meine Eltern ja auch. Nur Thorsten und ich nicht mehr. Als er eingeschult

wurde, fragten seine Eltern bei uns an, ob wir nicht gemeinsam den Schulweg gehen könnten. Das haben wir dann sogar ein paar Wochen lang gemacht, bis der Idiot keine Angst mehr hatte. Ich fand das aber superblöd, denn für mich war Thorsten Ahrens noch ein kleines Kind, während ich schon in der dritten Klasse war.

Außerdem hatte er damals die wenig appetitliche Angewohnheit, seine Popel zu essen. Ich glaube allerdings, davon ist er inzwischen ab.

Nach der Schule hat er dann Installateur gelernt. Als ich ihn mal traf, meinte er dazu: „Ich mach jetzt in Gas, Wasser, Scheiße." Ganz lustige Formulierung eigentlich. Kann nicht von ihm sein.

Sonnabend, 16. Mai
Endlich wieder einmal war ich bei Sven. Den sehe ich auch viel zu selten! Jedenfalls nehmen wir uns jedes Mal vor, uns öfter zu sehen, aber irgendwie klappt das halt nie so recht. Zwar telephonieren wir sehr oft, aber das ist halt nicht auf dem gleichen Niveau wie ein Treffen. Ich erzählte ihm natürlich von den Zusammenkünften mit Anja. Er meinte, dass sich das alles ja ausgesprochen positiv entwickle und wenn nicht einer der Protagonisten kalte Füße bekomme, laufe es wohl auf eine kleine Affaire hinaus. Es gibt Schlimmeres, als wenn sich seine Prophezeihungen bewahrheiten würden.

„Lieh" ihm zum Abschied meinen Brandy, welchen ich mitgebracht hatte. Den sehe ich natürlich nie wieder. Aber das macht nichts, ich bin eigentlich sogar recht froh darum, denn ich glaube, es gereicht mir zum Vorteil, wenn ich mich in nächster Zeit von harten Alkoholika fernhalte.

Jetzt fahre ich zu Sabine, und wenn dann die Kräfte nicht allzusehr aufgezehrt sind, werden wir ausgehen.

Sonntag, 17. Mai
Vielleicht sollten wir nicht mehr so oft Tanzen gehen. Am nächsten Tag liegen wir bis in den Nachmittag im Bett und fühlen uns innerlich verklebt. Vor zehn Jahren war das noch anders bei mir, da habe ich solche Nächte besser weggesteckt. Damals stand ich schon gegen Mittag wieder auf, und das Rauschen im Ohr nach dem Genuss lauter Musik hat, glaube ich, auch nicht so lange angehalten wie jetzt. Die anderen meiner Generation gehen anscheinend eh schon seit Jahren nur noch ausgesprochen spärlich aus, die sieht man nach Mitternacht doch allerhöchstens noch aus einer Spätvorstellung im Kino herauskommen.

Wenn ichs so recht bedenke, gehen wir aber am Wochenende nun auch nicht gerade spektakulär oft weg. Aber wohl doch öfter als die anderen über dreißig, oder woran liegts, dass so viele im Club jünger als wir sind? Klar, viele in meinem Alter haben schon längst Kinder und da ist es dann eh schwieriger mit Weggehen. Was natürlich auch sein kann, dass die meisten dann in Clubs gehen, in denen vor allem Oldies gespielt werden. Nee, in solche Läden bekommt mich keiner. Ich war da mal aus Zufall vor ein oder zwei Jahren drin, da war es gruselig bis dorthinaus. Die Leute waren in der Regel so alt wie ich oder etwas älter, aber kein einziger war jünger als ich! Nee, so etwas brauche ich nicht, irgendwelche Idioten, die zur Musik von vor 15 Jahren tanzen und sich dabei auch so blöde bewegen wie damals.

Montag, 18. Mai
Ich war heute abend mit Sabine in einer Kneipe. Irgendwann musste ich mal und verschwand auf die Toilette. Ich weiß nicht, aber auf öffentliche Toiletten gehe ich immer mit einer gewissen Anspannung, manche dieser Örtlichkeiten sind ja visuell und geruchlich ausgesprochen unerfreulich. Na, auf dieser stank es wenigstens nicht. Dafür klebten an den Pissoirrändern aber allerhand ausgefallenen Sackhaare, was ja nicht unbedingt ein Hinweis auf penible Sauberkeit ist. Mit mir war noch ein Herr (?) auf dieser Toilette, und wir standen friedlich nebeneinander an unseren Pinkelbecken. Und da passierte etwas, was ich schon öfter auf öffentlichen Männertoiletten erlebt habe. Ich finde das wirklich zutiefst abstoßend und die Personen, die so etwas machen, bekommen von mir dann auch scharf missbilligende Blicke zugeworfen.
Der Typ neben mir, etwa 40 Jahre alt, gut gekleidet, pinkelte also - und furzte dazu einige Male laut herum. Und es waren nicht irgendwelche Winde, die dieser Person versehntlich entwichen – so etwas hätte ich ja noch verzeihen können. Nein, nein, am angespannten Gesichtsausdruck und an der Lautstärke dieser analen Luftausscheidungen war ablesbar bzw. hörbar, dass es sich um sogenannte Pressfürze handelte. Und die werden nie versehentlich sondern immer mit voller Absicht abgegeben.
Nichts gegen Pressfürze im allgemeinen; auch ich habe schon den einen oder anderen zum Besten gegeben. Und ich glaube, es gibt keinen, der so etwas noch nie getan hat! Wie gesagt, nichts dagegen einzuwenden, aber doch bitteschön in den eigenen vier Wänden oder an Orten, an denen man allein ist. Sowas in der Gegenwart wildfremder Menschen zu machen ist verwerflich und wider den guten Ton!

Das ist doch eklig für die, denen vergeht doch der Appetit! Ich habe das gleich Sabine erzählt und ihr den Kerl im Lokal auch gezeigt, und sie hat ihn ganz angewidert angeguckt.

Dienstag, 19. Mai
Heute herrliches Wetter, etwa 20 Grad und Sonnenschein. Radelte in der Mittagspause und nach Büroschluss in den Bürgerpark, lag auf einer Wiese und las. Hübsche Stunden der Muße, an der gleichen Stelle, an der ich in der letzten Woche mit Anja war. Extrem schade, dass aus trauten Treffen in dieser Woche nichts werden wird. Vielleicht kann ich ja zumindestens über Sabine erreichen, dass wir uns einmal abends alle treffen.
Nach Arbeit und Bürgerpark suchte ich noch mein Fischgeschäft auf, um dort ein Kilo Krabben fürs Abendbrot zu erstehen. Im Fischgeschäft eine neue Verkäuferin mit unschönem, halbgeöffneten Mund. Musste die ganze Zeit auf diesen Mund starren und hatte dabei die abwegige Vorstellung, dass die Dame ein selten hässliches Geschlechtsorgan besitzt.
Den Abend mit Sabine verbracht, dabei viel an Anja gedacht.
Schöner Tag.

Mittwoch, 20. Mai
Sehr gut. Sabine und Frank haben heute miteinander telephoniert und ein gemeinsames Abendessen mit Anja und mir verabredet. Morgen treffen wir uns alle gegen sieben Uhr am Abend bei Sabine und kochen zusammen. Ich freue mich schon außerordentlich.

Freitag, 22. Mai
Das war wirklich ein netter und lustiger Abend.
Hm, naja. Eigentlich ist Frank ja doch gar kein so übler Bursche. Im Grunde ist er sogar sehr nett. Ich muss halt doch wieder einmal meine Vorurteile über Bord werfen. Zwar glaube ich nicht, dass ich mit ihm je eng befreundet sein werde, soweit gehts dann doch nicht, aber für ein paar nette Stunden reichts allemal. Und über Anja brauche ich eh kein Wort zu verlieren, die ist ja nun wirklich Extraklasse. Und sie sah auch heute wieder einfach lecker aus. Ich musste mich verdammt zusammennehmen, um sie nicht immer anzustarren, weil sie doch so wunderschön ist.
Die Essenszubereitung machte, glaube ich, uns allen Spaß. Zu viert waren wir in Sabines kleiner Küche und jeder hatte seine Aufgabe. Frank puhlte die Garnelen und ich zerschnippelte die Tintenfische, was ja nicht jeder-

manns Sache ist. Sabine und Anja kümmerten sich um den Rest. Das war von der Aufgabenverteilung vielleicht etwas ungerecht, aber Frank und ich sind wohl beide nicht sonderlich große Asse in der Küche und offensichtlich trauten Anja und Sabine uns nicht zu, etwas wirklich Essbares aus den teuren Zutaten zuzubereiten.

Schließlich war eine ausgesprochen prachtvolle Paella fertig, und so etwas riecht und schmeckt ja nicht nur außerordentlich gut, sondern sieht zudem auch noch gut aus. Ich denke, mehr kann von einer Mahlzeit nicht verlangt werden. Sehr müheloser Abend ohne ausgehende Gesprächsthemen, so dass es flugs halb zwei war. Da verabschiedeten sich leider unsere Gäste, weil Anja von der anstrengenden Arbeitswoche schrecklich kaputt war.

Während ich dies hier schreibe, bin ich immer noch hellwach, traue mich aber nicht, zum Müdewerden Bier zu trinken, weil wir den ganzen Abend Wein verköstigt haben und nachher wird mir noch schlecht, und das wäre nun gar kein gelungener Abschluss des Abends.

Sonnabend, 23. Mai
Während Sabine sich um kurz vor zehn aus dem Bett quälte, um nach Ewigkeiten wieder einmal zum Sport zu gehen, schlummerte ich bis zu ihrer Rückkehr friedlich weiter. Lange gefrühstückt und danach die Küche aufgeklärt. Nun war mir nach Bewegung und ich machte mich auf zu einer kleinen Radtour. Auf dem Rückweg fuhr ich noch in meiner Wohnung vorbei, um frische Wäsche mitzunehmen, denn das Wochenende werde ich komplett bei Sabine verbringen. Ich nutzte die Gunst der Stunde und rief rasch bei Anja an. Sie war sogar in ihrer Wohnung. Nur ganz kurz miteinander gesprochen, aber das war sehr erfreulich: Wahrscheinlich muss Frank am Montag auf Geschäftsreise und kommt erst am Dienstag zurück. Wenn er fährt, wollen wir uns am Abend treffen. Ich bin jetzt wieder bei Sabine, gleich gibts die restliche Paella und nachher wollen wir noch ausgehen. Das verspricht ein schönes Wochenende zu werden und sogar einmal ein schöner Wochenbeginn.

Sonntag, 24. Mai
Doch nicht mehr weggegangen, sondern den ganzen Abend vor dem Fernseher verblieben.

Auch heute wieder mit dem Rad unterwegs, diesmal mit Sabine. Wir radelten durch das Blockland und fütterten Kühe. Nette Tiere, die zudem gut schmecken. Bei Schafen, die man ja auch im Blockland sehen kann, ist das schon ein wenig anders. Die sind doof und uninteressant, schmecken aber ebenfalls gut. Nach der Heimkehr erst einmal gepoppt. Sehr gut, ich glaube, das ist das beste, was man an Sonntagen machen kann. Nach dem Poppen haben wir dann ein kleines Schläfchen gehalten. Danach noch einmal gepoppt. Ich glaube, das haben wir schon seit einer halben Ewigkeit nicht mehr getan, zweimal an einem Tag. Anschließend im Bett Abendbrot gegessen (es war ja schon nach 21 Uhr) und dabei Fernsehen geschaut. Ich muss sagen, das ist bei Sabines Wohnung wirklich prima, dass man bei ihr vom Bett aus Fernsehen kann. Jetzt ist es gegen Mitternacht, Sabine schläft schon, und eigentlich ist alles ist so wunderschön und einfach.

Montag, 25. Mai
Herzlichen Glückwunsch. Als ich von der Arbeit nach Hause kam, fand ich auf dem Anrufbeantworter eine Nachricht von Anja vor: Frank ist doch nicht weggefahren und weil man sich wegen der vielen Arbeit augenblicklich so wenig sieht, muss sie das Treffen für heute Abend absagen, es tue ihr wirklich sehr leid, aber bald treffen wir uns. Da ich mich den Tag über auf den Abend unbändig freute, ist die Enttäuschung um so größer. Passend zu meiner Stimmung regnet es übrigens draußen und Sabine ist auch nicht da. Kurz überlegt, mich mit irgendwelchen Freunden zu treffen. Habe den Gedanken aber schnell verworfen. Ich will den Abend lieber allein in dumpfer Depression verbringen.
Wahrscheinlich poppen die beiden gerade.
Ich glaube, ich gehe heute früh zu Bett, verkrieche mich unter der Decke und gräme mich.

Dienstag, 26. Mai
Vorhin saßen Sabine und ich auf der Couch und schalteten planlos durch die Fernsehprogramme. Es lief nichts Vernünftiges, war ja auch schon spät. Wir blieben schließlich für einige Minuten bei einem amerikanischen Schwarz-weiß-Abenteuerfilm aus den 40ern hängen. Der Film selbst war nicht so dolle, naja, es ist eh immer heikel, in einen Film, der schon mehr als zur Hälfte um ist, einzusteigen. Aber etwas daran hat mich doch regelrecht elektrisiert. Der Held trug einen Tropenhelm. Einen Tropenhelm! Ratzfatz brachen da heftigst alte Kindheitswünsche in mir durch. Ich hatte mal mit sechs oder sieben Jahren eine wochenlang andauernde Phase (übrigens auch ausgelöst durch einen Abenteuerfilm), in der ich nichts sehnsüchtiger wünschte als in Besitz eines Tropenhelms zu sein. Beim Spielen stellte ich mir vor, dass ich einen trüge, und abends im Bett vor dem Einschlafen malte ich mir aus, wie

herrlich es sein müsse, mit solch einem Helm durch den Dschungel von Borneo oder so zu expeditieren. Die ganze Zeit lag ich meinen Eltern mit dem Wunsch in den Ohren, mir doch einen Tropenhelm zu schenken. Aber bekommen habe ich ihn nie. Irgendwann geriet der Wunsch – zum Glück für meine Eltern, die wohl schon reichlich genervt waren – bei mir in Vergessenheit.
Doch ganz offensichtlich hatte sich diese fixe Idee doch recht fest bei mir im Hinterstübchen verankert und wartete wohl nur auf den richtigen Augenblick, um wieder wie der Phoenix aus der Asche aufzusteigen.
Ich habe gleich vorhin noch mit Sabine in den Gelben Seiten geblättert. Es gibt doch tatsächlich zwei (!) Tropenbekleidungsgeschäfte in unserer schönen Heimatstadt. Tropenbekleidungsgeschäft – ich finde, das klingt nach längst vergangenen Zeiten, fremden Ländern und Märchenwelt. Und eins der beiden Geschäfte davon ist sogar in relativer Nähe meiner Firma. Da werde ich morgen nach der Arbeit mal unverbindlich vorbeischauen und mich nach den Preisen meines Herzenswunsches erkundigen.
Ich bin schon ganz aufgeregt!
Hoffentlich kann ich gleich einschlafen!

Mittwoch, 27. Mai
Kein Wunder, dass mein Geld ständig alle ist – bei dem unnützen Kram, den ich mir immer wieder kaufe. Nach der Arbeit fuhr ich kurz bei dem Tropenbekleidungsladen vorbei. Dummerweise war der Helm auch noch im Schaufenster ausgestellt (und zu einem wesentlich geringeren Preis als erwartet), das verstärkte noch meine Gier. Schon war ich im Laden drin und sagte zu einem distinguierten Herren um die 50 (bestimmt der Ladenbesitzer): „Guten Tag, Sie führen Tropenhelme, davon hätte ich gern einen."
Der Herr verabschiedete sich kurz ins Lager und kam postwendend mit einem Tropenhelm zurück, Größe 56. Als ich mich damit im Spiegel betrachtete, stellte ich irgendwie doch befriedigt fest, dass das Ding mich durchaus vorzüglich kleidete. „Den nehme ich", entschied ich mich rasch. Während des Verpackens und Bezahlens erkundigte ich mich nach dem Absatz solcher Tropenhelme. Zu meiner Überraschung erklärte mir der Mann, dass Tropenhelme ein durchaus gängiger Artikel seien. Ich kann mir allerdings kaum vorstellen, dass nun Unmengen von Leuten in die Tropen fahren und einen passenden Kopfschutz mitnehmen.
Oder etwa doch?
Vielmehr hoffe ich, dass der Tropenhelm einfach als Sommerhut bei uns sozusagen in Mode kommt. Das Leben ist ja oft bunter als man gemein-

hin annimmt. Sehr gut wäre eine solche Tropenhelmmode, denn wenn einige andere damit auch herumlaufen, würde es mir wesentlich leichter fallen, meine Scheu zu überwinden und ihn auch in der Öffentlichkeit aufzusetzen. Augenblicklich jedenfalls trage ich den Helm, und das schenkt einem schon ein Stück Lebensfreude.

Machmal muss ich über mich selbst schon ein wenig den Kopf schütteln.

Diese Tropenhelme sind übrigens aus festem Kork hergestellt und mit khakifarbenem Stoff überzogen. Dadurch sind sie unheimlich schwer aber auch stabil und bieten so sicherlich einen veritablen Schutz gegen herabfallende Kokosnüsse oder – für unsere Breitengrade interessanter – Blumentöpfe.

Danach fuhren wir noch zu Ilka und Stephan und natürlich nahm ich meine Neuerwerbung mit. Die beiden waren davon sichtlich angetan, kein Wunder, das Ding ist ja auch klasse und ich habs und sie nicht.

Donnerstag, 28. Mai
Überraschend: Frank rief mich heute an. Ob ich nicht einmal Lust hätte, mit ihm ein Bier trinken zu gehen. Nun gut, ich sagte zu. Ich meine, so richtig Scheiße ist er bei rechtem Licht ja eigentlich nicht, halt erfolgreich (was allerdings irgendwie ein Stück Scheiße-Sein ja schon ganz natürlich voraussetzt).

Ohne Hintersinn verabrede ich mich selbstverständlich nicht. Hoffe, etwas über Anja herauszubekommen.

Also: Gehe ich mit Frank halt ein Bier trinken.

Aber nur eines.

Und das schnell!

Freitag, 29. Mai
Ich hatte in den vergangenen Tagen immer wieder einmal ein leichtes Kneifen oder Ziehen in den Eingeweiden. Konnte den Ausgangspunkt durch wiederholtes Abtasten genau lokalisieren. Links, auf Rippenhöhe. Vermutete eklatante Leberstörung, zum Beispiel Leberentzündung. Schlug vorhin im Duden für erklärte Medizin nach. Stellte dabei fest, dass die Leber auf der rechten Seite sitzt. Idiot.

Sonnabend, 30. Mai
Kurzweiliger Abend mit Frank, der wirklich ein recht netter Kerl ist, ich kann es leider gar nicht anders sagen. Gut unterhalten über alles mögliche. Ich bin mir aber noch nicht sicher, ob ich noch einmal mit ihm aus-

gehe, ich weiß doch jetzt alles, was ich wissen wollte. Nämlich auch über unsere Damen gesprochen. Obwohl wir unsere Partnerinnen beide sehr lobten, wurde ich bei ihm das Gefühl nicht los, dass Anja nicht seine große Liebe ist. Eine Partnerin halt, mit der man eine Weile zusammen ist, bei der man aber nie auf die Idee kommt, zusammenzuziehen oder gar zu heiraten, der Kram, den sich eben die meisten Menschen so wünschen. So etwas gibts ja und das kann auch, wenn beide Seiten ähnlich empfinden, eine ganze Weile sehr amüsant sein. Ich bin um diese Gefühlslage verständlicherweise nicht sonderlich traurig.

Dienstag, 2. Juni
Spontane Fahrradtour mit Sven, die mir aber nicht viel Genuss bereitete. Zwischen unserem körperlichen Leistungsvermögen klafft eine erhebliche Lücke zu meinen Ungunsten. Vor 16, 17 Jahren oder noch früher war das anders, aber da hatte ich auch noch ein Rennrad und war trainierter. Damals fuhren wir bestimmt zwei-, dreimal in der Woche je dreißig Kilometer. Seit 15 Jahren macht das Sven allein und das haben wir heute gemerkt. Während er nur fröhlich dahinzurollen schien, war ich schon am Ende meiner Kräfte. So schnell fahre ich normalerweise aber auch nie. Außerdem war ich von der Arbeit kaputt. Und hatte auch zu kurz vor der Tour gegessen, das mindert die Kondition ganz ungemein. Zudem ist man auf einem Damenhollandrad mit Torpedodreigangschaltung eh nicht so flott wie auf einem 18-Gang-Mountainbike, das liegt in der Natur der Sache. Immerhin radelten wir doch 23 Kilometer. Trotzdem, ab morgen kann er seine Radtouren wieder allein machen, mir fehlt dazu leider die Zeit. Ich ließ mir übrigens beim Fahren mit Interesse berichten, dass Sven immer wieder einmal unter einer typischen Radlerkrankheit leidet. Durch die Sitzposition auf Rennrädern und Mountainbikes wird die Harnröhre kräftig gedrückt, ja geradezu gequetscht. Die Folge davon: Nachtröpfeln beim Urinieren. Sehr unappetitlich. Nee, nee, mein Hollandrad gebe ich nicht mehr her, da wird nämlich nichts übermäßig gedrückt und die Unterhose bleibt trocken.

Mittwoch, 3. Juni
Verdammt, verdammt, verdammt. Ich entblöde mich doch vollkommen für diese Frau. Anja hatte am Sonntag bei mir angerufen. Sie wollte sich unbedingt diese Woche mit mir treffen. Ich sagte, dass ich mir jeden Abend freihalten, daheim sein und auf ihren Anruf warten würde. Nun ist es Mittwoch, kurz nach 23 Uhr, und sie hat sich bisher nicht gemeldet. Ich habe bei ihr schon etwa 100 000 Mal oder öfter angerufen, aber

sie war nie da. Naja, sie hatte mir vorher schon gesagt, dass sie viel unterwegs sei und sich zwischendurch melde.
Ich kann dazu nur Folgendes anmerken:

1. Die Leute sollen sich einen Anrufbeantworter zulegen!
2. Ich hatte drei reichlich doofe Abende in der Nähe meines Telephons.
3. Ich ändere sogar täglich mehrmals die Anrufbeantworteransage, damit Anja, sollte sie anrufen, nicht glaubt, ich sei ausgegangen und diesen Abend nicht zu Hause.

„Guten Tag, ich bin gerade unter der Dusche, aber in spätestens 15 Minuten bin ich wieder erreichbar." Scheiß Anja, scheiß Liebe, Scheißabende allein.

Donnerstag, 4. Juni
Das kann doch wohl gar nicht wahr sein. Schon wieder nichts mit Anja. Sie rief mich gerade eben aus dem Büro an. Sie kann sich diese Woche nicht mit mir treffen. In ihrer Firma ist Ausnahmezustand, weil ein wichtiger Auftrag unbedingt abgewickelt werden muss und deshalb sitzt sie jeden Tag bis tief in die Nacht im Büro. Und als ob das nicht schon Scheiße genug wäre, briet sie mir gleich noch eine weitere Horrornachricht über: Weil sie und Frank sich in den letzten Tagen so selten gesehen haben, fahren die zwei deshalb kurzentschlossen übers Wochenende nach Juist, um sich dort zu erholen und viel Zeit füreinander zu haben. Na, das ist ja ganz bezaubernd für die beiden. Und was ist mit mir? Ich bin der Idiot in allen Bereichen.
Zuerst einmal finde ich es schon ziemlich unmöglich, dass das Fräulein Anja am heutigen Donnerstag, an dem die Arbeitswoche praktisch zu Ende ist, daran denkt, mir mal eben in einem zweiminütigen Telephonat mitzuteilen, dass sie in den vergangenen Tagen und auch in den nächsten Tagen keine Zeit für mich hat. Ich meine, so eine Aktion macht doch wohl ziemlich klar, auf welcher Wichtigkeitsstufe man da steht: „So, heute muss ich noch die Telephonrechnung zahlen und Toilettenpapier kaufen und, ach ja, meiner Verabredung sag ich mal eben ab, ganz vergessen, da hätte ich wohl schon mal die ganzen Tage über anrufen müssen und fürs Abendessen brauche ich noch Brot."
Ich hocke da wie ein Blödmann vor dem Telephon und bei Anja rangiere ich zwischen Toilettenpapier und vergessen werden. Herzlichen Dank. Was ist denn das für ein beschissener Dreck! Da treffen wir uns drei Tage hintereinander, erzählen davon dem Partner nichts, gucken uns tief in die Augen und ich war mir irgendwie sicher, dass es gefunkt hat, und dann

klappen zwei Verabredungen nicht und wir sehen uns praktisch gar nicht mehr und alles verläuft ganz unspektakulär im Sande.
Wahrscheinlich bin ich an meiner Enttäuschung selbst Schuld, weil ich mir Hoffnung auf etwas gemacht habe, was wohl bei Anja gar nicht da war und auch nie da sein wird und ich habe die Situation komplett überinterpretiert.
Aber ich brauche diese Anja gar nicht, die kann mich mal, ich habe Sabine und zu der fahre ich jetzt und verbringe mit ihr schöne Stunden. Wiedersehen.

Freitag, 5. Juni
Müde, missgestimmt. Das Wetter schlecht, Nieselregen, und Anja mit Frank übers Wochenende an die Nordsee gefahren. Sauerei. Kriege vermutlich eine Sommererkältung, da unschöner Druck in den Nebenhöhlen und kalte Füße. Die Krabben mögen auch nicht recht schmecken. Kein gutes Zeichen. Vorsorglich Aspirin eingenommen.

Sonnabend, 6. Juni
In meinem jetzigen Alter, in dem Krankheit und Tod ja in der Regel noch sehr fern sind, gibt es keine eigentlichen Sorgen und Probleme – außer dem Liebeskummer.
Doch der ist schon ein heftiger Brocken.

Sonntag, 7. Juni
Auch wenn ich mir am Donnerstag einzureden versuchte, dass Anja eine blöde Kuh ist und ich mich nach den zwei Abfuhren einfach wieder auf Sabine konzentriere, muss ich mir doch eingestehen, dass es so einfach leider nicht geht. Die vergangenen beiden Tage war ich höllisch schlecht gelaunt und wehmütig. Und den heutigen Tag gings mir auch nicht viel besser. Gut, die schlechte Laune ist etwas weniger. Aber immer, wenn ich an Anja denken muss (und ich denke oft an sie!), löst das bei mir so einen unangenehmen Stich aus und schön ist das ganz und gar nicht. Ich verbrachte recht viele Stunden mit Sabine, aber das munterte mich überhaupt nicht auf, eher im Gegenteil, denn mir war leider jede Minute mit ihr klar, dass sie halt nicht die Person ist, mit der ich augenblicklich meine Zeit verbringen möchte. Sehr fair ihr gegenüber ist das wahrlich auch nicht, denn sie bemerkte natürlich meinen Zustand (obwohl sie zum Glück nicht ahnt, warum ich in diesem Zustand bin) und versuchte, mich aufzumuntern, aber das gelang ihr natürlich nicht und so habe ich ihr wohl ebenfalls das Wochenende ver-

dorben und dadurch fühle ich mich auch noch doppelt schlecht. Das war eines von diesen Wochenenden, die man am besten ganz schnell vergessen sollte, aber das klappt ja meist nicht so gut.

Na, ich kann mir jedenfalls schon denken, wie es in der nächsten Zeit weitergehen wird: Ein, zwei Wochen werde ich Trübsal blasen und dann gehts weiter wie bisher. Das sind ja erfreuliche Aussichten.

Montag, 8. Juni
Sabine und ich waren heute abend auf Stephans Geburtstagsparty, die zugleich auch so etwas wie die Abschiedsfeier von der alten Wohnung war, denn am Wochenende wird ja umgezogen. Hübsche Abwechslung. Mit einer gewissen Befriedigung stellte ich wieder einmal fest, dass der arme Kerl – obwohl nur unwesentlich älter als ich – doch schon einen nicht unerheblichen Teil seiner Kopfbehaarung verloren hat. Manche trifft's jung. Einmal meinte seine bezaubernde Freundin Ilka in geselliger Runde dazu: „Die Haare sind gar nicht ausgefallen. Sie sind nur vom Kopf auf den Rücken heruntergerutscht!" Was haben wir da alle herzlich gelacht – außer Stephan natürlich.

Ich jedenfalls war auf der Geburtstagsfeier bester Laune und schwadronierte dementsprechend viel herum. Ja, man könnte sagen: Ich redete ohne Punkt und Komma. Als ich allerdings einmal eine kleine schöpferische Pause einlegte, um an meinem Bier zu nippen, meinte der Typ mir gegenüber: „Du kannst aber auch Katzen totreden!"

Welch hübsche Formulierung für meinen ungehemmten Redefluss! Der Herr stieg in meiner Sympathieskala gleich einige Punkte nach oben. Im Laufe der nächsten Stunden habe ich mit ihm noch sehr hübsch Belangloses geschwätzt. Alles in allem ein ausgesprochen vergnüglicher Abend.

Na, und ich rede ja wirklich ganz gern. Bei mir trifft vielleicht eine Äußerung zu, welche die Schriftstellerin Dorothy L. Sayers ihren Helden Peter Wimsey machen lässt: „Ich kann mich so leicht an Worten berauschen, dass ich offengestanden selten ganz nüchtern bin. Daher kommt es auch, dass ich so viel rede."

Wie nett, dass mir das eingefallen ist. Ich meine, wann fällt einem schon einmal ein passendes Zitat ein?

Natürlich rede ich auch unheimlich viel Scheiß an einem lieben langen Tag. „Na und!" kann ich da nur rufen, ich weiß zumindest, dass das so ist, und damit ist doch schon wieder einiges gut. Denn viele geben doch unglaubliche Mengen ernstgemeinten (!!) verbalen Sondermüll zum Besten. So etwas ist allerdings ordentlich zu geißeln und anzuprangern!

Toll, zu dem verbalen Sondermüll fällt mir noch ein Zitat ein!
Unglaublich: da habe ich doch wirklich binnen zehn Minuten gleich
zwei verwendbare Äußerungen zur Hand!
Blixa Bargeld schrieb nämlich einmal: „Der Mund ist die Wunde des
Alphabets."
Die heutige Tagebucheintragung ist ja beinah schon eine kleine
Zitatensammlung!
Ich bin zufrieden mit mir und belohne mich deshalb gleich noch vor der
wohlverdienten Bettruhe mit einem Martini.

Dienstag, 9. Juni
Wusste ich bisher auch nicht:
Stinte sollen vor dem Verzehr ein paarmal kräftig auf den Tisch geschlagen werden, damit die im Fischfleisch sitzenden Maden herausfallen.
Stinte sind bei mir ab sofort auf Lebenszeit vom Speiseplan gestrichen.

Mittwoch, 10. Juni
Heute bei den Eltern gewesen und Mutti von der Sache mit den Stinten erzählt. Sie fragte mich, wo ich denn diesen Blödsinn und ausgesprochenen Schwachsinn her habe. So etwas habe sie noch nie gehört. Richtig sei vielmehr, dass sich im Kopf/Rückenbereich des Stintes gelegentlich ein Wurm einniste, der unbedingt herausgeschnitten werden müsse. Ehrlich gesagt, ich finde, das macht die Sache nicht viel schmackhafter.

Freitag, 12. Juni
Ich hielt mich auf der Arbeit sehr zurück, gönnte mir zahlreiche Kaffeepausen, überzog die Mittagszeit und plauderte das eine oder andere Mal mit Frau Harms aus der Dispo, um meine Kräfte für das Wochenende zu schonen. Denn morgen und übermorgen helfen wir Ilka und Stephan beim Umziehen, die nun also in ihre Eigentumswohnung wollen. Das Ding haben sie in den vergangenen Tagen und Wochen renoviert, jetzt kommt da ihr Zeug rein und dann brauchen sie nur noch die alte Wohnung auf Vordermann bringen – und fertig. Bis zum Ende des Monats müssen sie da raus und das sollten sie ja wohl locker schaffen. Vor allem, wenn Sabine und ich ihnen helfen, denn ich bin sehr gut im Delegieren und eine solche Person, die den anderen sagt, was sie zu machen haben, darf doch bei keinem Umzug fehlen und hebt ja das Klima ungemein. Leider werde ich dieser schönen Beschäftigung allerdings morgen kaum nachgehen können, da außer uns nur Holger zum

Helfen kommt. Auch Ilka und Stephan konnten die soziologisch sicher interessante Feststellung machen, dass bei Umzügen der Freundeskreis dummerweise gerade an diesem Wochenende keine Zeit hat. Es stehen da wohl allerlei wichtige Termine an, die sich auf gar keinen Fall verschieben lassen, schade, man hätte so gerne geholfen, aber beim nächsten Umzug bestimmt, kein Thema. Doch dieses Wochenende, leider, leider: Der Namenstag einer Tante zweiten Grades oder die Makrameemeisterschaften in Bad Pyrmont, für die man schon seit Ewigkeiten Karten hat. Ich glaube, auf diesem Niveau hagelte es unter ehrlichem Bedauern Absagen.
Sabine und ich gehen jetzt schön essen, um für morgen fit zu sein. Übrigens habe ich mich dazu von ihr einladen lassen, da ich vorhin einen Kontoauszug geholt habe, der mich negativ überrascht hat.

Sonnabend, 13. Juni
Mühsamer Tag, der zudem auch noch früh begann. Immerhin das gute Gefühl, geholfen zu haben. Wir haben heute ziemlich viel geschafft, so dass es morgen wohl nicht mehr sehr lange dauern wird. Viel Spaß mit Holger gehabt, der sehr kräftig und gutmütig ist und sich deshalb gern die schweren Sachen aufbürden ließ.
Jetzt bin ich aber doch sehr kaputt und Sabine geht es nicht anders, wir werden deshalb nur noch ein wenig vor dem Fernseher sitzen und dann relativ früh zu Bett gehen.

Sonntag, 14. Juni
Doch noch recht lange gebraucht, weil das Arbeitstempo im Vergleich zu gestern erheblich gelitten hat und wir alle gern immer wieder einmal ein Päuschen einlegten. Aber nun sind wir doch fertig und daheim. Wir gehen auch heute wieder essen, denn zum Kochen haben wir nun wirklich keine Lust mehr! Aber diesmal zahle ich selbst, denn ich habe ja dieses Wochenende bisher keinen Pfennig ausgegeben und ab morgen liste ich genau auf, wohin mein Geld abfließt.

Montag, 15. Juni
In der Zeitung stand, dass der reichliche Genuß von Tomaten das Risiko, Prostata- oder Magenkrebs zu bekommen, erheblich absenkt. Und ich Idiot habe natürlich in den letzten Jahren immer Gurke gegessen.

Mittwoch, 17. Juni
Ich probierte heute aus, wie es ist, mit einem steifen Bein in den vierten

Stock zu meiner Wohnung zu laufen.
Sehr mühsam.
Ich rate davon ab.
Runter gehts einfacher.

Donnerstag, 18. Juni
Große innere Zerissenheit den kompletten Abend über. Sabine und ich lagen auf dem Sofa und schauten fern. Hoher Gemütlichkeitsfaktor, der perfekt mit einsetzender Träg- und Faulheit harmonierte. Leider aber auch ein großer Bierappetit bei mir. Da das Bier allerdings alle ist, überlegte ich hin und her, ob ich mich noch einmal aufraffen sollte, um welches von der Tankstelle holen. Mehrmals war ich kurz davor, aufzustehen, wurde dann aber doch von der eigenen Lethargie niedergehalten. Zwischenzeitlich hatte ich sogar die Idee, bei einem Taxiunternehmen anzurufen und mir per Fahrer einen Sechserträger von der Tankstelle bringen zu lassen. Zum Glück verwarf ich diese Gedanken wieder, das wäre dann ja wohl doch arg dekadent und unverschämt gewesen. Statt Bier für heute mit Mineralwasser begnügt, das ja eh viel gesünder und auch entschlackend ist. Aber Bier ist schon leckerer! Da macht das Trinken wenigstens Spaß.

Freitag, 19. Juni
Herrgott, man kann seine Eltern auch keinen Augenblick unbeaufsichtigt lassen. Mich traf beinah der Schlag, als ich bei ihnen vorbeifuhr. Mein Vater hat die äußerste Stufe seines neuerworbenen Bartschneiders ausprobiert und danach war nur noch ein solch kümmerlicher Rest Bart vorhanden, dass er den schließlich auch noch abrasierte. Einen bartlosen Vater hatte ich noch nie und das war schon ein außergewöhnlicher Anblick. „Ich wollte immer schon mal wieder sehen, wie ich ohne Bart aussehe", meinte er dazu vergnügt und meine gute Mutter fand „dass er so viel jünger ausschaut." Das mag ja sein, aber ich will nicht, dass mein Vater jünger aussieht, ich will, dass er aussieht wie mein Vater. Um den Schock zu verdauen, blieb ich gleich zum Abendbrot und insistierte dabei behutsam in Richtung erneuten Barterwerbs. Anschließend war ich noch bei Sven, bei dem sich zum Glück nichts verändert hat. Das wäre dann aber auch wohl zuviel für meine strapazierten Nerven gewesen.
Sabine, bei der ich nun bin, war war vom Bartverlust meines Vaters wie elektrisiert und konnte es eigentlich gar nicht glauben. „Das muss ich unbedingt sehen", meinte sie mehrmals.

Sonnabend, 20. Juni
Am Nachmittag waren wir bei meinen Eltern, Bart gucken, beziehungsweise natürlich Nicht-Bart gucken. Sabine fand es auch sehr ungewöhnlich, kann sich aber noch nicht entscheiden, ob sie es nun gut oder nicht gut finden soll.
Heute abend sind Sabine und ich dann noch zu Ilka und Stephan in die neue Wohnung gefahren und haben sehr nett zusammengesessen. Das war wirklich ein hübsch entspanntes Treffen, bei den beiden fühle ich mich eigentlich immer wohl. Die sind zusammen einfach glücklich, und das strahlen sie auch aus und so etwas ist schon schön anzusehen. Wir hatten die prima Idee, sollte das Wetter morgen genauso gut sein wie heute, nach Cuxhaven ans Meer zu fahren. Gerade habe ich noch einmal Videotext abgerufen und für Sonntag ist Sonnenschein angesagt. Ich bin wirklich froh, dass wir morgen etwas zusammen machen.

Sonntag, 21. Juni
Ein Tag am Meer! Sabine und ich standen heute morgen schon recht zeitig auf (halb zehn, für einen Sonntag doch wirklich arg früh!), und das Wetter war tatsächlich so gut, wie gestern noch im Wetterbericht angekündigt. Ilka und Stephan riefen an und kündigten ihr Kommen für halb elf an. Schnell war die Kühltasche mit Sandwiches, gekochten Eiern, Tomaten, Wein und allerlei anderen Leckereien bevorratet. Schon kamen Ilka und Stephan, wir stiegen zu ihnen ins Auto und ab gings. 90 Minuten später waren wir in Cuxhaven. Cuxhaven ist für einen Tag herrlich. Man kann da völlig lächerlich gekleidet herumlaufen, ohne dass es nur im Mindesten auffällt, weil alle da komplett blöde aussehen. Wie gut, dass ich meinen Tropenhelm mitgenommen hatte. Hier endlich konnte ich ihn erproben. Denn in Cuxhaven kennt mich kein Mensch, und wenn die Menschen mich doof anstarren würden, könnte ichs damit abtun, dass die sowieso alle debil sind und hässliche Kleidungsstücke tragen. Sollte der Helm andererseits, dachte ich mir, auf ein positives Echo stoßen oder gar nicht beachtet werden, stiegen die Leute hier sehr in meiner Meinung, und ich würde mir sagen, dass die alle doch keinen so schlechten Geschmack haben, obwohl sie unmögliche Hosen und Freizeithemden tragen.
Kaum hatten wir also das Auto verlassen, setzte ich ihn auf und behielt ihn auch praktisch ununterbrochen bis zur Heimfahrt am frühen Abend auf. Er trägt sich wirklich, auch über Stunden, äußerst angenehm. Und: meine Meinung über die Cuxhavener und die Besucher dieser Meerstadt ist stark gestiegen. Eigentlich niemand schaute mich wegen mei-

nes Kopfschmuckes scheel an. Was das Tropenhelmtragen angeht, sammelte ich heute soviel Selbstbewusstsein, dass ich mir nun zutraue, mit dem Ding auch in meiner schönen Heimatstadt auf die Straße zu gehen. Nun spielte diese Kopfbekleidung heute aber auch ihre größte Trumpfkarte aus: Die Hitze war zwar nicht hochsommerlich erdrückend und erschlagend, aber die eigentliche Temperatur war doch recht beachtlich, immerhin 27 Grad, allerdings durch den am Meer ständig herrschenden Wind angenehm erträglich gemacht. Doch da darf man sich keinen Trugschlüssen hingeben: Die Sonne bratzte doch ganz beachtlich auf uns nieder, daran änderte der Wind ja gar nichts dran. Stephan bemerkte es von den anderen dreien zuerst. Na ja, klar, er hat ja auf dem Kopf weniger Haare als manch anderer unterm Arm. Jedenfalls ging er nach zwei Stunden Aufenthalt zu einem der zahlreichen am Strand befindlichen Andenkenläden und erwarb für teuer Geld ein Schirmmützchen mit ausgesprochen hässlichem „I love Cuxhaven"-Aufdruck. Das trug er dann. Da war ich mit meinem Tropenhelm doch wesentlich besser und hübscher behütet.

Unsere Damen verzichteten wiederum gänzlich auf jeglichen Kopfschutz. Und zumindest Sabine hatte heute Abend einen geradezu leuchtend roten Kopf. Dabei ist so etwas nicht nur unansehnlich sondern auch gar nicht gesund. Da würde mir jeder Hautarzt beipflichten. Sie hätte halt auch einen Tropenhelm tragen sollen. Hat sie aber nicht.

Von Cuxhaven gibts ansonsten auch nicht viel mehr zu erzählen. Wir saßen am Strand herum, plauderten über dies und das, aßen und tranken dies und das aus den Picknickkörben und liefen ab und an in dem noch verdammt kalten Nordseewasser herum. Dann gingen wir noch ein-, zweimal zum Strandimbiss, um ungesunde Lebensmittel zu verzehren. Das wars eigentlich schon. Um sieben Uhr fuhren wir schließlich wieder nach Hause. Ein ruhiger, ein hübscher, ein angenehmer Sonntag.

Etwas ist mir an Cuxhaven noch aufgefallen: Noch nirgendwo habe ich in den letzten 15 Jahren so viele Klappradfahrer gesehen wie dort. Anscheinend sind Ende der Siebziger, als diese Dinger aus der Mode kamen, alle Restbestände nach Cuxhaven verbracht worden. Kann aber auch sein, dass einfach unheimlich viele Cuxhaven-Urlauber Klappräder im Kofferraum, Wohnwagen oder Wohnmobil dabeihaben.

Erstaunlicherweise hat sich dieser Ferienort dieses Phänomen noch nicht zunutze gemacht. Ich finde jedenfalls, folgender Hinweis würde sich ganz hervorragend in jedem Stadtführer machen: „Cuxhaven – deutsche Hauptstadt des Klapprades".

Montag, 22. Juni
Überraschung, Überraschung! Gerade klingelte das Telephon und am anderen Ende der Leitung war Anja! Als ich ihre Stimme hörte, schlug mir sofort das Herz bis zum Hals und feuchte Hände bekam ich auch. Mein Gott, sie sagte mir, wie leid es ihr getan habe, dass die beiden Verabredungen mit mir geplatzt seien und wie sehr ihr die gemeinsamen Mittagspausen im Bürgerpark gefallen hätten. Und nun hätten wir uns schon so lange nicht mehr gesehen und das fände sie sehr schade und dem müsse man doch ein Ende machen und ob ich nicht morgen Zeit hätte, vorbeizukommen, da würde bei ihr endlich einmal bestimmt nichts dazwischenkommen. Natürlich hatte ich Zeit, und so treffe ich mich morgen abend gegen acht, halb neun mit Anja.
Ist das gut oder ist das gut? Das ist doch gut!
Nach dem Telephonat rief ich gleich bei Sven an, der zum Glück zu Hause war. Ich musste nämlich unser Treffen für morgen Abend absagen, denn eigentlich waren wir beide ja verabredet. Sven war damit einverstanden, den morgen Termin zu verschieben, ließ es sich aber nicht nehmen, mir anzuraten, unbedingt Kondome einzustecken und eine frische Unterhose anzuziehen.
Kondome nehme ich natürlich keine mit, das ist dann doch zuviel des Guten. Aber mit der Unterhose hat der Kerl gar nicht so daneben gelegen. Nicht dass ich meine Unterhose nur einmal in der Woche wechsle und zwar immer nur mittwochs und morgen ist erst Dienstag.
Tatsächlich steht bei mir jeden Tag frische Unterwäsche auf dem Programm und ich dusche auch täglich, also mangelnde Hygiene ist mir noch nie vorgeworfen worden – und sollte das einmal passieren, wäre ich auch ehrlich entsetzt.
Klar, wahrscheinlich wird das Treffen auch vollkommen harmlos sein, rein kameradschaftlich, wir werden etwas essen und nett plaudern und Wein trinken und um kurz nach elf gehe ich dann wieder nach Hause. Aber, wer weiß, vielleicht gehts auch richtig zur Sache, wir knutschen wild rum und reißen uns zumindest die Oberbekleidung von den Leibern und da will ich ich natürlich eine hübsche Unterhose anhaben. So richtig Hässliche habe ich eigentlich auch gar keine, aber es sollte dann für morgen doch die Beste sein. Und zwar diese schwarzen Shorts aus Baumwolle mit Lycrabeimischung. Die sitzt wie angegossen und bleibt durch das Lycra auch dauerhaft in Form. Da die aber in der Schmutzwäsche war, habe ich sie dort gleich herausgezogen und mit der Hand durchgewaschen, damit ich sie morgen tragen kann.
Ansonsten werde ich das schwarze Hemd und die dunkelblaue Levis 501

tragen. Das passt recht gut zusammen, ist nicht zu ausgefallen und nicht zu konservativ, gut dezent.

Kein Unterhemd! Ohne sieht einfach besser aus, vor allem bei einem schwarzen Oberhemd. Außerdem: Durch Bewegung reibt sich das Unterhemd an der Bauchbehaarung und wenn das zu lange geschieht, habe ich manchmal im Bauchnabelbereich einen durchaus sichtbaren Baumwollfussel hängen und das sieht nun wirklich total Scheiße aus. Muss ich da eigentlich was mitbringen? Wein, Blumen? Oh je, keine Ahnung.

Ich denke, Wein „ja", Blumen „nein", denn das wäre dann doch etwas zu viel.

Wein muss ich unbedingt noch kaufen. Das mache ich in der Mittagspause, da ist ein sehr gutes Weingeschäft in der Nähe, da fahre ich schnell hin.

Ich bin sehr, sehr aufgekratzt, Außerdem habe ich durch die Telephonate mit Anja und Sven sowie mit der Niederschrift der zurückliegenden Zeilen versäumt, etwas zu kochen und dabei kommt jede Minute Sabine vorbei, die mit mir essen wollte. Macht aber gar nichts. Durch die Verabredung bin ich allerbester Laune, habe deshalb die Spendierhosen an und werde Sabine zu Essengehen einladen. Das ist doch einmalig nett von mir – oder doch genau das Gegenteil?

Dienstag, 23. Juni
Verdammt, bin ich nervös. Schweißnasse und auch irgendwie aufgequollene Hände. Ich bin frisch geduscht, rasiert, fertig angezogen. Doch leider ist es noch nicht soweit zu Anja zu fahren. Dahin brauch ich allerhöchstens eine Viertelstunde. Wir sind für zwischen acht und halb neun verabredet. Ich will nicht zu früh und nicht zu spät kommen, also möchte ich um zehn nach acht bei ihr klingeln. Deshalb habe ich noch Zeit, viel Zeit, zu viel Zeit. Schon der Tag im Büro wollte überhaupt nicht vorbeigehen. Rutschte acht Stunden lang unruhig auf meinem Sessel herum, zum Glück bemerkte Wellmann nichts, der hätte nur dumme Fragen gestellt. War mehrmals versucht, bei Anja auf der Arbeit anzurufen, um zu fragen, obs mit dem Termin heute abend auch wirklich klappt, was ich aber doch unterließ. Gut so. In der Mittagspause radelte ich zum Weinhändler und erwarb ein exquisites Fläschchen Roten. In der Mittagspause deshalb nicht gegessen. Überhaupt habe ich heute außer ein paar Butterkeksen und trockenem Weißbrot nichts hinunterbekommen. Morgen bin ich bestimmt vollkommen übersäuert. Ich sollte Treffen mit hübschen Damen sein lassen, das schlägt mir nur auf den Magen. Als ich

nach Hause kam, rannte (und ich meine wirklich „rannte") ich schnurstracks zum Anrufbeantworter und war ungeheuerlich erleichtert, darauf keine Absage von Anja zu finden. Sabine rief vorhin an, wir plauderten kurz, ich tat gelangweilt. Sie will den Abend vor dem Fernseher verbringen und wünschte mir viel Spaß mit Sven, da ich ihr ja nicht gesagt habe, dass ich auf Anja umdisponiert habe.
Morgen Abend fahre ich zu Sabine.

Mittwoch, 24. Juni
Erschöpft, aber vollkommen glücklich!!
Doch der Reihe nach.
Um halb acht verließ ich meine Wohnung und machte mich auf den Weg zu Anja. Und obwohl ich bewusst langsam radelte, war ich schon zehn vor acht bei ihr angekommen. Ich machte deshalb einen kleinen Spaziergang um den Block, wobei ich jeden zweiten Schritt zählte, was etwa eine Sekunde dauerte. Als ich endlich bei sechshundert angekommen war, machte ich kehrt, schaute noch einmal ausführlich nach, ob mein Fahrrad richtig angeschlossen war (natürlich hatte ich es ordentlich festgemacht, aber das brachte noch einmal ein paar Sekunden), und klingelte tatsächlich Punkt zehn nach acht. Anja sah phantastisch aus, sie hatte die schwarze Hose aus glänzendem Stoff an, die sie schon bei der 1. Mai-Feier trug, dazu eine enge schwarze Bluse, die – ich möchte es einmal so formulieren – ihre stattliche Oberweite erfreulich betonte, ohne dass es ordinär wirkte. Ich musste mir Mühe geben, da nicht zu lange hinzugucken, denn große Brüste ziehen meine Blicke nun einmal magisch an. Sie lächelte mich bei der Begrüßung nett an und sagte, wie sehr sie sich freue, dass ich bei ihr sei, und so verlor ich einen Großteil meiner Nervosität und ich hatte auch nicht mehr ganz so kalte Finger. Tatsächlich hatte sie etwas gekocht, es gab Spaghetti mit Garnelen in Sahnesoße. Der Tisch war schon beinah verdächtig heimelig eingedeckt mit Blumen, Kerzen, Stoffservietten. Leider konnte ich das Essen nicht sonderlich genießen, obwohl es wirklich lecker war, aber mein Magen war wie zugeschnürt, denn um zu essen war ich von der Zusammenkunft doch zu stark beeindruckt. Als Anja mich fragte, obs mir nicht schmecke, sagte ich tatsächlich: „Doch, aber in der Gegenwart umwerfend schöner Frauen habe ich nie Appetit." Nach dieser Äußerung bekam ich schlagartig eine roten Kopf und wollte gerade anfangen, mich in Grund und Boden zu schämen, als Anja „Danke" sagte und ich bemerkte, dass ihr das Kompliment anscheinend gefallen hatte. Man muss wohl wirklich einmal seinen inneren Schweinehund überwinden und Dinge sagen, die

man normalerweise nur den größten Schleimbeuteln zubilligen würde. Aber warum eigentlich? Denn ich meinte das, was ich sagte, ja ehrlich und Anja hats zudem auch noch gefallen und ich werde ab jetzt so etwas noch viel öfter sagen und wems nicht gefällt, der kann ja gehen.
Jedenfalls saßen wir da, plauderten wie bei unseren Treffen im Bürgerpark und mir fiel wieder auf, wie gut wir uns verstanden, wie mühelos das alles war und wie wohl ich mich in Anjas Gegenwart fühle.
Ich weiß nicht mehr wie, jedenfalls kamen wir auf die Arbeit und so weiter zu sprechen und Anja meinte, dass sie immer noch kaputt von den vergangenen Wochen sei und ich meinte, dass ich ihr ja die Schläfen massieren könne und sie sagte „Klar, warum nicht" und so lag sie schließlich lang ausgestreckt auf dem Wohnzimmerfußboden und ich kniete neben ihr und massierte ihre Schläfen. Das war seltsam, kribbelig, prickelnd und schön zugleich und ich war froh, dass ich keine eiseskalten Finger mehr hatte. Während ich ihre Schläfen bearbeitete, fragte ich mich unentwegt, ob diese Aktion in eine gewisse Richtung zu deuten sei und ich später durchaus noch weiter gehen könnte, oder ob es das Natürlichste von der Welt sei, dass die Angebetete ausgestreckt auf dem Wohnzimmerfußboden liegt und sich von mir am Kopf befingern lässt und wenn ich da weiterginge, würde ich mir tüchtig was einfangen. Ich wollte jedenfalls nichts kaputtmachen und außerdem war die Situation doch wunderbar und ich rundum zufrieden und so machte ich denn weiter. Nach über einer halben Stunde (wie ich an der Uhr des Videorecorders sehen konnte) Schläfenmassage wagte ich mich etwas weiter und fing langsam an, auch die geschlossenen Augen, die Wangen und den Mund zu streicheln. Und als von Anja keine negativen Reaktionen auf diese Ausdehnung kamen, nahm ich schließlich meinen ganzen Mut zusammen und sagte: „Wir können ja auch einmal was anderes machen" und sie sagte nichts, aber irgendwie sah sie bejahend aus und ich küsste sie und sie erwiderte meinen Kuß. Ich küsste sie einfach. Ich meine, das muss ich mir doch noch einmal auf der Zunge zergehen lassen beziehungsweise auf dem Papier oder wie das richtig formuliert heißt, auch egal jetzt. Also: Einfach so küsste ich sie und sie erwiderte meinen Kuss. Und dann sahen wir uns lange an und sagten beide gar nichts und dann fingen wir wieder an, uns zu küssen, und bei mir setzte das Hirn aus und ich war nur noch glücklich und wir küssten uns erst einmal satt und dann wars auch schon halb drei in der Nacht. Da hörten wir erst einmal auf mit Knutschen und gingen in die Küche, wo sie aus einer Wasserflasche trank, die sie anschließend an mich weiterreichte, weil ich auch Durst hatte. Schon seltsam, da besucht man jemanden und kennt sich eigent-

lich kaum und wenige Stunden später ist die Verbundenheit schon so weit gereift, dass man gemeinsam aus der Wasserflasche trinkt. Zwar guckten wir uns in der Küche unablässig an, aber wir sagten nichts, warum auch. Schöne Stille. Nur zum Schluss unseres dortigen Aufenthalts gabs einen kleinen Dialog.
Ich: „Ziemlich verwirrend."
Sie: „Ziemlich verwirrend!"
Ich: „Aber schön."
Sie: „Aber schön!"
Ich: „Weitermachen?"
Sie: „Weitermachen!"
Nun gings aber nicht wieder zurück ins Wohnzimmer, sondern Anja führte mich in ihr Schlafzimmer und zog mich aufs Bett. Aber obwohl wir im Bett lagen, war mir klar, dass wir nicht poppen würden. Ich war überhaupt nicht geil und Anja, glaube ich, auch nicht, ich war einfach nur glücklich und Poppen hätte nicht zur Atmosphäre gepasst und wurde deshalb auch nicht vermisst.
Zwar küssten wir uns im Bett weiter, aber viel ruhiger und gelassener und schließlich schliefen wir Arm in Arm ein.
Kleine Zwischenfrage: Wie kommt es eigentlich, dass man, wenn man gerade ganz frisch verliebt ist, in den unbequemsten Positionen stundenlang herumliegen kann, während einem sonst darin spätestens nach fünf Minuten alles wehtut oder Arme und Beine heftig eingeschlafen sind?
Diese Frage stellten wir uns jedenfalls nicht, als wir beide kurz nach sechs wieder wach wurden. Ich beschloss dann, nach Hause zu fahren, um mich für die Arbeit umzuziehen und meine Tasche zu holen. Wir verabredeten uns für die Mittagspause und dann gondelte ich nach diesen denkwürdigen Stunden tatsächlich in meine Wohnung. Dort brühte ich mir noch einen starken Kaffee, duschte rasch (etwas, was ich nie morgens mache und was mir das Besondere der Situation verdeutlichte) und musste auch dann schon los zur Arbeit. Ich ertappte mich im Büro mehrmals beim erstaunten Kopfschütteln, denn obwohl ich mir das mit Anja natürlich in meiner Phantasie ausgemalt hatte, war diese plötzliche Realitätswerdung des Gewünschten ein ziemlicher Hammer. Ich glaube, Anja gings ähnlich, denn als wir uns mittags trafen, sah sie schon reichlich nach neben der Spur aus. Erst nur Händchen gehalten und uns angesehen und dann schließlich wieder geküsst. Wir gingen wohl beide etwas geistig zerzaust aus der Mittagspause. Gerade eben haben wir telephoniert und uns für morgen Abend verabredet. Diesmal soll alles ganz offiziell laufen, ich werde es Sabine sagen und Anja Frank, dass wir beide

etwas zusammen unternehmen wollen, und ich gehe fest davon aus, dass das keine Komplikationen geben wird.
Trotz des wenigen Schlafes war ich übrigens den Tag über hellwach und wie unter Strom. Erst jetzt fällt langsam eine seltsame Hochspannung von mir ab und ich bin kaputt, aber nicht eigentlich müde. Naja, ich denke, das ist kein Wunder, denn ich habe beim Küssen bestimmt einige Tonnen Adrenalin ausgeschüttet.
Nun fahre ich zu Sabine und ich bin gespannt, wie der Abend dort werden wird.

Donnerstag, 25. Juni
Das war gestern noch ein erstaunlich lockerer Abend bei Sabine.Wahrscheinlich lag es größtenteils daran, dass ich ziemlich alle und müde war nach den vorherigen Aufregungen.
Keine Gewissensbisse bei mir oder das Verlangen, alles zu erzählen, oder die Furcht, dass ich mich verplappern und die Sache mit Anja auffliegen würde. Wir haben einfach nur zusammen gekocht und dann auf dem Sofa gesessen, gegessen und Fernsehen geschaut und es war wie immer. Ich erzählte ihr dabei irgendwann ganz beiläufig, dass ich für heute mit Anja verabredet bin und da wurde Sabine kein Stück hellhörig, sondern fand das auch noch gut und überlegte kurz und meinte dann – und jetzt kommts – „Da könnte ich ja was mit Frank machen" und rief dann auch tatsächlich bei ihm an und der Kerl war zu Hause und jetzt treffen die beiden sich heute abend auch. Das ist doch schon etwas seltsam. Bei dem Telephonat hatte ich ja erst davor Bammel, dass es irgendwie auf einen gemeinsamen Pärchenabend hinauslaufen könnte und das hätte mir natürlich verständlicherweise gar nicht gepasst, aber zum Glück wollen Sabine und Frank ebenso etwas alleine machen wie Anja und ich. Die Frage muss gestellt sein: Ist es etwa das Gleiche, was Anja und ich wollen? Ich unterhielt mich darüber mit Anja am Telephon, und wir malten uns scherzhaft aus, dass die zwei schon seit Wochen eine wilde Affaire haben und sich nichts sehnlicher wünschen, als dass Anja und ich auch etwas miteinander anfangen. Schön wärs, das könnte manches Problem vermeiden.
Ich fahre heute wieder zu Anja, obwohl wir erst kurz überlegt hatten, ob sie zu mir kommen soll, denn sie kennt ja meine Wohnung noch gar nicht. Aber ich hatte erwähnt, dass ich für Damenbesuch noch kräftig aufräumen müsste, was zwar scherzhaft gesagt aber durchaus ernst gemeint war, und so einigten wir uns darauf, dass ich sie besuche.
Morgen kommt bei mir aber am frühen Abend Sven vorbei, dem ich

meine Wohnung durchaus zumuten kann. Ich habe ihm schon am Telephon ganz kurz berichtet und morgen wollen wir uns ausführlich unterhalten. Am späten Abend gehts dann mit Sabine in den Stammclub. Und jetzt fahre ich zu Anja und das verspricht ausgesprochen nett zu werden.

Freitag, 26. Juni
Bezaubernd schöne Stunden gestern mit Anja. Eigentlich gibts darüber gar nicht viel zu berichten. Wir kuschelten auf der Couch und küssten die ganze Zeit rum und streichelten uns hier und da – aber keine unanständigen Stellen. Mir gefällt das alles, mir gefällt das sehr. So sollte es jeden Abend sein! Naja, gut, vielleicht könnten wir nach einer Weile doch mehr machen als nur knutschen und anständige Körperpartien streicheln. Aber so ist es noch so nett und unschuldig und das reicht für die ersten beiden richtigen Treffen. Wir machten heute auch nicht so lang wie am Dienstag, sondern ich ging diesmal schon um halb eins. Eigentlich wollte ich schon um halb zwölf aufbrechen, aber die Verabschiedung an der Wohnungstür wurde dann doch inniger als geplant, und so küssten wir uns doch noch einmal für ein süßes Stündchen auf das Sofa zurück.
Glänzend geschlafen und als heute morgen der Wecker schellte, fröhlich aus dem Bett gehüpft. Verliebtsein ist wirklich hervorragend für den Körper und das Gemüt, denn normalerweise bin ich morgens todmüde und mürrisch.
Am Vormittag schockierte mich Sabine ein bisschen mit ihrem Anruf: Sie machte nämlich den prachtvollen Vorschlag, heute Abend nicht allein auszugehen, sondern doch auch Anja und Frank mitzunehmen. Ich wurde mit diesem Telephonat im Grunde schon vor vollendete Tatsachen gestellt, denn Sabine hatte vorher schon mit Frank gesprochen. Der hatte Anja angerufen, die dazu „auch total Lust habe", und dann wieder mit Sabine telephoniert und nun gehen wir also zu viert aus. Wenn Sabines Äußerung stimmt, dass Anja auf diesen Abend „auch total Lust habe", finde ich das zumindest beeindruckend, denn immerhin knutschen Anja und ich seit zwei Abenden miteinander und soweit ich weiß, sind Sabine und Frank nicht so recht darüber informiert und da finde ich ein gemeinsames Treffen doch ein bisschen heikel. Vielleicht bin ich aber auch einfach nur überempfindlich und habe miserable Nerven und es ist das Normalste von der Welt, dass wir alle zusammen weggehen. Ich wollte mich mit Anja deswegen abstimmen, aber als ich bei ihr in der Firma anrief, war sie schon zu einem Außentermin weg und kam auch deshalb gar nicht mehr ins Büro. Und sie hatte mir schon gestern abend erzählt, dass sie nach der Arbeit direkt zu Frank wollte. Also nix von wegen

Absprache oder so. Na, das kann ja heiter werden. Sven meinte, ich solle sein wie immer und wenn der Abend mit Sabine kein Problem gewesen sei, könne es heute auch nicht schlimm werden und recht hat er irgendwie. Schön, dass er da war, denn endlich konnte ich jemanden von den Erlebnissen der vergangenen Tage erzählen. Er hörte mir ruhig und interessiert zu und das tat wirklich gut, denn bisher konnte ich mit niemandem ausführlich darüber reden und das alles geht mir wirklich – im positivsten Sinne – nahe. Er stellte mir übrigens schließlich eine Frage, die mich sicherlich noch in nächster Zeit reichlich beschäftigen wird, nämlich: „Und wie soll das Ganze weitergehen?" Ja, wie soll das Ganze weitergehen? Ehrlich gesagt, keine Ahnung im Augenblick, darüber habe ich mir noch überhaupt keine Gedanken gemacht, dazu ist alles noch so neu, so überraschend und wahrscheinlich habe ich diese Frage auch ein bisschen verdrängt. Aber es wäre wohl wirklich vernünftig und verantwortungsbewusst, wenn ich mich damit beschäftige. Aber jetzt nicht, denn jetzt muss ich los zu Sabine und von da aus gehts dann gleich weiter und bestimmt wird der Abend nett und keine Familienkatastrophe!!!

Sonnabend, 27. Juni
Keine Familienkatastrophe, sondern tatsächlich ein sehr netter Abend zu viert, der vollkommen harmlos verlief: Im Club getroffen, ein bisschen geplaudert und was getrunken, ein bisschen getanzt, ein bisschen geplaudert und was getrunken, ein bisschen getanzt und so weiter. Ich machte dabei eine schöne Feststellung: Anja tanzt sehr lecker. Durch die Gegenwart Anjas und die Tatsache, dass Sabine und Frank offensichtlich von der Geschichte nichts merken, geriet ich in beste Laune. Irgendwann schnappte ich mir unsere Ladys, drückte sie fest an mich und grunzte Frank zu: „Was sind wir doch für Glückspilze. In diesem Laden sind eine ganze Menge hübsche Mädels, aber unsere sind doch die mit Abstand hübschesten!" Die Damen freute die Äußerung, Frank stimmte mir zu und Recht hatte ich damit sowieso.
Kurz vor fünf Uhr morgens trudelten Sabine und ich bei mir in der Wohnung ein. Sabine ging gleich schlafen, da ich aber ziemlich aufgekratzt war und durch das Tanzen wohl soviel Energie verbraucht hatte, dass ich einen Bärenhunger hatte, briet ich mir noch einige Nürnberger Rostbratwürstchen, die ich dann zusammen mit einem Bier verdrückte. Durch diesen kulinarischen Genuss stillte ich den Hunger und erreichte die nötige Bettschwere und so krabbelte ich dann gegen halb sechs zu Sabine. Um zwei Uhr mittags standen wir auf, fuhren einkaufen und danach in den Bürgerpark, zum Glück aber an eine andere Stelle als die,

an der ich mich immer mit Anja treffe. Auf der Wolldecke herumgelegen, gedöst, ein wenig gelesen. Sehr clever von uns: Wir hatten Martini in meine Thermoskanne gefüllt, der darin den Nachmittag schön kühl blieb und uns auch in Mutter Natur hervorragend mundete. Ich kann mir gut vorstellen, dass die Thermoskanne diesen Sommer noch einige Male zum Einsatz kommen wird.

Ich habe tüchtig Farbe bekommen, wie ich vor dem Duschen im Spiegel feststellen konnte. Natürlich benutzte ich vor dem Ausflug Sonnencreme mit extra hohem Lichtschutzfaktor, vermied somit jeden Sonnenbrand und habe damit dem Hautkrebs vorgebeugt.

Während Sabine duschte, rief ich bei Anja an, wir konnten aber nicht richtig reden, weil Frank bei ihr war, und so beließ ichs dabei, zu sagen, dass das jüngste Treffen nett war und wir alle wieder einmal etwas unternehmen müssten.

Nachher wollen Sabine und ich einen ruhigen Abend vor dem Fernseher verbringen.

Sex? Ich weiß nicht, jetzt wo da Anja ist.

Mal sehen, was die nächsten Stunden bringen werden.

Sonntag, 28. Juni

„Sex?" fragte ich mich gestern abend. Heute kann ich sagen: „Ja". Hatten wir also und er war sehr gut, sicherlich eine der besten Nummern der vergangenen Monate. Anscheinend beflügelt mich mein Tete-a-tete mit Anja auch bei Sabine. Na, es gibt Schlimmeres.

Nachmittags radelten wir zu meinen Eltern. Dort saßen wir im Garten, tranken Kaffee, aßen Kuchen und ich stellte zudem sehr zufrieden fest, dass mein Vater sich wieder einen Bart wachsen lässt. Während wir da so saßen, dachte ich, ob es solche Augenblicke wohl noch viele geben würde. Sollte ich mich von Sabine trennen, würden das meine Eltern sicherlich bedauern, denn sie mögen sie wirklich gern. Und ich würde Sabines Eltern nicht mehr sehen, und das würde wiederum ich bedauern, denn die mag ich auch sehr gern, und Sabines Vater gibt mir bei jedem Besuch einen dicken Stapel gelesener Autozeitschriften mit, die er extra für mich aufbewahrt, dabei habe ich gar kein Auto und werde mir wohl auch so bald keines kaufen. Komisch, bisher war es immer so bei Freundinnen. Da gehört man für die Eltern fast zur Familie, und dann ist Schluss mit der Partnerschaft und mit dem Kontakt zu den Quasi-Schwiegereltern auch. Man sieht die eigentlich nie wieder, höchstens mal zufällig beim Einkaufen oder so und dann schnackt man kurz und das ist immer ganz seltsam, vor allem wenn die neue Freundin dabei ist,

und danach bin ich immer ein bisschen wehmütig, denn ich mochte alle Eltern meiner Freundinnen.
Den Abend verbrachte ich allein und lesend. Ich wurde bei diesem Zeitvertreib nur einmal durch einen Anruf Anjas unterbrochen. Dabei gurrten wir einander allerlei Verliebtheiten zu und verabredeten uns schließlich für Mittwoch bei mir.

Montag, 29. Juni
Der Alltag gleitet an mir ganz einfach ab, dringt in keinster Weise bleibend ein. Ich scheine vollkommen mit den Gedanken an Anja ausgefüllt zu sein. Ich denke ständig an sie, ob ich nun während der Arbeit über irgendwelchen Papieren sitze, einkaufe, mit Sabine zusammen bin oder mit Freunden rede. Das Tolle daran ist, dass ich deshalb permanent gute Laune habe, komplett glücklich bin und niemand mir diese Gefühle vermiesepetern kann.

Dienstag, 30. Juni
Da mich keines der im Bücherschrank befindlichen ungelesenen Bücher reizt, war ich noch in einer Buchhandlung. Stöberte dort lange und wurde schließlich in der Jugendbuchabteilung fündig, in die ich sonst nie gehe. Ich fand dort das Buch „In geheimer Mission" von Fritz Mühlenweg. Das Buch hatte ich schon einmal als Kind und fand es wunderbar. Leider habe ich es damals mal an einen Klassenkameraden verliehen und irgendwie war es dann weg. Nun habe ich es nach über 20 Jahren als Neuausgabe wieder, und ich habe einen guten Kauf getan. Bin von dem Buch genauso fasziniert und gefesselt wie als Kind. Ich fing mit dem Lesen nach dem Abendbrot an, und inzwischen ist es fast Mitternacht und bis jetzt habe ich darin gelesen. Es geht um zwei Jungen, die in den 20er Jahren durch die Mongolei reisen, und es sind in dem Buch so schöne Sätze wie „In der Eile liegen Fehler" oder „Nichts gibt es nicht".

Mittwoch, 1. Juli
Bevor Anja zu mir kam, hatte ich ein längeres Telephonat mit Sven, wobei ich erwähnte, dass ich gern einmal Kokain ausprobieren würde. Sven auch, er könnte sogar etwas besorgen, das Zeug kann er sich aber nicht leisten. Ich erwies mich als Mann der schnellen Entschlüsse und lud Sven auf eine Runde ein. Am Sonntag treffen wir uns zum Spaziergehen, da gebe ich ihm Geld dafür. Anja von meinen Kokain-Plänen erzählt, die das auch sehr spannend findet, aber selbst zuviel

Angst vor der Einnahme jeglicher Drogen außer Alkohol hat. Als wir später auf dem Sofa knutschten, sehr brenzlige Situation, denn das Telephon klingelte und Sabine war dran. Heftiges Herzpochen und feuchte Hände. Sie fragte, ob ich nicht rumkommen wolle, oder (oh Gott) sie bei mir. Redete mich damit heraus, dass ich von der Arbeit sehr kaputt und deshalb heute keine gute Gesellschaft sei. Ich verabredete mich aber mit ihr für morgen. Fühlte mich nach diesem Gespräch nicht sonderlich wohl. Anjas Versicherung, dass ich sehr überzeugend gewesen sei, machte es auch nicht gerade besser, denn stolz aufs Lügen brauche ich ja wohl nicht gerade zu sein, oder? So etwas ist nicht gut und gefällt mir nicht.

Donnerstag, 2. Juli
Sabine ist bei mir, sie liegt im Bett neben mir und liest in einer Zeitschrift, während ich dies schreibe. Ich gebe zu, es hat schon einen gewissen Kitzel, dass Sabine nur dreißig Zentimeter von mir weg ist und ich das Tagebuch aufgeschlagen habe, in dem alles von Anja und mir steht. Sabine bräuchte nur einen Blick hineinzuwerfen und zum Beispiel die Eintragung von gestern zu erhaschen und sie wüsste es. Aber ich fühle mich jetzt so sicher und spüre einfach, dass sie nicht hineinschauen wird, so etwas hat sie noch nie getan und wird es auch heute nicht machen. Als sie am frühen Abend allerdings kam, war ich erst sehr auf der Hut und hätte eine solche Aktion wie nun mit dem Tagebuch für vollkommen irrwitzig gehalten. Doch je sicherer ich ihrer Ahnungslosigkeit war, desto besser gelaunt wurde ich und umso weniger konnte ich mich dagegen wehren, unvorsichtig zu sein.
Ich erzählte auch Sabine von Svens und meinen Kokainplänen, und sie meinte nur: „Tut, was ihr nicht lassen könnt." Etwas mehr Begeisterung hätte ich schon erwartet.

Freitag, 3. Juli
Auf der Arbeit stellte Frau Harms Wellmann und mir ihre neue Kollegin vor, eine Frau Meister. Etwa Mitte 20, tolle Figur, hübsches Gesicht und lange, feuerrote Haare. Eine überaus erfreulich anzusehende Person. Machte zudem einen patenten und schlagfertigen Eindruck. Eine Bereicherung für unsere Firma, kein Zweifel. Schon als die Damen bei uns im Büro standen, freute ich mich insgeheim auf ihren Abgang. Denn ich kenne doch meine Pappenheimer. Und ich war mir sicher, nach dem Verschwinden der neuen Mitarbeiterin von Wellmann eine Aussage über ihre weiblichen Qualitäten zu bekommen. Ich erwartete irgendetwas in

der Preisklasse von „Die würde ich auch nicht von der Bettkante stoßen" oder „ein toller roter Feger" oder so.

Tatsächlich, kaum hatten die beiden unser Bürozimmer verlassen, lehnte sich Wellmann genüsslich in seinen Stuhl zurück. „Weißt du was", raunzte er mir mit Kennerblick zu, „ je roter das Dach, umso feuchter der Keller!"

Gern gebe ich es zu: Wieder einmal hatte mich Wellmann, dieser lebende Beweis von Vollidiotentum, sprachlos gemacht. Ich war bass erstaunt. Keine Ahnung, wo er diese Weisheiten immer wieder hernimmt, aber auf eine kranke Art beeindrucken sie mich zutiefst.

Morgen Abend kommt Anja bei mir vorbei, Sabine denkt, dass ich was mit Sven mache, Frank denkt, dass Anja was mit ihrer besten Freundin Katja macht. Hervorragende Alibis, da kann doch gar nichts schiefgehen! Klar, natürlich besteht die Möglichkeit, dass Sabine Sven in der Stadt trifft und ihn erstaunt fragt: „Bist du nicht mit meinem Freund verabredet?", und Schluss mit lustig. Aber wie groß ist schon die Wahrscheinlichkeit?

Sonnabend, 4. Juli

Gepoppt – und nicht mit Sabine! Genau, mit Anja, mit wem sonst. Nun ists also passiert – und es war gut, sehr gut sogar. Natürlich auch ungewohnt, denn ich hatte ja seit drei Jahren keine andere nackte Frau vor mir als Sabine. Und Anja ist ja viel üppiger gebaut als Sabine und das fasst sich damit auch ganz anders an, und so eine Umstellung kann einen möglicherweise aus dem Konzept bringen und dann vergreift man sich, was mir aber glücklicherweise nicht passierte.

Anscheinend hatten wir wohl beide ein bisschen damit gerechnet, dass es heute passieren könnte. Nicht nur, dass ich vor einigen Tagen beim Einkaufen auch gleich eine Packung Kondome miterworben hatte. Beim Ausziehen stellte ich fest, dass wir wohl beide unsere beste Unterwäsche anhatten. Ich denke wirklich, wenn es dazu kommen könnte, mit jemand Neuem ins Bett zu gehen, zieht man präventiv die beste Leibwäsche an und nicht den ausgeleierten BH oder die ausgewaschenen Boxershorts. Jedenfalls ist mit dem heutigen Abend eine neue Dimension erreicht worden. Denn ich finde schon, dass da ein fulminanter Unterschied liegt zwischen ein paarmal rumknutschen und miteinander ins Bett gehen. Zumal es sich hierbei sicherlich auch nicht um einen einmaligen Ausrutscher handelt. Denn weil es mir so gut gefallen hat, möchte ich die heutigen Handlungen so rasch wie möglich wiederholen! Ich hoffe, dass Anja ähnlich denkt!

Sonntag, 5. Juli
Blöder Mist. Ich flanierte mit Sven durch den Bürgerpark, wir redeten und rauchten Zigarre dabei. Ich trug meine edle Leinenhose, das weiße Hemd und meinen Tropenhelm dazu und fühlte mich anfangs sehr erhaben dabei. Wurde leider immer wieder von dummen Menschen angestarrt, was mich doch soweit verunsicherte, dass ich schlussendlich mehrmals den Helm abnahm, wenn uns Leute entgegenkamen. Ich sollte mich wirklich nicht von Menschen derart beeinflussen lassen. Vor allem nicht, wenn sie solch hässliche Freizeitkleidung anhaben, wie diese Volltrottel sie beinah durch die Bank trugen. Immerhin gab ich Sven das Geld für Kokain und nächsten Freitag wollen wir es verköstigen.
Gerade las ich „In geheimer Mission" zu Ende, ein edles, ein gutes Buch. Nun warte ich auf Sabine, und ich werde bestimmt sein wie immer, obwohl ich gestern mit Anja im Bett war.

Montag, 6. Juli
Bei mir überraschend meine Eltern zu Besuch, deren Gegenwart mir ausnahmsweise einmal gehörig missfiel. Zum einen war kurz vor ihrem spontanen Auftauchen noch Anja bei mir gewesen, und es hätte mir verständlicherweise überhaupt nicht gefallen, wenn die aufeinandergetroffen wären. Na, noch einmal gut gegangen, aber so etwas kratzt doch ein wenig an den Nerven. Zum anderen sah es, das gebe ich gern zu, in meiner Küche etwas wild aus. Als meine Mutter die Berge ungewaschenen Geschirrs sah, ließ sie beinah automatisch Wasser ins Spülbecken laufen und begann, abzuwaschen. Meine Proteste schmetterte sie mit einem „mir macht das nichts aus" ab. So wusch denn meine Mutter ab und Papa und ich trockneten das Geschirr. Dieses Saubermachen-Müssen in den Wohnungen ihrer Kinder scheint eine zwanghafte Handlung bei Eltern zu sein, für die sie nichts können, denn von ähnlichen Eltern-Aktionen habe ich praktisch schon von all meinen Bekannten gehört. Für die Eltern bleibt man halt auf ewig das Kind. Eine Position, die mir oft, aber nicht immer behagt. Wenigstens ist der Abwasch erledigt.

Dienstag, 7. Juli
Ich habe mich heute am frühen Abend mit Anja getroffen. Wir fuhren mit den Rädern ein bisschen raus und spazierten händchenhaltend und immer wieder knutschend durch den Wald. Irgendwie sehr hübsch, romantisch und heimelig. Trotzdem hatte ich im Hinterkopf ein ungutes Gefühl, der Zecken wegen. Im Hochsommer lauern ja in so einem Waldgebiet Abermillionen Zecken auf daherkommende harmlose Spazier-

gänger. Nun plagt mich ja doch eine gewisse – durchaus berechtigte – Zeckenangst, denn diese Viecher haben ja im Grunde nichts anderes im Sinn, als einem die Gehirnhautentzündung in den Körper zu beißen. Diese Vorstellung trübte meine Freude am Händchenhalten und am Küssen ein wenig. Natürlich konnte ich mir meine Zeckenangst nicht anmerken lassen, denn ich wollte ja nicht als Depp und Memme vor der Liebsten dastehen. Nach getanem Spaziergang fuhr Anja zu Frank und ich zu Sabine. Die Stunden mit Sabine waren auch sehr nett. Ich fuhr aber zum Schlafen trotzdem wieder nach Hause, das ist mir denn doch lieber. Trotzdem schon komisch, wie einfach die Betrügerei mir schon von der Hand geht.

Mittwoch, 8. Juli
Nach langer Zeit habe ich wieder einmal Magenweh. Schon seit vorgestern kündigte sich eine Gastritis durch ständige Übersäuerung des Magens an. Zu reichhaltiger Genuss von Rauchwaren und vor allem Alkoholika trugen sicherlich ihren Teil zu dem Auftreten dieser Schleimhautentzündung bei. Das lasse ich jetzt erst einmal beides aus dem Hals. Durch kräftigen Einsatz des Gels, Natron und Luvos Heilerde konnte ich die Beschwerden aber im Zaume halten, kein Vergleich zu früher. Wenn ich gleich ins Bett gehe, werde ich mir außerdem noch eine Wärmflasche machen, denn Wärme hilft ebenfalls sehr gut.

Donnerstag, 9. Juli
Dank des gezielten und vehementen Einsatzes von Gel und Heilerde sind die Magenschmerzen tatsächlich sehr erträglich geblieben und inzwischen ganz abgeklungen, was mir sehr gut passte, besuchte ich doch direkt nach der Arbeit Anja, wo es zu innigstem Körperkontakt kam. Für so etwas möchte ich selbstverständlich immer topfit und bestens in Schuss sein. Natürlich war es wieder toll mit ihr – aber auch sehr seltsam. Ich bin das nicht gewohnt: Hinfahren, kaum reden, ausziehen, poppen, anziehen und wieder los. Mehr war nicht möglich, weil Anja noch mit Frank verabredet war. Wir waren, wie wir in der gemeinsam verbrachten Mittagspause bemerkten, gelinde formuliert, scharf wie Otter aufeinander und so musste dieser Kurztreff einfach sein. Danach bestens gelaunt und überaus charmant zu Sabine. So hatten wir also alle etwas davon.

Freitag, 10. Juli
Guten Tag, es ist fünf Uhr morgens, ich bin ganz ungeheuer aufgepulvert und noch geschwätziger als sonst.

Ich habe nämlich heute abend mit Sven Kokain genommen. Jedenfalls waren wir vor der ersten Einnahme ganz schön aufgeregt. Zuerst haben wir uns grünen Tee („Temple of Heaven" – eigentlich doch sehr passend) gekocht.
Jede Art von Alkoholika erschien uns ob der uns unbekannten Droge nicht sonderlich angebracht. Einmal ist mir nämlich bei der gemeinsamen Einnahme von Dope und reichlich Portwein ausgesprochen schwindlig geworden, und ich habe furchtbar gekotzt. Man sollte dabei wissen, dass ich kein sehr guter Kotzer bin. Einige kotzen ja mal eben so und feiern danach munter weiter. Ich kenne auch Leute, die sich den Finger in den Hals stecken, wenn ihnen übel ist. „Was soll ich mich da lange rumquälen", meinte mal eine solche Person zu mir. Mir sind solche rigiden Maßnahmen vollkommen fern. Für mich ist das eine scheußliche Geschichte, ganz eklig anstrengend. Ich gebe dabei wirklich alles, nein, wirklich sehr unerfreulich.
Na, und Kokain hat ja wohl ein anderes Kaliber als Dope. Und wir hatten überhaupt keine Lust, doof herumzukotzen oder zu epilepsieren oder etwas ähnlich Beschissenes, nur weil sich vielleicht Alkohol und Kokain so gar nicht vertragen.
Naja, ich bin ziemlich sicher, dass man von Kokain nicht epilepsiert, aber
1. klingt es ganz gut
   und
2. macht es doch klar, was ich meine: bloß kein Risiko (wir sind, glaube ich, beide von Natur aus eher feige).

Meinen kleinen Stelltisch im Wohnzimmer hatte ich schon vor Svens Besuch sorgfältigst gereinigt. Darauf wurde nun ein kleiner Teil des Kokains geschüttet und mit einer Kreditkarte zerhackt. Das Zeug flockt ja ganz schön auf!
Mit der Karte teilten wir dann das Gehackte in zwei Linien auf. Dann haben wir zwei 20-Mark-Scheine gerollt (ich glaube, stilechter wären Hunderter gewesen, aber die hatte ich nicht zur Hand, und Sven schon gar nicht).
Schließlich zählten wir beide bis drei und zogen das Zeug durch den Geldschein in die Nase.
Und siehe da:
Kein Gekotze, Epilepsieren oder gar plötzliches Kreislaufversagen. Hm, dolle war die Wirkung nicht. Wir fühlten uns wie nach drei Tassen Kaffee. Und die Hälfte dieser Wirkung kam sicherlich von der vorherigen Aufregung.
Und nach 15 Minuten ließ dieses Gefühl auch schon wieder nach. Also

nahmen wir flugs eine etwas größere Menge nach.
Diesmal war die Wirkung wie vier Tassen Kaffee. Außerdem bekamen wir einen tauben Gaumen und Mundraum. Das Tolle an Kokain ist ja, dass man überhaupt nicht benebelt ist. Deshalb war es mir auch ein Leichtes, flugs an den Bücherschrank zu huschen, und den Lexikonband des Buchstabens K hervorzuziehen. Und da stand bei Kokain geschrieben, dass das Zeug ein Schleimhautanästhetikum ist, der Vorläufer des heutzutage verwendeten Novocain. Außerdem stand im Lexikon: „Kokain ist ein gefährliches Rauschgift, das zu Kokainismus führt. Die Folgen von Kokainismus sind: geistiger, charakterlicher und körperlicher Verfall, Stimmungsschwankungen, Kurzschlusshandlungen und Erschöpfung."
Uns missfiel vor allem die Tatsache des Schleimhautanästhetikums.
Sven: „Dafür gebe ich doch kein Geld aus, dass ich mich fühle wie beim Zahnarzt!"
Da hat er natürlich prinzipiell vollkommen recht.
Obwohl man ja vielleicht doch festhalten sollte, dass ich ja das Zeug bezahlt habe. Sven hat doch eh kein Geld – woher auch.
Jedenfalls waren wir beide doch ein wenig enttäuscht von der Wirkung. Vor allem, als sie wieder nach etwa einer Viertelstunde merklich nachließ.
„Weißt du was", sagte ich daraufhin entschlossen, „jetzt ist Schluss mit den halben Sachen!" Denn immerhin war noch über die Hälfte von dem Gramm unverbraucht!
Nun wurde von mir das restliche Kokain bis auf einen winzigen Rest aufgeflockt und in zwei Linien geformt. Und die waren im Vergleich zu den beiden vorherigen wirklich verdammt groß!
„Das muss wohl jetzt sein", murmelte Sven, und ich nickte entschieden. Die gerollten Geldscheine wurde wieder in die Nase gesteckt und das Kokain hochgezogen.
Und dann ging alles sehr schnell, und ich kann nur sagen „Holla" und „Bravo" und „Prima".
Die volle Wirkung kommt wirklich rasend schnell, aber nicht so, als ob man einen Schlag auf auf den Kopf bekommt, sondern irgendwie angenehm.
Bäume ausreißen könnte man, stark und unverwundbar fühlt man sich und denkt, man sei der Größte. Außerdem setzte bei mir sofort ein unbändiger Bewegungsdrang ein und bei Sven war es ähnlich. Also gingen wir beiden um zwei aus dem Haus und marschierten los. Die Luft kam uns unglaublich klar vor und wir konnten so gut atmen wie nie

zuvor. Wir waren voller Energie, stapften zweieinhalb Stunden durch die Gegend und redeten angeregt über dies und jenes, denn wir hatten ja den totalen Durchblick. Bedenklich dabei war allerdings, dass ich noch viel, viel mehr redete als sonst, ja geradezu verbal überquoll, und ob das so positiv ist, wage ich doch stark zu bezweifeln. Denn wenn jemand, der eh schon gerne zu viel redet, ungefähr nochmal doppelt so viel und doppelt so schnell schwatzt, ist das für seine Umgebung doch eher ein zweifelhaftes Vergnügen. Ich meine, ich habe dieses Gefühl immer noch, sonst würde ich ja wohl auch nicht so viel schreiben.

Jetzt werde ich einmal versuchen, ein bisschen zu schlafen, obwohl ich nicht so sicher bin, ob das klappen wird.

Sonnabend, 11. Juli
Ich schlief nur sehr oberflächlich und obwohl ich erst um sechs ins Bett ging, war ich schon um halb elf wieder wach. Immer noch seltsam aufgekratzt, bis in den Abend hinein. Versuchte mich im Laufe des Tages mehrmals hinzusetzen und zu lesen – erfolglos, viel zu unruhig. Nachmittags allein Fahrradtour, viele Kilometer zurückgelegt. Inzwischen habe ich wohl wieder halbwegs den Normalzustand erreicht. Sehr interessante Erfahrung, durchaus wiederholenswert. Den übriggebliebenen Rest von gestern werde ich wohl vor dem nächsten Ausgehen benutzen, dann werde ich im Club nicht so schnell müde. Telephonat mit Sven, der nicht so begeistert ist wie ich, da er heute erheblich unter Übellaunigkeit und Kopfschmerzen litt.

Montag, 13. Juli
Gestern abend hielt ich beim Einschlafen Sabine im Arm. Dabei dachte ich, wie schön es doch wäre, läge an ihrer Stelle jetzt Anja dort. Fühle mich wegen solcher Gedanken, die ja in letzter Zeit bei mir immer öfter, ja geradezu permanent auftauchen, nicht sehr wohl. Denn ich weiß natürlich, dass das Ganze Sabine gegenüber nicht sonderlich fair ist. Sich mal ein wenig in eine andere Frau vergucken und dann ein paar erotische Gedanken an die betreffende Dame verschwenden bewegt sich ja noch im normalen Rahmen. Dagegen hat keiner etwas, am wenigsten Sabine. Aber das mit Anja geht ja nun schon eine beträchtliche Weile. Und – das ist mir inzwischen glasklar – ich will von dieser Frau ernsthaft etwas. Eigentlich müsste ich deswegen Sabine reinen Wein einschenken.

Mache ich aber nicht. Stattdessen halte ich weiterhin die eine im Arm und wünsche mir, es wäre die andere.

Dienstag, 14. Juli
Zweimal gepoppt. Am frühen Abend mit Anja, später dann noch mit Sabine. Dabei keinerlei Probleme, weder moralischer noch physischer Art. Jetzt, allein, aber Gewissensbisse sowie Hodenschmerzen von der außergewöhnlichen Beanspruchung. Ich werde deshalb ab jetzt nur mit einer der Damen pro Tag ins Bett gehen. Dann fühle ich mich vielleicht etwas weniger schlecht und die Eier tun mir auch nicht weh.

Mittwoch, 15. Juli
Heillose Unordnung in der Wohnung, die jegliches erträgliche Maß weit überschritten hat. Da konnte ich keinen mehr reinlasssen. Deshalb sehr intensiv geräumt, geputzt und abgewaschen. Ich finde, es gibt kaum eine weniger befriedigende Aufgabe. Immerhin habe ich drei volle Stunden meiner kargen Freizeit geopfert und, klar, irgendwie sieht es hier jetzt wesentlich besser aus. Trotzdem würde ich nicht behaupten, dass es nun im klassischen Sinne blitzblank ist. Vielleicht sollte ich einmal in der Woche eine Putzfrau kommen lassen, die den gröbsten Mist macht. Aber mich reut das Geld. Außerdem kommt dann eine fremde Person in die Wohnung und damit ich mich wegen der Unaufgeräumtheit nicht allzu sehr schäme, müsste ich vorher immer putzen und dann hätte ich ja mehr zu tun als jetzt. Immerhin habe ich mir fest vorgenommen, ab nun jeden Tag zehn Minuten aufzuräumen. Wenn ich das mache, könnte ich das Chaos sicherlich auf einem sehr gemäßigten Niveau halten.
Aber wie ich mich kenne, ist das einer von den guten Vorsätzen, die ich mir immer wieder einmal vornehme und dann doch nicht ausführe.

Donnerstag, 16. Juli
Nach der Arbeit traf ich mich mit Anja auf ein Stündchen Händchen halten im Café „Litfass". Dabei machte mir Anja eine mich in leichte Panik versetzende Nachricht: Sie wird sich von Frank trennen! Auha, so schnell hätte ich damit eigentlich nicht gerechnet. Aber ihre Erklärung war erschreckend einleuchtend. Wenn sie nach gerade einmal fünf Monaten Partnerschaft eine Affaire beginnt, dann kann mit der bisherigen Beziehung etwas Elementares nicht in Ordnung sein und dann muss sie auch sofort den Schlussstrich ziehen. Ich fragte vorsichtig, ob sie ihm von uns erzählen will, was sie zum Glück verneinte. Sie sagte auch, dass ihr klar sei, dass man drei Jahre nicht so schnell wegwischt wie fünf Monate, und dass ich sicherlich etwas mehr Zeit brauche, um mir klar zu werden, was ich will und sie will dieser Entscheidung nicht vorgreifen. Über diese Antwort war ich, ehrlich gesagt, reichlich erleichtert. Naja,

ich habe es bisher ja auch ganz geschickt vermieden, mir über die ganzen Konsequenzen unserer Affaire Gedanken zu machen. Doch langsam wirds wohl doch mal Zeit. Und kaum fange ich an, genauer drüber nachzudenken, gehts auch schon los. Ist zum Beispiel „Affaire" das richtige Wort für das zwischen Anja und mir? Eigentlich nicht, denn das ist ja keine einfache Poppgeschichte, ich bin schon sehr in sie verliebt. Aber da ist eben auch Sabine, und gut, das Prickeln ist schon längst weg, aber an Sabine hänge ich doch und wir haben uns so aneinander gewöhnt und sowas ist doch auch sehr nett. Ach Mensch, kaum denke ich fünf Minuten über das alles nach, schon wird es hochkompliziert. Ich werde jetzt erst einmal abwarten, wie sich das mit Anja nach der Trennung von Frank entwickelt.

Freitag, 17. Juli
Kurzes Telephonat mit Anja. Heute ist bei ihr der Tag X, heute wird Frank abgeschossen, wenn ich das einmal so brutal formulieren darf. Sie hat den Freitag mit Bedacht gewählt, weil dann noch das komplette Wochenende vor einem liegt. So hat Frank dann praktisch zwei volle Tage Zeit, diese Entscheidung ohne die Last der Arbeit ein wenig zu verdauen und sacken zu lassen. Frauen sind doch immer wieder faszinierend wohlüberlegt, und meine Gefühle dabei bestehen durchaus aus einer Mischung aus Bewunderung und auch leichtem Unbehagen. Ich muss dabei ein bisschen an Katrin denken. Als die sich damals von mir trennte, tat sie das nämlich auch an einem Freitag, sicherlich ebenfalls aus gütiger Rücksichtnahme heraus. Und das Perfide daran war, dass ich ihr für die Wahl ihres Termins sogar noch ein wenig dankbar war. Katrin, das ist auch schon wieder unglaublich lange her und inzwischen ist sie längst verheiratet und hat Kinder.
Ich fahre jetzt zu Sabine, wir wollen nachher noch in die Spätvorstellung des Kinos. Morgen werde ich mich irgendwie irgendwann mit Anja treffen, um zu hören, wie alles verlaufen ist. Heute melde ich mich nicht mehr bei ihr, sie hat mich sogar darum gebeten, da hat sie wohl genug mit sich und Frank zu tun. Ich bin einigermaßen nervös, wie die ganze Geschichte abgeht. Gut, dass wir ins Kino gehen, das wird mich sicherlich ablenken.

Sonnabend, 18. Juli
Ich fühlte mich im Kino wie auf Kohlen sitzend, im Grunde habe ich vom Film gar nichts mitbekommen. Stattdessen malte ich mir immerzu aus, was wohl gerade bei Anja passiert. Ich steigerte mich hübsch in die

Angst hinein, dass Anja Frank doch von uns erzählt hat und dass Sabine beim Heimkommen eine dementsprechende Nachricht von Frank auf dem Anrufbeantworter vorfinden wird. Komplett panisch, als wir bei Sabine ankamen. Auf dem Anrufbeantworter war natürlich nichts. Dadurch die Nerven halbwegs wieder im Zaum, trotzdem hatte ich außerordentliche Mühen, mich auf das Gespräch mit der gutgelaunten Sabine zu konzentrieren, als wir noch etwas tranken. Deshalb froh und erleichtert, als wir gegen ein Uhr schließlich ins Bett gingen. Immerhin, Sabine scheint nichts bemerkt zu haben.

Schon gegen neun wurde ich am Morgen das erste Mal wach, was sicherlich ein Beweis für mein zu diesem Zeitpunkt außerordentlich angeschlagenes Nervenkostüm war. Ich dämmerte wieder ein und hatte dann unschöne Phantasien von einem aufgebrachten Frank, der versucht, mich zu verprügeln. Zum Glück standen wir schon kurz nach zehn auf. Nach dem Frühstück konnte ich dann auch endlich los. Fuhr sofort zur nächsten Telephonzelle, von der ich Anja anrief. Sie war auch zu Hause, klang müde, meinte aber, dass sie sich sehr freue, wenn ich vorbeikäme. Von Frank habe sie sich tatsächlich gestern Abend getrennt, es sei dabei aber sehr friedlich gewesen. Nach diesen Grundinformationen war ich auf dem restlichen Weg zu ihr schon wesentlicher entspannter. Bei ihr schließlich lange Umarmung. Ich hatte sofort, als ich sie sah, das Gefühl, dass bei Anja viel Druck abgefallen ist. Sie erzählte mir ausführlich vom gestrigen Abend. Als ich im Kino saß, war tatsächlich alles schon längst vorbei. Nachdem Frank eingetroffen war, kam Anja wohl ziemlich rasch auf den Punkt. Frank reagierte darauf zwar betrübt, aber nicht entgeistert oder entsetzt. Er sagte ihr, dass er das alles unglaublich bedaure, aber dass er leider an Anjas Entscheidung wohl nicht ändern könne. Schade, schade, schade. Anschließend die blödsinnige gegenseitige Beschwörung, dass man ja befreundet bleiben könne. Dann haben die beiden sich noch einmal gedrückt und dann war es auch aus und vorbei und Frank weg.

Das ist jetzt von mir arg verkürzt wiedergegeben und klingt nach zehn Minuten Aktion. In Wirklichkeit haben sie aber doch über zwei Stunden zusammengesessen. Trotzdem ging alles sehr glatt und anscheinend auch relativ emotionslos ab. Vielleicht täusche ich mich auch und Frank sitzt seit gestern Abend im stillen Kämmerlein und weint hemmungslos, aber das glaube ich einfach nicht. Klar wird er geknickt sein. Aber Anja ist ja auch nicht total fertig und wahrscheinlich ist es bei Frank ähnlich. Ja, ja, natürlich vergesse ich nicht, dass Anja hier eine Entscheidung getroffen hat und nicht Frank. Und natürlich vergesse ich auch nicht, dass Anja diese Entscheidung getroffen hat, weil es mich gibt. Aber irgendwie

werde ich das Gefühl nicht los, dass bei Frank das Prickeln nicht mehr so riesig war und er deshalb das Ende gar nicht so tragisch nimmt. Ich glaube nicht, dass er lange trauern wird. Nachdem mir Anja alles berichtet hatte, knutschten wir ein bisschen, was dann ziemlich rasch in ein wildes Gepoppe überging. Enorme Spannungsentladung.
Der Geschlechtsakt mag zwar mit Blick auf Frank etwas pietätlos erscheinen, aber die vergangenen 24 Stunden waren für uns beide extrem aufreibend und das war eine der möglichen Reaktionen darauf. Und eine viel bessere als Heulen oder Magenweh. Danach erst einmal zwei Stunden geschlafen. Anschließend noch etwas schweigend zusammengesessen. Was soll man jetzt auch noch sagen?
Kaum war ich wieder bei mir daheim, rief mich Sabine an. Sie müsse mir unbedingt die jüngsten Neuigkeiten erzählen. Sie habe vorhin einfach so bei Frank angerufen und der habe ihr erzählt, dass sich Anja von ihm getrennt habe. Mein „Was, gibts doch gar nicht", klang wohl recht überrascht. Ich meine, ich war auch ehrlich gesagt reichlich überrascht, denn ich hätte nicht gedacht, dass diese Geschichte soooo schnell bei Sabine ankommen würde. Sabine erzählte, dass Frank am Telephon schon sehr geknickt geklungen habe. Sie meinte, die Trennung sei doch sehr schade, vor allem für mich, denn ich hätte doch Anja sehr sympathisch gefunden, und wahrscheinlich würden wir sie ja nun nicht mehr so oft oder gar nicht mehr sehen. Spätestens da wieder kalter Schweiß und trockener Mund. Gut, dass wir miteinander telephonierten, denn Sekunden später entglitten mir meine Gesichtszüge erheblich. Da sagte Sabine nämlich, dass sie Frank angeboten habe, mit uns den Abend zu verbringen. Zum Glück hat er abgelehnt, er macht etwas mit einem guten Freund. Dafür werde ich ihm ewig dankbar sein. Nach dem Gespräch Cognac. Berichtete noch kurz Anja davon, wie schnell sich die Trennung verbreitet. Sie ist übrigens am späten Nachmittag zu ihren Eltern gefahren und kommt erst morgen abend wieder zurück nach Bremen. Ich werde den heutigen Abend bei Sabine verbringen und auch bei ihr übernachten. Dachte vorhin wieder einmal darüber nach, Sabine ebenfalls zu sagen, dass Schluß ist, das wäre dann wirklich das Wochenende der Entscheidungen. Ich fühle mich aber eindeutig noch nicht mutig genug und so lasse ich das wohl und verbringe mit Sabine ruhige Stunden auf dem Sofa.

Sonntag, 19. Juli
Eigentlich müsste ich mit Sabine reinen Tisch machen, doch siehe den Schluss der Eintragung von gestern. Vorhin war ich kurz bei Anja, die

mich nach ihrer Rückkehr angerufen hatte. Sie wirkt entspannt und gelöst, was man von mir nun nicht gerade behaupten kann. Aber so ist es halt. Sie hat sich zu einer Entscheidung durchgerungen, diese dann auch tatsächlich durchgezogen und ist sich zudem sicher, dass das der einzige richtige Weg war. Hats die gut. Ich bin schon ein kleiner Idiot und Feigling. Alle anderen händeln solche Situationen offensichtlich konsequenter und würdiger.

Montag, 20. Juli
Nach der Arbeit gleich zu den Eltern, da Mutti heute Geburtstag hat. Eigentlich feierte sie nicht, aber natürlich waren doch einige Nachbarn und Freunde da und natürlich gabs auch etwas zu essen. Sabine kam ebenfalls, allerdings nicht mit mir, sondern erst gegen acht, weil bei ihr in der Firma viel anlag. Gut so, ich wünsche ihrer Firma jede Menge Aufträge und damit Sabine jede Menge Arbeit. Sie schenkte einen wirklich schönen Blumenstrauß. Vergangenes Jahr hatten wir noch gemeinsam etwas geschenkt, doch zum Glück konnte ich das für heute geschickt vermeiden, denn das hätte ich auch gar nicht so sonderlich gut gefunden. Mein Vater hatte vor einigen Tagen die Idee gehabt, einen Rundflug über Bremen zu schenken und weil ihm das allein zu teuer war, hatte er mich gefragt, ob ich mich daran beteilige. Klar hatte ich zugesagt, denn so waren gleich zwei Fliegen mit einer Klappe geschlagen:
1. ein Geschenk für meine Mutter finden.
2. ein Geschenk finden, das ich nicht mit Sabine gemeinsam schenken muss.
Etwa um zehn gingen Sabine und ich, und jetzt sind wir bei mir. Sie liegt gerade in der Badewanne, weil sie schrecklich kaputt ist. So etwas hatte ich gehofft und sie deshalb auch mit zu mir genommen. Bestimmt geht sie gleich ins Bett und so habe ich auch diesen Abend gemeistert. Ein hervorragender Stratege bin ich, doch das bereitet mir wahrlich keine Genugtuung.

Dienstag, 21. Juli
Frau Harms aus der Dispoabteilung trug eine Hose, die stark rumpfverkürzend wirkte, was ich nicht unbedingt als vorteilhaft für die Gute empfand. Sagte ihr das auch, was sie alles andere als mit Dank und Begeisterung erfüllte, denn die Neuerwerbung hat wohl teuer Geld gekostet. Schade, dass sie keinen Schrebergarten hat, da könnte sie die Hose bei der Gartenarbeit auftragen.

Donnerstag, 23. Juli
Das wurde ja auch Zeit: Endlich ist der Imbiss „Iss was" um die Ecke pleite. Zwei Zettel hängen da nun im Fenster. Auf dem einen steht „Wir bedanken und verabschieden uns bei unserer treuen Kundschaft!", auf dem anderen: „Gewerberäume zu vermieten" und die Adresse eines Maklers. „Sehr gut", kann ich da nur sagen. Nicht, dass ich jemals dort etwas Schlechtes gegessen hätte. Wie das Essen war, weiß ich nicht, ich habe den Laden nie betreten. Und das aus gutem Grund: Der Besitzer oder die Besitzerin ließ nämlich im Schaufenster ein großes Pappschild hängen, auf dem Gereimtes über den Imbiss stand. Drei- oder viermal im Jahr brachte der blöde Hobbypoet neue Sprüche an. An einige kann ich mich noch gut erinnern, ging ich doch oft genug an dieser Wurststube vorbei:

„Hier es so lecker schmeckt, dass man sich alle Finger leckt!"

„Es ist Herr Meier, der auf leckere Currywurst steht und deshalb nur zu diesem Imbiss geht."

Nun hat sichs ausgereimt!

Freitag, 24. Juli
Gegen sechs kam Anja zu mir.
Auf ihr Kommen wartend, lief ich die letzte halbe Stunde vor ihrem Eintreffen nervös im Wohnzimmer auf und ab und zählte wirklich die Sekunden. Als sie dann da war, fielen nicht viele Worte zwischen uns, dazu war die Lust zu groß und es fehlte die Zeit. Zuerst und sofort heftiges Herumgeknutsche auf dem Flur, dabei Hinbewegung ins Schlafzimmer, wo es dann ins Bett ging. Wild!
Um viertel nach sieben war sie schon wieder weg. Anja hatte eine Verabredung mit einer Freundin und bei mir wollte um acht Sabine eintrudeln.
Nach Anjas Verschwinden duschte ich mich schnellstens ab. Ich hatte zwar schon nach der Arbeit geduscht, aber ich hatte Angst, dass vielleicht noch Anjas Körpergeruch an mir haftete und dass Sabine den bemerken könnte.
Danach suchte ich das Bett nach Haaren von Anja ab. Es ist wirklich zu dumm, dass Anja und Sabine so unterschiedliche Haare haben. Auf der einen Seite Anjas nackenlanges dunkelblondes Haar, auf der anderen Seite Sabines schwarzgefärbte Kurzhaarfrisur.

Am liebsten hätte ich ja das Bett frisch bezogen. Aber ich kann nicht zweimal in der Woche die Bettwäsche wechseln, da wird Sabine stutzig.
Zwar war ich sicher, dass ich das Bett penibel nach verräterischen Haaren abgesucht hatte. Trotzdem war ich nicht wenig beunruhigt, als Sabine Anstalten machte, bei mir zu übernachten. Im Schlafzimmer erwartete ich jeden Augenblick, dass Sabine plötzlich ein langes Haar hochhalten, mich ansehen und fassungslos fragen würde: „Was ist denn das?!" Gottlob ist dergleichen nicht passiert.
Aber die Wahrscheinlichkeit, dass es irgendwann passieren könnte, ist gar nicht so gering. Und dann wird es, glaube ich, so richtig unerfreulich und ungemütlich!

Sonnabend, 25. Juli
Gegen Mittag fuhr ich zu Frau Harms aus der Dispo, die ich seit Ewigkeiten nicht mehr privat getroffen hatte. Aber die letzten Monate ließen auch wenig Zeit für gemütliche Zweisamkeit. Sie hat nun Herrn Reinke, der sie immer noch glücklich macht und ich verteile ja meine Freizeit seit geraumer Zeit vornehmlich zwischen den Damen Sabine und Anja. Übrigens lag es mir mehrmals auf der Zunge, Frau Harms aus der Dispo von meinem Abenteuer zu berichten. Zum Glück konnte ich aber meinen Drang zu Schwatzhaftigkeit unterdrücken. Ich finde, es reicht, dass Sven eingeweiht ist. Je mehr Menschen von der Sache wissen, desto größer ist die Gefahr, dass Sabine hintenrum doch etwas erfährt. Außerdem will ich nicht, dass alle vor Sabine Bescheid wissen, das gehört sich nicht.
Da Sabine von meinem Besuch bei Frau Harms wusste, nutzte ich dieses schöne Alibi, um noch für ein Stündchen bei der bezaubernden Anja vorbeizuschauen, weil mich jede Minute mit ihr glücklich macht. Dann ging es weiter zu Sabine, und ich muss sagen, dass ich mich nun nach solch ausführlichem Menschenkontakt ein bisschen erschöpft fühle. Ich habe mich nun zum Ruhen ein wenig ins Schlafzimmer zurückgezogen, weil wir nachher noch mit einigen Leuten ausgehen. Im Augenblick fühle ich mich dafür aber, ehrlich gesagt, noch zu schwach und wenn sich das nicht noch bessert, bleibe ich zu Hause.

Sonntag, 26. Juli
Nachdem ich gestern noch eine erhebliche Weile geschlummert und mich dann mit Kaffee gestärkt hatte, war ich doch wieder erstaunlich munter und konnte mitgehen. Sehr vergnüglicher Abend, vor allem mit Stephan und Holger. Letzterer hatte interessante Neuigkeiten. Er war

für ein paar Tage in London und entdeckte dort auf einem Trödelmarkt einen Schrumpfkopf. Wenn dieser Schrumpfkopf nicht so schrecklich teuer und vor allem Holgers Freundin nicht so vehement dagegen gewesen wäre, hätte er sich das Ding gekauft. Schade, dass er es nicht getan hat, so einen Schrumpfkopf würden Stephan und ich sehr gern einmal genau betrachten! Da dieser Schrumpfkopf in so einer Art Guckkasten untergebracht war, hätte ihn Holger schön im Wohnzimmer unterbringen können. Was für ein prachtvoller Blickfang! Man könnte ihn da noch mit einer funzeligen Lampe anstrahlen, das wäre im Dunkeln bestimmt ein herrlich gruseliger Anblick gewesen. Und da er in diesem Guckkasten untergebracht ist, bräuchte man keine Angst haben, dass allzu neugierige Besucher das Ding kaputtfingern. Und außerdem müsste man den Kopf nicht immerzu abstauben, was ich dann allerdings auch etwas eklig fände. Wir redeten uns über die mannigfaltigen Einsatzmöglichkeiten eines solchen Schrumpfkopfes regelrecht heiß und zum Schluss war Holger leicht geknickt und ein wenig sauer auf seine Freundin, dass er diesen Kopf nun doch nicht gekauft hat. Lange fachsimpelten wir darüber, wie so ein Schrumpfkopf wohl hergestellt wird. Wie schön, dass ich so gute Lexika besitze. Darin noch in der Nacht nachgeschaut und tatsächlich einen Eintrag zu diesem Thema gefunden. Danach sind die Jivaros in Peru und Ecuador die weltweit größten Schrumpfkopfproduzenten. Für die Herstellung brauchen sie erst einmal einen frischen Kopf, dem dann alle Knochen entnommen werden. Der Rest wird schließlich in heißer Asche kleingegart – fertig.

Ich (und auch Holger, mit dem ich heute noch einmal telephoniert habe) frage mich allerdings: Wie behält denn so ein Schädel ohne Knochen seine Form? Werden die vor dem Räuchervorgang vielleicht zerstoßen und dann als Füll- und Formmasse wieder in den Schädel gestopft? Keine Ahnung – und leider auch keine Ahnung, wo so ewas zu erfahren ist.

Nach so schöner wissenschaftlicher Zerstreuung mit Sabine herumgegammelt und dann schließlich Sabines Eltern besucht, die uns zum Abendbrot eingeladen hatten.

Nun Biergenuss und Fernsehen.

Montag, 27. Juli
Nächtliche Mückenplage. Zog mir deswegen die Decke über den Kopf. Keine gute Idee, da heute morgen die Fußsohlen arg zerstochen waren. Jeder Schritt eine fürchterliche Qual.

Dienstag, 28. Juli
Manche Leute sind so blöde, dass sie wahrscheinlich beim Kacken die Unterhose anbehalten und sich dann wundern, dass es in ihrer Umgebung streng riecht! Als ich nach getaner Arbeit aus der Firma trat und mein Rad vom Laternenpfahl losschließen wollte, ging das nicht, weil irgendein Vollidiot sein Fahrrad an denselben Pfahl geschlossen hat und mit seinem Schloss mein Fahrrad ebenfalls befestigte! Ich konnte also nicht nur mein Fahrrad bei der Firma stehenlassen und jetzt wird es vom Morgentau feucht und das ist für den Lack nicht so gut als wenn es warm und trocken im Fahrradkeller steht oder ein Vandale geht heute Nacht daran vorbei und zertrümmert oder klaut es. Nein, ich konnte auch die Straßenbahn benutzen und ein teures Ticket lösen. Morgen muss ich noch einmal eins lösen und für das Geld hätte ich mir auch ein dreiviertel Kilo Krabben kaufen können, da hätte ich mehr davon gehabt als zweimal im Sommer mit der doofen Straßenbahn zu fahren. Aber das ist ja an der ganzen Geschichte nicht das Blödeste. Viel arger ist oder war, dass ich heute eh schon später Feierabend hatte und Sabine und ich für acht bei Silke und Thorsten eingeladen waren, die ich beide bis dahin nur von einem Gruppenkinobesuch kannte. Hätte ich das Rad nutzen können, hätte die Zeit noch gereicht, um schnell bei Anja vorbeizufahren und mit ihr innigste Umarmungen zu genießen. Das hätte uns beiden gutgetan! Aber: Für den Weg Firma-Anja-Wohnung brauche ich mit dem Rad gerade mal zwanzig Minuten. Weil aber die Straßenbahnlinien für diese Strecke nicht sonderlich optimal liegen, dauerts damit rund 50 Minuten. Soviel Zeit war aber nicht mehr und somit fiel diese so angenehme und erquickende Freizeitbeschäftigung aus.
Nett-belangloser Abend mit Silke und Thorsten. Kann wiederholt werden.

Mittwoch, 29. Juli
Gegen drei Uhr nachts musste ich auf Toilette. Nutzte die Gelegenheit, bei Wellmann anzurufen. Er muss gerade in einer absoluten Tiefschlafphase gewesen sein, denn bis er abnahm, musste ich es achtmal klingeln lassen. Nachdem er sich sehr abgehetzt und verwirrt klingend gemeldet hatte, sagte ich nichts und legte nach rund dreißig Sekunden Schweigen wieder auf. Danach famos weitergeschlafen.
Die letzten Tage machte ich mir ständig Gedanken, was ich mit Sabine nächsten Dienstag mache, denn da sind wir dann ja drei Jahre zusammen. Etwas schenken (zum Beispiel Schmuck oder ähnlich Unpassendes) wollte ich ihr halt nicht, das geht einfach nicht wegen der Liebschaft mit Anja. Ich denke, mir ist heute das Passende eingefallen:

Ich wollte immer schon einmal im Restaurant des „Vier Jahreszeiten" in Hamburg gegessen haben, denn die Küche soll wirklich excellent sein und das Ambiente sowieso. Deshalb bestellte ich heute telephonisch für den 4. einen Tisch und werde Sabine dahin einladen. Auch die Transportfrage ist schon geklärt, ich bekomme Vatis Wagen. Das wird bestimmt schweineteuer, aber das ist auch irgendwie egal, denn es ist dann Anfang des Monats und so das Gehalt noch ganz frisch und unverbraucht.

Freitag, 31. Juli
In den vergangenen Tagen ist es schleichend immer wärmer geworden und inzwischen herrscht eine Bullenhitze, die ich unbekömmlich finde. Selbst Sabine, die es ja gern heiß mag, ist das zuviel. Wir saßen sehr lange im Sommergarten einer Kneipe, was mir lieber ist als daheim auf dem Balkon. Man ist dann weniger privat. Obwohl ich das fast am liebsten getan hätte, konnte ich schlecht allein nach Hause gehen, und so ist jetzt Sabine bei mir. Sogar noch Geschlechtliches hinter mich gebracht; es fiel mir nicht einmal sehr schwer. Auch wenn ich in Anja verliebt bin und wahrscheinlich nicht mehr mit Sabine zusammen sein will, sie ist ja immer noch eine attraktive Frau. Hatte übrigens bedenklich lange nicht mehr mit ihr geschlafen, zuletzt am 14. Juli.

Sonnabend, 1. August
Am Nachmittag war Sven auf ein Bier bei mir. Für mehr war leider keine Zeit, weil um vier schon Anja zu mir kam. Natürlich dachte Sabine wieder einmal, dass ich eine ausführliche Herrenrunde mit Sven abhalte. Dem passt seine ständige Funktion als Alibi nicht mehr so sonderlich. Er meinte, dass das eine gewisse Weile schon in Ordnung sei, aber irgendwann müsse mit dem Herumgelüge Schluss sein. Ich würde doch Sabine immer noch mögen und je länger ich eine Entscheidung herauszögerte, umso schofliger wäre das Sabine gegenüber. Ich solle mir doch einmal in den nächsten Wochen klar werden, was ich eigentlich will. Gar nicht so schön, wenn einem so vom besten Freund ins Gewissen geredet wird. Viel angenehmer wäre es doch gewesen, wenn er gesagt hätte: „Klasse, dass du dich offiziell mit mir verabredest, aber in Wirklichkeit mit Anja in die Kiste steigst! Mach damit gern so lange weiter, bis du 100% weißt, was du willst, auch wenn es noch fünf Jahre dauert." Na, das kann ich wohl wirklich nicht von ihm verlangen. Dafür waren die anschließenden Stunden mit Anja umso schöner. Wann sie wohl von mir Entscheidungen einfordert? Nun fahre ich wieder zu Sabine, das ist ein Hin und Her. Aber

ich will so oft wie möglich vermeiden, dass sie zu mir kommt, nachher kommt sie mal früher vorbei und findet mich auf oder unter Anja. Am besten wäre es, wenn wir noch weggehen würden, aber auf Tanzen habe ich überhaupt keine Lust, das ist mir zur Zeit viel zu warm. Vielleicht Kino, die sind ja klimatisiert.

Sonntag, 2. August
Wir waren tatsächlich gestern Abend noch im Kino, das war für mich aber nur ein zweifelhaftes Vergnügen. Kurz nach dem Start des Films hatte ich nämlich die doofe Phantasie, die Herdplatte nicht ausgestellt zu haben. Ich hatte mir noch kurz vor meinem Aufbruch zu Sabine ein leckeres Fertigsüppchen gekocht und war mir im Kinosaal überhaupt nicht mehr sicher, ob ich denn die Herdplatte ausgestellt hatte. Ich meine, natürlich war ich mir eigentlich vollkommen sicher, dass der Herd nicht mehr an war, aber irgendwie war da auch so ein Gefühl, dass das Ding doch nicht aus ist und deshalb während des Filmbesuchs mein Wohnhaus samt der darin befindlichen Bewohner abfackeln würde.
Eigentlich wollten wir nach dem Film noch in eine Bar, aber ich war viel zu vogelig, und so schauten wir erst einmal bei mir vorbei. Selbstverständlich war der Herd aus. Verdammt, das war nun der zweite Kinobesuch binnen kürzester Zeit, den ich mir durch meine überbordende Phantasie vergällt habe. Vor zwei Wochen befürchtete ich das Schlimmste wegen der Trennung von Anja und Frank, nun war es dieser Blödsinn. Wenn ich das genau betrachte und auch auf die vergangenen Monate zurückblicke, scheint mir das doch durchaus mit meinem voranschreitenden Alter zusammenzuhängen. Früher waren meine Nerven stabiler, früher war ich nicht so vergesslich und wusste, ob ich den Herd ausgemacht hatte, früher verlegte ich nicht halbgegessene Frikadellen, früher hatte ich keine chronische Magenschleimhautentzündung und früher hatte ich keine Haare auf dem Rücken. Früher war wohl alles besser. Aber das Alter hat auch Vorzüge, fällt mir da gerade ein, denn früher kannte ich Anja nicht.
Am Nachmittag besuchten wir Sabines Eltern, nett, aber zuviel Kaffee und Kuchen. Als wir uns verabschiedeten, gab mir Sabines Vater wie immer einen dickleibigen Stapel Autozeitschriften mit. Ich wollte es mir gerade auf der Couch gemütlich machen und darin zu lesen beginnen, als Ilka und Stephan anriefen und fragten, ob wir auf ein Glas Wein vorbeikommen wollten. Wir wollten und so fuhren wir noch für zwei Stunden zu ihnen, was mir auch allemal lieber war als ein Abend allein mit Sabine. Nun sind wir schon bettfein und gleich wird brav geschlafen.

Das war aber heute ein verhockter Tag, mir ist irgendwie nach Bewegung. Ich sollte mich deshalb unbedingt morgen mit Anja treffen.

Montag, 3. August
Ich verbrachte einen sehr schöner Abend bei Anja. Nicht, dass wir etwas Besonderes gemacht hätten. Aber einfach die Gegenwart dieser Frau beflügelt mich so ungemein; ich muss nur an sie denken, schon bekomme ich gute Laune, und das ist doch selten schön. Zusammen Abendbrot gegessen, ein bisschen spazieren gegangen, Händchen gehalten, geknutscht und gepoppt, dann auf dem Sofa gesessen und geplaudert, wobei der Fernseher lief. Beinah schon ein wenig wie angenehmer Alltag und im Grunde ist es ja auch das was ich will, alles andere ist mir auf Dauer zu anstrengend. Ach, ich fühle mich bei ihr so wohl und zu Hause. Ich brach übrigens früh genug bei ihr auf, um gegen zwölf bei Sabine zu klingeln und noch mit ihr auf unser Dreijähriges anzustoßen. Nun übernachte ich schon wieder bei ihr, und das wollte ich doch eigentlich gar nicht mehr so oft, aber noch einmal raus ins Dunkle hatte ich auch so gar keine Lust mehr.

Dienstag, 4. August
Am Morgen bei Sabine das Frühstück zum Jubiläumstag, von dem ich nicht behaupten kann, dass es mich begeisterte, obwohl es Lachs und feine Leberpastete gab und obwohl Blumen auf dem Tisch standen und obwohl Sabine bestens gelaunt war und deshalb munter plauderte und immerzu verliebt guckte. Das passte mir nicht, denn morgens brauche ich Stille und Sabines heiteres Gezwitschere und ihr verliebter Blick kamen ja wohl wegen unseres Feiertag zustande, und wenn man da mal hinter die Kulissen guckt, dann gibts da eigentlich wenig Grund zu heiterem Gezwitschere und verliebten Blicken, oder?! Na, sie guckt ja nicht, und so tat ich heute Morgen kräftig mit, denn ich wollte ja, dass alles glatt und reibungslos verläuft. Sie rief mich sogar zwei Mal auf der Arbeit an, und das war mir sogar sehr recht, denn inzwischen war auch nicht mehr früher Morgen und außerdem freute ich mich schon auf das „Vier Jahreszeiten", und im Grunde auch darauf, Sabine mit diesem Besuch zu überraschen. Ich machte am Telephon ein paar Anspielungen, aus denen sie aber nicht erraten konnte, was ich für den Abend vorhatte. Ich trug ihr nur auf, nach der Arbeit heimzufahren, sich so elegant wie es die Wärme zulässt anzuziehen und auf mein Eintreffen zu warten. Nach Feierabend eilte ich zu meinen Eltern, um dort den Wagen und die von meinem Vater vorgebundene Krawatte abzuholen, weil ich trotz der

gezeichneten Anleitung in dem Buch „1000 Kniffe und Winke" zu doof bin, diesen vermaledeiten Knoten hinzukriegen. Dann schnell geduscht, den eleganten Sommeranzug angelegt, die präparierte Krawatte übergestreift und Sabine abgeholt. Dass es in ein Restaurant gehen würde, war Sabine zwar schon klar, doch wohin ahnte sie nicht, auch nicht, als wir uns während der guten Stunde Fahrt immer mehr Hamburg näherten. Ihr erstaunter Blick, als wir vor dem „Vier Jahreszeiten" hielten, befriedigte mich schon sehr. Hervorragendes Esserlebnis dort. Wir durchkosteten Speisen und Getränke außerordentlicher Güte. Ich bestellte eine „Schaumsuppe von Hummer" und „Steinbutt an der Gräte gebraten", Sabine „Essenz vom Fasan mit Gänsemastleber-Profiteroles" sowie „Medaillon vom Rinderfilet, Schwarzwurzelragout, Trüffeljus". Abschließend ließen wir uns „Gewürzkaffeemousse im Baumkuchenmantel" reichen. Aber nicht nur das Essen war famos, vor allem der Service war von einer Klasse, wie wir ihn vorher noch nie in einem Restaurant erlebt hatten. Das Personal kümmerte sich um uns mit einer exquisiten Aufmerksamkeit und Zuvorkommenheit, ohne dabei aber ansatzweise schleimig oder kriecherisch zu wirken. Perfekt, einfach perfekt. Ich will reich sein, um mir so etwas öfters gönnen zu können! Wie kann ich viel Geld auftun? Darüber sollte ich verstärkt nachdenken. Auch Sabine war vom Ambiente zutiefst beeindruckt und meinte: „ Du hast immer wieder tolle Ideen. Kein Wunder, dass ich dich so liebe", und da blieb mir fast der Steinbutt im Halse stecken, was natürlich weniger schön war, und so fühlte ich mich gleich wieder einmal ein wenig schlecht, aber auch das ging vorbei, dazu war das Essen einfach zu gut. Aufgepulverte Stimmung nach dem Aufbruch bei uns beiden. Auf der Heimfahrt knetete deshalb Sabine ausführlich an der Innenseite meines rechten Oberschenkels (mehr wagte sie nicht, denn ich lenkte ja den Wagen bei durchaus hoher Geschwindigkeit, weil wirs nun eilig hatten), und auch ich erlaubte mir einige Über- und Untergriffe. Als wir in Bremen wieder angekommen waren, sprinteten wir regelrecht in Sabines Wohnung. Quicker Quickie, der uns aber beide erheblich erfreute. Eigentlich wollte ich das gar nicht, aber es war sehr, sehr gut! Ich glaube nicht, dass ich jetzt sehr gut werde schlafen können, dazu war der Tag zu beeindruckend.

Mittwoch, 5. August
Die aufreibenden letzten Wochen scheinen langsam meinem Körper zuzusetzen. Ich war nach der Mittagspause so steinmüde, dass ich mich auf die Toilette zurückziehen musste, um ein kleines Nickerchen zu

halten. Erheblich zu spät wieder am Büroplatz.

Donnerstag, 6. August
Unglaubliche Unverschämtheit: Ich erhielt heute von einer Hilfsorganisation Blumensamen zugeschickt („Wir wünschen Ihnen viel Freude an der bunten Mischung dieser schnellwachsenden Kletterpflanze", stand auf der Packung).
Das war aber nicht alles. Außerdem schickte diese Gesellschaft einen Überweisungsschein mit, in dem ein freiwillig zu spendende Betrag von mir selbst einzutragen war. Sauerei, denn: Bekommt man nur einfach so ein Schreiben mit der Bitte um eine Spende, kann das Schreiben ohne Schuldgefühle ins Altpapier gegeben werden. Hier wird einem aber zusätzlich etwas geschenkt, was man gar nicht haben will, man fühlt sich deshalb verpflichtet, etwas zu spenden. Ein geschicktes Erzeugen von Schuldgefühlen. Der Blumensamen würde im Fachgeschäft 50 Pfennig kosten, aber nein, sagt sich dann natürlich der Angeschriebene, 50 Pfennig kann man doch nicht spenden, nein, das geht doch nicht. Also spendet er 10 Mark. Ich finde das richtig fiese von denen. Das grenzt doch schon an Nötigung.
Man sollte, wenn man so etwas bekommt, den Überweisungsschein samt Blumensamen sofort in den Mülleimer schmeißen.
Ich habe auch sogleich den Überweisungsschein weggetan.
Den Blumensamen habe ich natürlich behalten und eingepflanzt. Ich bin schon sehr gespannt, was für Pflanzen daraus entstehen.

Freitag, 7. August
Teilweise schöner Abend bei Anja. Bettgeschichten. Fühlte mich wohlig, bis Anja fragte, ob ich mir Gedanken machen könnte, wie es mit Sabine, ihr und mir weitergehen solle. Zwar sei das im Augenblick alles o.k. für sie, aber die jetzige Situation könne ja nicht ewig andauern. Schluss mit wohlig. „Du", sagte ich mit rotem Kopf und aufsteigender Hitze, „ich habe mir schon seit dem ersten Abend Gedanken gemacht, eigentlich geht mir gar nichts anderes mehr durch den Kopf. Weißt du, ich bin mir natürlich darüber klar, dass ich mit dir zusammen sein will und dass die Geschichte mit Sabine zu Ende ist. Trotz allem fällt es mir schwer, mich von ihr zu lösen. Zum einen, weil ich sie zwar nicht mehr liebe, aber immer noch mag. Und da sind die vielen Dinge unserer Beziehung, an die ich mich im positivsten Sinne gewöhnt habe, und es fällt mir schon schwer, das aufzugeben, aber das ist nur ein nebensächlicher Punkt, denn im Grunde geht es nur um Sabine und dich. Ich habe einfach bisher nicht

den richtigen Zeitpunkt gesehen, um es Sabine zu sagen. Und wenn ich auch nichts mehr möchte, als mit dem Versteckspiel aufzuhören und mit dir zusammen zu sein, muss es einfach passen, wenn ich mit Sabine Schluss mache, denn ich möchte ihr dabei einfach so wenig wie möglich wehtun. Ich bin sicher, dass dieser Augenblick in naher Zukunft kommen wird. Und ich bin mir auch sicher, dass das jetzt für dich eine unbefriedigende und schreckliche Zeit ist, weil du Sabine ja kennst und sie nett findest, aber eben auch, vollkommen verständlich, nicht auf ewig die heimliche Geliebte sein kannst und willst. Ich fühle mich euch beiden gegenüber total Scheiße und das alles ist nicht sehr einfach für mich, aber ich weiß zum Glück, dass ich dich schrecklich liebe" und dann drückte ich sie fest an mich. Gut improvisiert, denn Anja war sichtlich beeindruckt und gerührt. Ich denke, ich wirkte doch ziemlich sensibel, zerrissen, nachdenklich, verletzlich und verantwortungsvoll – und im Grunde bin ich doch in der ganzen Situation auch so; zumindest ein bisschen, das kann doch keiner abstreiten.

Sonnabend, 8. August
Ich hatte heute eine heikle Situation mit Sabine zu überstehen. Als wir vorhin bei mir auf dem Sofa saßen und Fernsehen schauten, fragte sie, was wir denn im Urlaub machen wollen. Ob ich schon einmal Informationen über London geholt hätte, denn wenn wir da wirklich im Oktober hinwollen, sollten wir langsam einmal anfangen, zu planen. Ei, ei, ei, an so etwas hatte ich ja gar nicht gedacht. Ein gemeinsamer Urlaub ist natürlich inzwischen überhaupt nicht denkbar, vor allem nach gestern. Ich kann doch nicht den Jahresurlaub mit Sabine verbringen, während ich schon längst etwas anderes am Köcheln habe, das wäre dann doch allzu unfair ihr gegenüber. Außerdem: nachher buchen wir einen teuren Urlaub und dann ist doch vorher Schluss mit lustig, und das schöne Geld ist weg und Urlaub habe ich auch keinen. Immerhin versprach ich Sabine, mich in den nächsten Tagen um Infos über Hotels und Flüge zu kümmern und mal sehen, was bis dahin ist. Man sollte Liebschaften spätestens im Februar beginnen, da bleibt genug Zeit, bis zum Urlaub alles zu klären.

Sonntag, 9. August
Diese unglaubliche Hitze (seit fast zwei Wochen an die 30 Grad) enerviert mich ohne Ende. Der Sommer sollte gesetzlich verboten werden. Ich habe schon ganz aufgequollene Hände und Füße. Das kann man doch nicht schön finden. Ich habs immer gewusst: Sommerliebhaber

sind alle pervers. Die lassen sich bestimmt auch Ringe durch die Brustwarzen ziehen und lieben Stockschläge. Anders kann es doch gar nicht sein.

Montag, 10. August
Mir langts, ich mag nicht mehr. Genug mit dem Sommer, jetzt hat es, bitteschön, Herbst zu werden. Es ist halb drei nachts, meine Wohnung ist trotz geöffneter Fenster so aufgeheizt und stickig, dass ich nicht einschlafen kann. Möge zur Strafe allen Sonnenanbetern die Haut zu vertrocknetem Leder zusammenschrumpeln!
Übrigens habe ich mit Anja über Urlaub gesprochen. Sie kann wohl im Oktober auch frei bekommen, das dürfte kein großes Problem sein. Und auf London hätte sie ebenfalls Lust, sehr gut, da brauche ich mich nicht groß umzustellen. Der Urlaubsort bleibt, nur die Damenbegleitung wechselt, und das ist mir allzu recht.

Dienstag, 11. August
Hübsch, heute war in der Post eine Geburtstagseinladung von Carsten. Ich habe ihm vorhin telephonisch zugesagt. Also fahre ich am Sonnabend in zwei Wochen nach Hannover, zum Glück ohne Sabine. Sie hat zu Carsten nie einen Draht gefunden und meinte, sie komme nicht mit, „denn das bringt dir nichts und mir nichts, wenn ich da genervt rumstehe." Wie froh war ich, als sie das sagte. Ein Wochenende, an dem ich mich vor ihr drücken kann.

Mittwoch, 12. August
Wegen der andauernden abscheulichen Hitze erwarb ich eine kurze Hose. Die erste seit bestimmt 15 Jahren. Sie ist khakifarben und geht bis zu den Knien. Ich sehe damit aus wie ein Siebenjähriger. Prima.
Hm, habe leider sehr dünne, weiße Beine. Kein schöner Anblick. Immerhin, Anja findet, dass ich mit der kurzen Hose süß aussehe. Gut, das Urteil ist vielleicht nicht ganz objektiv, da die Dame schwer in mich verliebt ist.
Ich habe allerdings keine Sandalen. Die meisten sehen total scheiße aus und scheinen für Rentner aus der Provinz gestaltet zu sein. Außerdem sind fast immer die Zehen zu sehen und meine großen Onkel finde ich nicht sehr hübsch. Habe sowieso ziemliche Abneigung gegen Fußnägel, da muss ich sowas nicht noch unterstützen.
Trage stattdessen die Turnschuhe für 99 Pfennige zur kurzen Hose, das passt gut zusammen.

Donnerstag, 13. August
Vom Sommer vollkommen ermattet. Dabei war heute die Hitze selbst gar nicht das Übel. Viel schlimmer war die drückende Schwüle. Kaum trat ich heute morgen auf die Straße, fühlte ich mich sofort oben- und untenrum total verklebt. Permanent das Gefühl, dass das Deo versagt (was es schlussendlich auch tat). Unerfreulich.
Sitze nun, nach sehr langem Duschvorgang, vor der geöffneten Kühlschranktür. Immerhin sagt der Wetterdienst für die nächsten Tage Abkühlung voraus.

Freitag, 14. August
Ich radelte nach der Arbeit zu einem schnuckeligen Straßencafé, bei dem ich immer schon einmal eine Rast einlegen wollte. Schöne Stunde der Freizeitgestaltung. Die lässige Sonnenbrille auf, die eine oder andere Qualitätscigarette geraucht, dazu Cappuccino und die Sonne, die tatsächlich schon längst nicht mehr so brannte wie noch gestern. Die Wetteransager haben also Recht behalten und allein das hebt doch schon die Laune. Viel in den famosen „Dämonen" von Doderer gelesen, das ich vorsorglich heute früh im Rucksack verstaut hatte.
Reichlich hübsche Mädels in kurzen Röcken. Augenweiden. Die Bedienung allerdings unattraktiv und langsam. Kein Trinkgeld.
Schließlich weiter zu Anja, von der ich wusste, dass sie heute erst gegen halb sieben heimkommt und auch am Abend mit einer Freundin verabredet ist. Die Zeitspanne dazwischen wollten wir miteinander verbringen.
Sie war allerdings noch nicht da, ich musste zwei Cigaretten lang vor dem Haus auf sie warten. In ihrer Wohnung dann Austausch heißer Küsse. Köstlich.
Anschließend in die eigene Wohnung, da mit Sven verabredet.
Auf dem Balkon gesessen, eher schleppende Gespräche, da ich mit den Gedanken zuviel bei Anja war.

Sonnabend, 15. August
Mit Sabine im Freibad gewesen. Wie nicht anders zu erwarten, war es dort natürlich höllisch voll. Ich kam mir reichlich blöde vor, weil ich wegen der Sonne eine hässliche Baseballkappe auf dem Kopp hatte und alle anderen waren total braun, nur ich war käsig. Na, dafür kriegen die später alle Hautkrebs. Obwohl so eine dezente Bräune schon sehr chic aussieht. Aber davon bin ich um Längen entfernt und da komme ich wohl auch nicht hin, denn ich hätte gar keine Lust, meine spärliche Freizeit komplett mit Sonnenbräunen zu verbringen. Auch wenn vor lauter Men-

schen schon gar kein Schwimmbad mehr zu sehen war, erfrischte das Schwimmen sehr und war eine angenehme Abwechslung zur Hitze. Sehr erfreulich fand ich auch, dass vor uns zwei Damen, höchstens 22, 23 Jahre alt, lagen, die nicht mehr als das Bikiniunterteil anhatten. Ein wunderbarer Anblick, vor allem, wenn sie in regelmäßigen Abständen ihren Oberkörper mit Sonnencreme einrieben. So etwas macht alte Böcke wie mich froh.

Sonntag, 16. August
Immer größer wird die Lust, die Wochenenden mit Anja zu verbringen. Ich habe langsam doch genug von den ständigen Heimlichkeiten und Anja sowieso. Klar, das war eine ganze Weile ausgesprochen prickelnd, aber jetzt ist auch mal genug damit. Ich würde gern einmal wissen, wie die Normalität zwischen uns wäre. Zusammen einkaufen gehen, auf der Straße Händchen halten, einfach einmal banal fernsehen, so etwas halt. Das Fatale ist natürlich, dass ich diesen Zustand haben kann, nur dazu müsste ich mein schon feige zu nennendes Zaudern und Zögern ablegen und endlich Manns genug sein, klaren Tisch zu machen. Doch noch immer scheue ich mich, Sabine aufzuklären und das alles zu beenden. Klar, das wird nicht gerade angenehm werden. Aber so, wie es augenblicklich läuft, geht es andererseits auch nicht mehr weiter. Anja ist mit der derzeitigen Situation alles andere als glücklich, auch wenn sie mich nicht drängt, endlich mit Sabine zu reden. Und Sabine gegenüber verhalte ich mich natürlich mehr als unfair. Ich lasse es in dieser Situation an jeglicher Größe fehlen und mag mich selbst nicht sonderlich – und zu Recht.

Montag, 17. August
So etwas Saublödes: Ich war vorhin gerade von der Arbeit zurück, als Stephan bei mir anrief. Ob Sabine und ich mit ihm und Ilka nicht per Fahrrad noch schnell an den Baggersee wollten. Ich sollte doch mal eben Sabine fragen und dann zurückrufen. Leichtsinnigerweise sagte ich schon einmal zu und rief bei Sabine an, die auch Lust dazu hatte. Also klingelte ich bei Ilka und Stephan an und wir verabredeten uns für eine Viertelstunde später bei ihnen. Da musste ich mich aber schon verdammt sputen und schnell warf ich ein paar Badeutensilien in meinen Rucksack. Aber wie sagen doch die Mongolen so schön: „In der Eile liegen Fehler." Und so wars auch bei mir. Ich vergaß nämlich, meinen Tropenhelm mitzunehmen. Sehr ärgerlich, denn die Sonne brannte gnadenlos und an dem doofen See gab es auch keinen vernünftigen Schatten und jetzt habe ich von der Sonne Kopfschmerzen und schon zwei Aspirin genommen.

Außerdem war das Wasser saukalt, und es ist mir ein wirkliches Rätsel, wie Sabine und Stephan eine geschlagene halbe Stunde munter im Wasser herumplantschen konnten, während es Ilka und mir schon reichte, einmal kurz bis zu den Knien im Wasser zu stehen.
Sabine hat natürlich keine Kopfschmerzen von der Hitze bekommen, was ich ihr fast schon persönlich übel nehme. Na immerhin hat sie mir vorhin sehr ausführlich die Schläfen massiert.

Dienstag, 18. August
Ich denke, ich werde mir so eine kleine, billige Ritschratsch-Kamera zulegen. Die könnte ich immer in einer Jackentasche bei mir führen. Damit wäre ich dann in der Lage, Leute zu photographieren, die-scheiße-aussehen. Ich muss dazu natürlich auch noch ein Photoalbum kaufen, in das die Photos mit Leuten-die-scheiße-aussehen hineinkommen. Das Album kann ich mir später mal in stillen Stunden oder auch mit Freunden betrachten und mich daran erfreuen. Das verspricht ein schönes neues Steckenpferd zu werden.
Jetzt aber los, denn Anja erwartet meinen Besuch und da will ich natürlich auf keinen Fall zu spät kommen.

Mittwoch, 19. August
Gutes sollte sogleich in die Tat umgesetzt werden. Gestern abend fiel mir noch ein, dass ich aus Kindertagen eine ganz einfache Kamera habe, bei der nur auf den Auslöser gedrückt werden muss. Ich habe sie sofort aus einer Schublade hervorgekramt und heute morgen in die Jackettinnentasche gesteckt. Sie passt dort perfekt hinein. Nach der Arbeit kaufte ich einen billigen Film, legte ihn noch im Laden ein und ging einsatzbereit auf die Straße.
Da wurde mir allerdings schnell bewusst, dass diese Geschichte gar nicht so unkompliziert ist, wie ich gestern dachte:
1. Kaum habe ich die Kamera bei mir, scheinen überhaupt keine Leute-die-scheiße-aussehen auf der Straße herumzulaufen. Wie vom Erdboden verschwunden. Das ist natürlich bei so etwas immer so. Aber natürlich weiß ich auch, dass sich das ganz schnell wieder legt, und schon bald werden mir jede Menge geeignete Objekte vor die Linse kommen.

2. Es tauchten Skrupel auf. Natürlich nicht wegen der Menschen, die photographiert werden sollen. Nein, nein, folgende Überlegung machte sich bei mir breit: Um Leute-die-scheiße-aussehen, abzulichten, muss ich ja voll auf die draufhalten. Und die erste Wahrscheinlichkeit, dass

einige diese Aktion mitbekommen, ist gar nicht so gering. Und die zweite Wahrscheinlichkeit, dass einige von diesen einigen das gar nicht heiter finden und mir dann vielleicht (zugegeben nicht vollkommen zu Unrecht) eine aufs Maul geben wollen, ist nicht komplett auszuschließen. Diese Vorstellung schüchterte mich denn auch ein wenig ein.

Deshalb natürlich bisher kein einziges Photo zu Stande gebracht.

Donnerstag, 20. August
Ich schrieb heute endlich wieder einmal goldige Zeilen an Wellmann, das hatte ich mir schon lang vorgenommen: „Du bist ja immer noch da. Alter, das gibt bald aber Fresse dick!" Nach der Fertigstellung dieses Schriftstückes rief ich auch gleich noch bei ihm an und sagte mal wieder nichts.
Jetzt muss ich wohl zu Sabine, weil ich sie sonst allzu lange nicht sehe und da wird sie nachher noch stutzig.

Freitag, 21. August
Am frühen Abend fuhr ich zu Sven, der ja am Montag Geburtstag hat. Da ihn aber seine solvente Freundin zum Kurzurlaub eingeladen hat, ist er ab morgen für eine Woche weg. Deshalb gab ich ihm schon vorhin seine Geschenke, die er aber natürlich erst am Montag öffnen darf. Das finde ich schon fast schade, da ich an einem Teil der Geschenke auch zu partizipieren hoffe. Zum einem gabs einen guten Roman, zum anderen eine große Flasche Sechsämtertropfen. Das passt hervorragend zusammen, da dieser Verdauungsschnaps von den Protagonisten des Buches reichlich verkonsumiert wird und einer der Verkoster wegen übermäßigen Genusses schließlich sogar in die Grube muss. Ich habe der verpackten Spirituose eine Karte beigegeben, in der ich Sven darum bitte, nicht alles im Urlaub auszutrinken, sondern zumindest einen Teil der Flasche mit mir zu leeren.
Ich blieb gar nicht so lange bei Sven, da der eh noch packen musste und ich noch anderes vorhatte. Von Sven ging es natürlich direkt zu Anja, mit der ich diesen Termin schon vor einigen Tagen ausgemacht hatte. Ein gutes Kombinationstreffen mit zwei Menschen, die ich mag. Vor allem natürlich, weil mich Sabine bei Sven wähnte. Und da die Verabredungen mit ihm oft bis in die tiefe Nacht gehen, hatte ich auch keinerlei Zeitdruck bei Anja. Trotzdem übernachtete ich aber nicht bei ihr, sondern fuhr gegen drei Uhr morgens doch wieder heim. Es hätte ja schon sein können, dass Sabine zu mir zum Schlafen gekommen wäre. Und wenn

ich erst morgens gegen 10 oder so nach Hause gekommen wäre, hätte das Sabine schon misstrauisch gemacht. Sie ist aber nicht hier, gut so, denn wenn ich von Anja direkt zu Sabine komme, habe ich zu Recht ein besonders schlechtes Gewissen.
Bin immer noch ganz erfüllt von der guten Zeit mit Anja und werde noch nicht so bald ins Bett gehen, da ich in diesem Gefühlszustand eh nicht besonders einschlafen kann.

Sonntag, 23. August
Zurück aus Hannover. Puh, das war ein beeindruckendes und auch zugleich höchst verwirrendes Wochenende! Gestern nachmittag gegen fünf setzte ich mich in den Zug und fuhr zu Carsten. Was ich an Carsten schon seltsam finde, ist, dass er zu diesen Leuten gehört, die Geburtstagsgeschenke doof finden. Als ich ihn fragte, was er sich denn wünsche, meinte er: „Och, mach dir bloß keine Mühe. Am besten bringst du eine Flasche mit einem geistigen Getränk mit, und gut ist."
Solche Antworten sind für einen Schenkwilligen natürlich nicht sonderlich befriedigend, aber so ein Wunsch hat zumindest den Vorteil, dass seine Erfüllung nicht viel Überlegungen und Zeit in Anspruch nimmt. Außerdem kann man ein Getränk kaufen, das einem selbst mundet, und mit etwas Glück wird die Flasche gleich auf der Party geöffnet und man kann sein eigenes Geschenk austrinken! So lag denn in meiner Reisetasche eine Flasche feinsten schottischen Malt-Whiskys. Als ich bei Carsten ankam, steckte der noch in den letzten Partyvorbereitungen. Gottseidank meinte er, ich sei sein Gast, und lehnte deshalb jegliche Mithilfe von mir ab. Gut so, denn auf Salate machen und Getränkekistenschleppen hatte ich überhaupt keine Lust. Also zog ich mich in Carstens Schlafzimmer zurück, rollte meinen Schlafsack aus, den ich für die Nacht dabei hatte, krabbelte hinein und war binnen weniger Minuten eingeschlummert – wohl eine Folge der ungewohnten und somit erschöpfenden Bahnfahrt. Als rund eine Stunde später die ersten Gäste klingelten, wurde ich wieder wach. Da hatte ich doch diese Zeitspanne wirklich gut und sinnvoll genutzt, denn nach dem Schläfchen fühlte ich mich munter und erholt. Die Party selbst war anfangs nicht so dolle für mich, weil ich eigentlich niemanden kannte. Ein paar Leute hatte ich noch vom letztenMal vage in Erinnerung, aber eine richtige Konversation ergab sich nicht, und ich dachte: „Das kann ja ein unendlich langer, öder Abend werden, denn schlafen kann ich ja wohl erst, wenn die anderen Gäste weg sind." Der Raum, in dem gefeiert wurde, sollte nämlich dann nachher auch als Schlafgelegenheit für die Leute dienen, die

bei Carsten übernachten würden. Das kannte ich auch schon von den letzten Jahren, und richtig toll fand ich das eigentlich auch nie. Denn mit dem Schlafen mussten wir Übernachtungsgäste ja warten, bis die anderen alle gegangen waren und dann roch es in dem Raum trotz geöffneter Fenster natürlich reichlich nach Bier und altem Zigarettenqualm. Keine gute Geruchskombination, vor allem nicht morgens um fünf Uhr oder so! Außerdem habe ich es schon in frühsten Schulzeiten gehasst, wenn ich auf Klassenfahrten mit einer Vielzahl von Leuten in einem Jugendherbergszimmer übernachten musste. Und in so einem zum Schlafsaal umfunktionierten Partyraum ist das ja auch keinen Deut besser, denn immer wälzt sich einer unruhig in seinem Schlafsack hin und her oder rennt zehnmal in der Nacht auf die Toilette oder schnarcht oder erzeugt sonstwelche Geräusche, die mich am Einschlafen hindern.

Zu Beginn von Carstens Geburtstagsfeier stand ich also herum, langweilte mich und beobachtete einfach nur die Leute, was ich ja immer ganz gern mache. Zum Glück hatte Carsten mein Geschenk zu den anderen Getränken gestellt, und so hatte ich außerdem noch ein Glas mit besten Whisky. Und dann kam auch schon SIE. Brünett, schlank, verdammt groß (bestimmt an die 1,80 – und sie hatte auch noch hohe Schuhe an) und ausnehmend hübsch. Außerdem schaute sie auch noch ein wenig unterkühlt und spöttisch drein, und das finde ich ja eh immer ziemlich prima.

Besonders prima war auch, dass sie alleine kam und offensichtlich außer Carsten und seiner Freundin niemanden kannte. Ich sah sie mir zehn Minuten an, stellte fest, dass sie ebenso wie ich recht abseits herumstand, und – schwupps – hatte ich sie angesprochen. „Schönes Wetter", hatte ich gesagt, und der Satz taugt nach meiner Erfahrung immer sehr gut zum Ansprechen – außer es ist heller Tag, draußen und wirklich schönes Wetter. Jedenfalls schien sie einer Kontaktaufnahme durchaus nicht abgeneigt zu sein und lächelte mir sehr nett zu. Danach dauerte es nicht sehr lange, und wir beiden waren in die hübscheste Plauderei verstrickt. Es ging dabei munter um dies und das, wirklich über alles Mögliche, wie das halt so ist, wenn man sofort einen Draht zueinander findet. Dann lästerten wir gemeinsam über einige der anderen Partygäste, über deren häßliche Hemden oder doofen Haarfrisuren, und auch das klappte sehr gut. Die Zeit verging wirklich wie im Fluge, und langsam merkte ich, wie sich da was anbahnte. Irgendwie fassten wir uns dann irgendwann an – offiziell natürlich ganz neutral und vollkommen ohne Absichten. Zum Beispiel sagte einer von uns etwas, und der andere sagte dazu „genau" oder so und legte dem Gegenüber dazu noch bekräftigend die Hand auf

die Schulter und so halt. Ratzfatz war es Mitternacht und plötzlich sagte Iris, so hieß die Dame: „Puh, ich glaube, ich habe genug hier. Mir ist das zu laut und ich werde auch langsam müde. Ich muss jetzt wirklich nach Hause. Aber wenn Du willst, kannst du ja mitkommen, dann können wir noch schnell einen Kaffee bei mir trinken." Unglaublich, genau so wie man das aus Filmen und Fernsehserien kennt. Wahrscheinlich haben wir alle da diese Szenen schon so oft gesehen, dass wir wie ein Pawlowscher Hund gar nichts anderes mehr sagen können als etwas in dieser Richtung.
Komisch, oder auch nicht komisch, ich war über ihren Vorschlag nicht sehr überrascht und sagte dazu einfach nur: „Ja, sehr gern".
Und schon waren wir von Carstens Party verschwunden.
Sie wohnt gar nicht so weit von Carsten, nur eine Viertelstunde zu Fuß, und so liefen wir munter schwatzend und ab und an tiefe Blicke austauschend heim zu ihr. Schon zu Beginn des Marsches hatte ich ihr meinen Arm zum Einhaken hingehalten, und Iris hatte das Angebot sofort angenommen. Schließlich waren wir bei ihr, und ich muss neidlos eingestehen, ihre Wohnung ist wirklich klasse. Eine Dreizimmer-Altbauwohnung in tollem Zustand und sehr dezent und geschmackvoll eingerichtet, im Grunde so wie diese herrlichen Wohnungen, die immer in den „Schöner Wohnen"-Zeitschriften abgebildet sind und die man selber nie besitzen wird, warum, weiß ich auch nicht. Außerdem frage ich mich, wie diese Leute es schaffen, das ihre Wohnungen nie halb so vollgestopft und unaufgeräumt sind wie meine sind. Bei Iris sah es auch vollkommen ordentlich aus. Ich könnte gar keine überraschend gemachten Bekanntschaften mit heim nehmen, weil ich mich nicht trauen würde, sie in meine wüste Wohnung zu nehmen. Aber vielleicht weiß ich jetzt um das Geheimnis dieser ordentlichen Wohnungen: Erstens hat Iris eine Zugehfrau, die einmal in der Woche zum Saubermachen kommt. Zweitens ist sie Juniorpartnerin in einer Anwaltskanzlei (was das Geld für die Wohnung und die Zugehfrau bringt) und muss ganz viel arbeiten. Deswegen kommt sie auch immer erst sehr spät abends nach Hause und ist dann zu müde und hat auch gar nicht mehr genug Zeit, um alles gepflegt unordentlich zu machen. Und wenn ich das bedenke, bleibe ich doch lieber in meiner Unordnung sitzen und nehme in Kauf, dass meine Wohnung deshalb wohl niemals für „Schöner Wohnen" photographiert wird.
Jedenfalls ist die Wohnung von Iris wirklich schön, und als wir Sonnabendnacht dort ankamen, kochte sie auch wirklich Kaffee für uns. Schließlich standen wir mit unseren Kaffeetassen in der Küche, eigentlich war alles klar, und nun musste nur noch ein Weg gefunden werden.

Irgendwann sagte ich: „Wir haben noch gar nicht Brüderschaft getrunken" (was Besseres fiel mir wirklich nicht ein) und das taten wir dann auch und danach sagte ich: „Jetzt fehlt aber noch der Brüderschaftskuss." Auch wieder so ein hahnebüchener Schwachsinn – ich bin mir doch ziemlich sicher, dass es so etwas gar nicht gibt. Aber im Grunde war das ja auch vollkommen egal, denn wir suchten ja beide nur nach einem Auslöser, und das war er dann auch, und schon knutschten wir herum. Das ging eine ganze Weile so mit stetig steigender Heftigkeit weiter, schlussendlich landeten wir aber im Schlafzimmer und, nun ja, poppten. Ganz ungewohnt schienen für Iris solche intensiven Neubekanntschaften nicht zu sein, denn sie hatte eine Packung Kondome (die 20er Packung) im Nachtschränkchen, und aus der Packung fehlten schon reichlich Exemplare. Nach dem Akt lagen wir nur ein kurzes Erholungsweilchen still da, dann folgte noch einmal körperliche Ertüchtigung, anschließend wars halb vier morgens und wir schliefen wieder ein. Übrigens nackt – so schlaf ich ja eigentlich ausgesprochen ungern, komisch, irgendwie habe ich im Bett ja gern einen Schlafanzug oder doch zumindest Unterwäsche an, ich fühle mich so wohler. Aber bei Iris wars mir dann doch zu doof, mich noch mal anzuziehen, zumal sie auch keine Anstalten in diese Richtung machte. Und ich war auch eigentlich zu erschöpft und müde dazu. Gegen Mittag wurden wir wieder wach. Solche Wachwerdsituationen in fremden Betten bergen ja eine gewisse Gefahr in sich. Denn vielleicht denkt man „Ohje, wer liegt denn da neben mir!" Oder die Person neben einem denkt das. Aber wie ich beruhigt feststellte, beschlich uns beide dieses Gefühl offensichtlich nicht. Ich fand sie immer noch außerordentlich attraktiv, und sie grinste frech zu mir herüber und wirkte ganz und gar nicht entsetzt. Das also war nun mein erster One-Night-Stand und er hatte mir sehr gut gefallen, wirklich wahr. Aber als ich ins Bad zum Duschen und Frischmachen ging, stellte ich einen der Nachteile solcher Abenteuer fest: keine eigene Zahnbürste! Ich weiß ja nicht, wie die anderen das finden und was sie machen. Ich jedenfalls fand das ohne Zahnbürste nicht so gut und schrubbte mir die Zähne mit dem Zeigefinger und reichlich Zahnpasta. Nachdem Iris duschen war, frühstückten wir und, nun ja, poppten noch mal. Irgendwann war es dann auch sechs Uhr abends und für mich wurde es langsam Zeit. Wir tauschten noch Telephonnummern aus (Iris: „Du kannst dich ja melden, wenn du wieder mal in Hannover bist."), und ich machte mich auf den Weg zu Carsten. Der und seine Freundin grinsten bei meinem Auftauchen ziemlich und Carsten fragte: „Und, wie hat dir die Party gefallen?"
Worauf ich sagte: „Ausnehmend gut! Du hast ja wirklich einen ganz

bezaubernden Freundeskreis!" Und das wars auch schon zu dem Thema. Wir saßen noch ein Weilchen zusammen, und gegen neun nahm ich den Zug Richtung Bremen.
Um halb elf war ich wieder in meiner Wohnung. Sabine und Anja hatten schon auf den Anrufbeantworter gesprochen.
Habe mich bei ihnen zurückgemeldet. Beiden das Gleiche erzählt: Bei Carsten wars sehr nett; auf der Party mit ein paar Leuten angeregt geplaudert; die Nacht war scheußlich, weil einer der anderen Schläfer geschnarcht hat; lange ausgeschlafen; Carsten am Nachmittag beim Aufräumen geholfen; danach noch zusammengesessen; da bin ich wieder; nein, heute noch sehen würde ich zwar auch gern, bin aber leider vollkommen müde und muss sofort ins Bett.
Das Ganze ging mir erstaunlich locker und leicht und somit wohl auch glaubwürdig über die Lippen. Ebenso erstaunlich: Mich plagen wegen der schönen Stunden mit Iris ab-so-lut keine Schuldgefühle oder ähnliches. Und das, obwohl ich hier meine Freundin habe; und das, obwohl ich hier meine Geliebte habe. Und somit einen doppelten Betrug begangen habe. Objektiv betrachtet ein komplett verwerfliches Benehmen durch meine Person.
Aber ich bin nicht objektiv, sondern stehe voll auf meiner Seite.

Montag, 24. August
Ich dachte noch viel über die Erlebnisse des Wochenendes nach und gebe zu, dass ich das jetzt nicht mehr so positiv sehe wie gestern, das mit Iris ist wirklich nicht sehr nett von mir. Andererseits ist mein Handeln, was Sabine und Anja angeht, noch viel weniger nett. Ich denke, wenn ich jemand anders wäre, würde ich mich nicht sehr mögen.
Und gleich kommt Sabine vorbei, wir sind verabredet. Ich habe so überhaupt keine Lust, sie zu sehen, und bestimmt will sie hier auch noch schlafen und das kann ich ihr natürlich nur schwerlich abschlagen. Tja, da muss ich wohl durch.

Dienstag, 25. August
Riss mir vorhin mit der Pinzette zwanzig Rückenhaare aus. Überschlug dabei deprimiert, dass ich diesen Vorgang wohl täglich eine Woche lang wiederholen müsste, um mich all dieser Dinger zu entledigen! Keine schöne Aussicht.
Ach ja, früher zupfte mir Sabine mit wirklichem Vergnügen die Haare aus, das geht jetzt nicht mehr. Ich muss in allen Bereichen (auch in solch eher abwegig anmutenden) Distanz zu ihr schaffen.

Mittwoch, 26. August
Wenn das Wetter so bleibt wie in den vergangenen Tagen, bin ich zufrieden. Hübsche Sommertemperaturen um die 25 Grad. So lässt es sich aushalten, das ist mir nicht zu warm. Bei der Temperatur kann ich auch uneingeschränkt den Anblick kurzberockter Damen genießen, was sicher der Gesundheit förderlich ist. Die dabei gewonnenen Energien ließ ich am Abend bei Anja, die ja auch eine ausgesprochen leckere Erscheinung ist und deren volle Brüste mich immer wieder aufs Neue begeistern. Auch die sind bestimmt gut für das Wohlbefinden. Ich möchte sie auf keinen Fall mehr missen.

Donnerstag, 27. August
Die Stadt roch hässlich nach Menschen, bei sommerabendlicher Wärme. Deshalb schnell heim. Viel Alkohol.

Freitag, 28. August
Bei Sven gewesen, die Sechsämtertropfen genossen. Der hats gut, dem gehts gut. Der hat keine libidonösen Konflikte auszustehen. Der macht sowieso irgendwie alles richtig. Ich bin neidisch. Ich möchte er sein.

Sonntag, 30. August
Ich verbrachte fast ein ganzes Wochenende mit Sabine. Das mache ich nie wieder, die Zeit zog sich höllisch hin. Über zwei Tage zu tun als sei Friede, Freude, Eierkuchen und sie die Dame meines Herzens, war so außerordentlich mühsam, und ich war wohl auch nicht immer überzeugend. Oft missmutig und nicht reagiert, als Sabine zärtlich werden wollte. Als sie mich gestern Abend fragte, was denn los sei, war ich ganz kurz davor zu sagen, was denn nun wirklich los ist und dann hätte ich es endlich hinter mich gebracht. Stattdessen herumgedruckst „die Arbeit, die Arbeit" und „fühle mich ausgelaugt, vielleicht sollte ich mich einmal vom Arzt durchchecken lassen". Keine Ahnung, warum ich das gesagt habe. Das wäre doch die Gelegenheit gewesen. Ich bin sauer auf mich. Jedenfalls war ich heilfroh, als ich da um sechs abgehauen bin, nun gehts zu Anja und da wird es bestimmt netter.

Nachtrag: Da war es nicht netter. Zwar hat Anja nichts gesagt, aber ich habe deutlich gespürt, dass sie unzufrieden ist. Sie hat offensichtlich genug von der Warterei und will klare Verhältnisse.
Ach, alle wollen etwas von mir, alle sind gegen mich und ich glaube, ich bekomme auch eine Sommergrippe,

Montag, 31. August
Gesoffen, gesoffen, gesoffen!

Dienstag, 1. September
Widerwärtig, pervers, abartig, böse, unsäglich: Habe heute bei der Post ein Paket (Paketpack II; 3,90 DM; ausgehändigt von muffig dreinschauender Postbeamtin) erworben. Zu Hause hineingeschissen, zugemacht und mit der Adresse von Wellmann versehen. Zur Post gebracht und (bei draller und fröhlicher Postbeamtin) aufgegeben. Der dem Paket entströmende Geruch hielt sich arg in Grenzen, ja war eigentlich gar nicht vorhanden, da ich die Ecken und Ritzen gut mit Tapeband verklebt hatte. Übermorgen müsste es beim Adressat sein. Ich reibe mir jetzt schon vergnügt die Hände, wenn ich mir ausmale, wie Wellmann das Paket öffnen wird. Ich bin zum Zerbersten gespannt, ob und was Wellmann mir wohl erzählen wird.

Mittwoch, 2. September
Jetzt bin ich doch ehrlich entsetzt über meine gestrige Tat. Um Gottes Willen, was habe ich da gemacht? Und ich kann es nicht einmal rückgängig machen. Ob das Paket schon da ist? Wahrscheinlich. Vielleicht kommt es aber ja auch morgen? Ich habe schon überlegt, bei Wellmann anzurufen und ihn mit verstellter Stimme davor zu warnen, die Postsendung zu öffnen. Aber was, wenn er mich doch erkennen sollte? Dann habe ich aber mächtig viel Ärger am Hals. Also werde ich die Sache mit dem Paket weiterlaufen lassen, aber sicherlich ab jetzt nichts mehr gegen Wellmann unternehmen. Wenn ich zurückdenke an die Briefe, die Telephonaktionen und jetzt das Paket – komplett verwerflich, was ich da getan habe. Zumal das alles von einem hübschen Stück Schizophrenie geprägt ist, denn auf der Arbeit verstehe ich mich doch eigentlich sehr gut mit ihm und kann mich immer wieder an seiner verbalen Kraft erfreuen. Irgendwie hat sich das alles gefährlich verselbständigt. Wichtig sind nun zwei Dinge: Mit der bösartigen Enervierung Wellmanns muss nun wirklich ein für allemal Schluss sein. Und niemand darf jemals von meinem Tun erfahren! Denn eines scheint mir sicher: Wenn meine Eltern, Sabine, Anja oder Sven diese Sache spitzkriegen, sind das Personen, die mich im Glücksfall nicht mehr kennen oder bei etwas Pech angeekelt mit Fingern auf mich zeigen.

Donnerstag, 3. September
Kopfschmerzen und nervöser Magen, eigentlich ein allgemeines Grund-

unwohlsein. Nahm deshalb heute mehrere Aspirin sowie Magentabletten ein. Allerdings ist bisher keine eigentliche Besserung eingetreten. Unschön, sowas.

Ich weiß aber auch, dass mit Aspirin und Magentabletten das Grundübel nicht zu lösen ist. Die ganze Geschichte Sabine-Anja geht mir an die Substanz. Eine meiner blödesten Eigenschaften ist meine Entscheidungsschwäche und damit verbundener fehlende Mumm, etwas zu ändern. Solange ich das nicht überwinde, werde ich wohl weiterhin mit Aspirin und Magentabletten herumdoktern.

Freitag, 4. September
Wellmann hat bisher nichts gesagt. Ob er das Paket noch gar nicht bekommen hat? Oder findet er das alles so schrecklich eklig und gemein, dass er davon nichts erzählen mag? Meinetwegen kann er ruhig damit hinter dem Berg halten. Ich wäre froh, wenn ich von der Sache nichts hören muss. Für mich ist das Thema erledigt.

Sonnabend, 5. September
Gestern Abend in den Club ausgegangen. Da ich die traute Zweisamkeit mit Sabine soweit wie möglich reduzieren möchte, fragte ich bei Frau Harms aus der Dispoabteilung, ob sie mitkommen wolle. Da ihr Herr Reinke den Römer nicht mag, geht sie da normalerweise nicht mehr hin, aber er war für den Abend eh schon anderweitig verabredet, und so kam sie gern mit. Ich fand es alles in allem recht nett, vor allem, weil ich da nicht allein mit Sabine war. Frau Harms wiederum genoss die gemeinsamen Stunden nicht in ähnlichem Maße. Heute rief sie mich an und fragte, ob Sabine und ich uns vor dem Ausgehen gestritten hätten. Ich wäre zwar sehr höflich, aber gleichzeitig außerordentlich distanziert und kühl gegenüber Sabine gewesen. Und Sabine hätte auch nicht gerade glücklich ausgesehen. So schlimm hatte ich mich gar nicht in Erinnerung. Aber nachdem ich bei Sabine übernachtet hatte, verabschiedete ich mich recht schnell von dort. Wie immer log ich, dass ich mit Sven verabredet sei. „Machmal habe ich das Gefühl, mit dem hast du in den letzten Wochen mehr gemacht als mit mir", meinte sie dazu, und das klang durchaus ein Stück verbittert. Wenn ich das gerade Geschriebene noch einmal lese, tut mir Sabine schon wieder leid, aber es hilft doch nichts, ich muss aus der Geschichte herauskommen und besser kann ich es halt nicht. In den nächsten Tagen muss ich mit ihr reden. Und ich mach es auch, wirklich, ich habe es mir fest vorgenommen. Immerhin war es mit Anja sehr nett und das ist schon ein erheblicher Trost.

Sonntag, 6. September
Am Nachmittag wirklich zu Sven gefahren, dem ich ausführlich mein Leid klagte. Er meint, dass es da nichts mehr groß zu reden gibt. Er riet mir, mich schnellstens mit Sabine zusammenzusetzen und ihr zu sagen, was Sache ist Er hat ja recht, er hat ja so recht, aber von außen ist das alles so einfach zu sagen. Das dann allerdings wirklich in die Tat umzusetzen, ist eine ganz andere Nummer.

Montag, 7. September
Ich hatte heute mehrere Male das Gefühl, einen blutigen Geschmack im Mund zu haben, und hege deshalb schlimme Befürchtungen von offenen Magengeschwüren, Magenblutungen oder ähnlich üblen Sachen. Fakt ist jedenfalls, dass der augenblickliche Zustand meines Lebens mir doch arg zusetzt und ich in letzter Zeit viel zu viele Aspirin genommen habe, die meinem sowieso schon angeschlagenen Magen sicherlich nicht gutgetan haben. Deshalb werde ich die Tabletten ab sofort weglassen und muss mich vor allem durchringen, diese vermaledeite Geschichte endlich zu beenden. Ach, ich weiß, da warten noch sehr unerfreuliche Momente auf mich.

Dienstag, 8. September
Las heute beim Friseur eine billige Titten- und Arschzeitschrift. Die Dinger sind ja doch ganz amüsant zu lesen, mit herrlichsten Rubriken, z.B.: „Wie Handwerker auf der Arbeit von heißen Hausfrauen verführt werden". Danach kommen nämlich Handwerker immerzu in irgendwelche Wohnungen, wo etwas repariert werden muss. Und da werden sie häufig von lüsternen Hausfrauen im Morgenmantel empfangen. Und kaum werkeln die Jungs an der Heizung oder sonstwo rum, schon streifen die Damen den Morgenmantel ab und drücken sich und ihre Dessous an den Handwerker und dann wird wild gepoppt.
Auch schaurig-schön ist die Seite mit den Nacktphotos der Leser. Auf einem sah man die dickleibige 54-jährige Ulla aus Berlin unbekleidet auf ihrer Toilettenschüssel hocken. Sie lächelte dabei verschmitzt in die Kamera, während sie mit der rechten Hand die Klobürste in die Höhe hielt. Keine Ahnung, was dieses Bild symbolisieren soll. Vielleicht wollte Ulla, 54 Jahre, aus Berlin den Lesern zeigen: „Hallo, ich bin quietschfidel und für jeden Scherz zu haben, mag Sex und der Kühlschrank bei mir ist immer bummvoll.". Auf den Abbildungen sind einige Grundinformationen angegeben: Vorname, Alter, Wohnort und (wichtig!) ab und an der Hinweis: „Briefkontakt erwünscht."

Interessant dabei: 90% der abgebildeten Männer wünschen den Briefkontakt, aber nur etwa 20% der Frauen (Ulla wünschte übrigens Briefkontakt).

Zu den Photos denkt sich zudem irgendjemand in der Redaktion launige Sprüche aus. Der liebste von allen war mir der zu Gitte (34 Jahre, kein Briefkontakt erwünscht) aus Osnabrück.

Gitte posierte auf einem Stuhl und trug einen schwarzen Body. Den linken Träger hatte sie abgestreift, so dass die linke Titte bloß lag. Dieses sekundäre Geschlechtsorgan war ziemlich groß und die Gesetze der Schwerkraft hatten nicht unwesentlich ihren Tribut gefordert. Der für diese Rubrik zuständige Redakteur hatte sich dafür folgendes Sätzchen ausgedacht: „Wer lang hat, kann lang hängen lassen."

Das ist doch wohl der Gipfel der Unverschämtheit! Aber wer unschöne Nacktaufnahmen von sich an ein solches Blatt sendet, weiß doch wohl, was ihn erwartet, und hat es von daher auch nicht anders verdient.

Na, immerhin gibts 100 Mark für ein veröffentlichtes Photo.

Am meisten umgehauen an dieser Zeitschrift hat mich allerdings nichts aus dem redaktionellen Teil, sondern eine Schwarz-weiß-Anzeige eines Sexartikelversandes.

Diese Anzeige war einerseits auf gruselige Art heiter – andererseits (und dieser Eindruck wirkt bei mir denn doch stärker nach) furchterregend und rassistisch. Der Versand bot nämlich in der Anzeige eine „Sex-Neger-Puppe" feil.

Das Ding sei „die naturgetreue Nachbildung der lebenden Negerin Dominique". Euphorisch wurden die Vorzüge des Produkts gepriesen:

„-Lebensecht in allen Einzelheiten
-Schönes Gesicht mit vollen Lippen und dunklen Augen
-Pechschwarzes superlanges Haar
-Knackiger Po"

Stolz ist der Anbieter auch auf die vielseitigen praktischen Nutzungsmöglichkeiten:

„3 intime Köperöffnungen:
-Behaarte Negervagina wie echt mit starker Intimvibration
-Weit geöffneter Liebes-Mund
-Enger, weicher, einladender Anus"

Gut finde ich, dass die Firma nicht nur ans Geschäft denkt, sondern auch eine gewisse Fürsorgepflicht gegenüber den Kunden obwalten lässt. In der Anzeige war nämlich der Warnhinweis enthalten, dass die

Aufblaspuppe nur bis 125 Kilo belastbar sei.
Ohne diesen Einschub könnte so mancher sehr dickleibige Puppenerwerber beim Liebesspiel mit der neuen Sexpartnerin unliebsame und ganz bestimmt de-erotisierende Überraschungen erleben.
Ich frage mich übrigens, wie diese Puppen gereinigt werden können? Können zum Beispiel die drei intimen Körperöffnungen bedienerfreundlich umgestülpt werden, um bei der Benutzung abgesonderte Körperflüssigkeiten zu entsorgen?
Vielleicht eine Problematik, über die ich nicht allzu intensiv nachgrübeln sollte, sonst schmeckt mir gleich das Abendbrot nicht mehr!
Jedenfalls bietet diese Zeitschrift wirklich eine hübsche (?) Ansammlung an Sex-Kuriosa.
Mir graut gehörig vor den Menschen, die diese Zeitschrift ernsthaft lesen. Niemanden davon möchte ich persönlich kennenlernen!

Natürlich habe ich das Blatt in einem unbeobachteten Augenblick eingesteckt und mit nach Hause genommen. (Damit werde ich im Freundeskreis noch so manch ungläubiges Kopfschütteln auslösen können.)

Mittwoch, 9. September
Bis gerade eben war Sabine bei mir. Den Abend leidlich mit kochen, abwaschen und fernsehen herumgebracht. Zum Glück machte Sabine keine Anstalten, bei mir zu übernachten, sondern brach kurz nach 23 Uhr auf. Ich bin sehr erleichtert darüber, dass sie nicht hiergeblieben ist. Auch wenn ihr Aufbruch zeigt, dass sie merkt, dass da was im Busch ist. Früher hätte sie doch todsicher bei mir geschlafen. Frau Harms aus der Dispo hat ja auch gesagt, dass sie unglücklich aussieht. Am kommenden Wochenende rede ich mit ihr, ja, da regle ich alles. Versprochen!

Donnerstag, 10. September
Eine ganze Menge der Leute in den öffentlichen Verkehrsmitteln mag ich nicht. Die schauen immer so verkniffen drein und haben hässliche Frisuren auf dem Kopp, dass es kaum auszuhalten ist. Das muss doch nicht sein. Also meine Haare sind besser, da bin ich mir sicher, einfach komplett kurz. Aber vielleicht schaue ich auch so verbittert durch die Gegend. Ich hoffe zwar nicht, aber vollkommen ausschließen kann ich es auch nicht. Jedenfalls war heute die Straßenbahn wieder voll solcher griesgrämiger Personen, die wahrscheinlich hinter jedem und allem etwas Hinterhältiges und Gemeines vermuten, das nur gegen sie gerichtet ist. Ich meine, manchmal habe ich auch solche Gedanken, wer hat die

nicht. Aber bei dieser speziellen Gruppe haben sich diese Gedanken doch schon regelrecht in die Physiognomie gefressen.
Ach, ein Auto sollte ich mir kaufen, dann müsste ich die alle nicht sehen! Andererseits hat die Straßenbahn auch ihre Vorteile. Sie ist billiger als ein Auto, und ich habe schon so manches Buch während der Fahrten gelesen. Sowas ist ja im Auto nur ganz schlecht möglich und sicherlich mit hohen Verlusten unter den anderen Verkehrsteilnehmern verbunden, und da hätte ich dann auch nur Scherereien deswegen. Außerdem höre ich immer wieder die tollsten Gespräche der Mitfahrer, und das würde mir wirklich fehlen. Absoluter Höhepunkt war ein kurzes Gespräch zweier jungen Damen, das ich mal vor ein, zwei Jahren mitgehört habe. Da vertraute die eine der anderen an, dass ihr neuer Liebhaber bemängelt habe, dass ihre Schamlippen zu lang seien. Das würde ihn total abtörnen. Ich meine, was soll man darauf antworten. Viel Konstruktives außer „Was ist das denn für ein Vorwurf" und „So ein Arschloch" hat ihre Freundin dazu nicht gesagt und, ehrlich gesagt, etwas großartig anderes wäre mir auch nicht eingefallen. Hm, also bei den Damen, die ich nackt gesehen habe, war alles im normalen Rahmen, was das angeht. Ich habe allerdings irgendwann irgendwo etwas über eine Population gelesen, bei denen die Frauen durch das Tragen von Gewichten ihre Schamlippen extrem dehnen. Ich glaube aber, die Frau, deren Liebhaber sich beschwert hat, war nicht daher. Auf was für hübsche Problematiken man doch ab und an in der Straßenbahn gebracht wird. So etwas passiert einem im Auto natürlich nie. Ach, eigentlich ist Straßenbahnfahren doch recht heiter. Wenn nur diese Frisuren nicht wären.
Ich habe mich übrigens heute bei Anja erheblich unter Druck gesetzt. Sagte ihr, dass ich am Wochenende eine Gelegenheit suchen werde, mit Sabine zu reden. Sie hielt das für eine gute Idee (na klar, würde ich an ihrer Stelle ebenfalls), bat mich aber auch, wirklich den passendsten Augenblick abzuwarten und im Zweifelsfalle lieber noch ein paar Tage zu warten. Gut, so habe ich nicht diesen absoluten Zwang, auf Teufel komm raus handeln zu müssen.

Freitag, 11. September
Ich überlege ganz ernsthaft, ob ich nicht eine meiner Wände in der Wohnung ganz offiziell zur Grimmwand mache. Immer wieder packt mich doch der Grimm nicht unerheblich, und immer wieder konnte ich eine doch nicht unerhebliche Abreaktion durch kräftigstes Treten gegen eine Wand erwirken. Einige Male, als das Treten allerdings allzu arg war, schmerzten die Füße äußerst. Bei einer offiziellen Grimmwand wäre das

anders. Darüber gilt es nachzudenken! Der linke Teil der Wand, in der die Wohnzimmertür ist, wäre dafür optimal. Etwa 2,50 Meter breit, zur Außenwand des Hauses führend und Wohnzimmer von Badezimmer trennend, also relativ weit weg von der Nachbarswohnung (der Lärmübertragung wegen). Die Wand müsste erst einmal von allem Zierrat befreit werden, also dem Bücherregal, der CD-Sammlung und der Wandleuchte. Auch der Platz um die Wand (zwei Meter in den Raum hinein dürften genügen) müsste freigemacht werden. Die Wand müsste dann komplett mit Schaumstoff ausgeschlagen werden. Noch besser wäre natürlich Leder. Und zwischen Leder und Wand wäre eine Masse, so dass eine ähnliche Nachgiebigkeit wie bei einem Boxsack entstände. Hm, nun, das lässt sich wohl nicht realisieren, zu teuer, vermute ich. Mit was sind denn in Psychiatrien die Gummizellen (so es denn solche auch überhaupt gibt; wahrscheinlich existieren solche Zellen nur noch in irgendwelchen Schwarz-weiß-Filmen) ausgeschlagen? Obwohl, da anrufen ist auch irgendwie blöd, nachher kriegen die meine Adresse heraus, und ich werde von denen gleich postwendend abgeholt.
Nein nein, Schaumstoff scheint mir doch die realistischte und auch kostengünstigste Möglichkeit zu sein.
So eine schaumstoffbeschichtete Grimmwand wäre wirklich etwas Feines. Ist der Grimmpegel zu hoch, könnte ich mich auf das herrlichste an ihr abreagieren, ohne irgendwelche Verletzungen zu riskieren.
Die Sache wird in Angriff genommen!

Sonnabend, 12. September
Als mich Sabine anrief und fragte, ob wir uns heute sehen wollten, druckste ich ein bisschen herum und meinte dann: „Nee, mir ist heute überhaupt nicht nach Gesellschaft, mir ist komplett nach Alleinsein." Sabine antwortete nur mit einem matten „Aha, na gut, das ist dann wohl nicht zu ändern." Danach war das Gespräch auch schon vorbei, und ich fühlte mich wieder einmal miserabel. Das scheint ja langsam zu meinem typischen Gefühlszustand zu werden.
Rufe ich sie noch einmal an? Nein, lieber nicht. Nachher platzt die Bombe am Telephon und das will ich auf keinen Fall, ich muss ihr das schon bei einem Treffen sagen. Ich denke, ich werde jetzt erhebliche Mengen Alkohols trinken, das hilft ja irgendwie immer.

Sonntag, 13. September
Tabula Rasa. Aus. Ende. Vorbei. Sabine und ich sind als Paar nicht mehr existent. Und ich fühle mich nicht erleichtert, sondern einfach nur

sclecht. Gegen sechs rief Sabine mich an. Viel gesagt hat sie dabei nicht, aber was sie sagte, reichte aus, um mich in die Nähe eines Schlaganfalls zu bringen: „Ich muss mit dir reden. Unbedingt. Ich komme gleich deswegen vorbei." Schon beim ersten Wort des Telephonats wusste ich – wahrscheinlich wegen des Tonfalls – schon, dass es jetzt zur Sache geht. Die Zeit bis zu ihrem Eintreffen versuchte ich irgendwie totzuschlagen – mit Staubwischen. Etwas Besseres fiel mir wirklich nicht ein, das war so angenehm mechanisch und zu mehr wäre ich psychisch und physisch auch nicht in der Lage gewesen. Für einige Momente hatte ich auch daran gedacht, bei Anja und Sven anzurufen. Aber dazu fehlten mir die Nerven und was hätte ich da auch sagen sollen? Sabine kommt gleich vorbei, und ich glaube, sie will wissen, was los ist zwischen ihr und mir und dann werde ich wohl die Wahrheit sagen müssen, und, hey, ich habe da wirklich Bammel vor, kann das nicht einer von euch übernehmen? Nee, nee, dann schon lieber Staubwischen. Dabei Schweißausbrüche und eiseskalte, feuchte Hände. Ich versuchte mir währenddessen ein wenig zurechtzulegen, was ich nachher so sagen könnte, das war aber irgendwie komplett unmöglich, weil mein Kopf sich wie von innen wattiert anfühlte. Außerdem: wenn ich an die zu erwartende Konfrontation dachte, bekam ich auch noch Panikattacken. Da konzentrierte ich mich dann doch lieber auf das Staubwischen und versuchte eigentlich nur zu denken: „Oh, hier ist ja viel Staub; da muss ich gleich auch noch wischen; das tut wirklich not" und so weiter. Die rund 20 Minuten zwischen dem Telephonat und Sabines Ankunft vergingen extrem unterschiedlich. Im einen Augenblick glaubte ich, dass die Zeit zu stehen schien, und ich dachte: „Hoffentlich kommt sie bald, damit wir es hinter uns bringen können." Dann wieder schien die Uhr zu rasen und ich hoffte dabei irgendwie sogar, dass Sabine vielleicht gar nicht kommen würde und alles beim Alten bliebe. Als es schließlich an der Tür klingelte, schnellte mein Puls wahrscheinlich auf weit jenseits der 200 hoch. Ich bekam einen solch trockenen Mund, dass ich Mühe hatte, Sabine zu begrüßen. Sie sah blaß und verheult aus. Wir gingen ins Wohnzimmer und erstaunlicherweise blieben wir dort stehen, wahrscheinlich waren wir beide viel zu angespannt, um ruhig sitzen zu können. Sabine kam sofort zur Sache.
„Du kannst dir denken, warum ich gekommen bin", fragte sie.
„Ich denke schon, ja."
„Die letzten Wochen waren ja nicht so toll zwischen uns. Du warst zu mir so abweisend und hast dich immer mehr zurückgezogen und ich würde jetzt schon mal gern wissen, warum. Hast du auf mich keine Lust mehr?"

Nun, das war reichlich direkt. Was konnte ich da noch groß herumlavieren? „Ich weiß auch nicht, ja, du hast schon Recht, nicht, dass ich sauer auf dich bin, nur, ich bin einfach nicht mehr glücklich, weil...", stotterte ich hilflos.
„Habe ich etwas falsch gemacht?"
„Nein nein, das ist es überhaupt nicht, nur..."
„Nur, du liebst mich nicht mehr. Ist es das?" Herrgott, da stotterte und haspelte ich wie ein Depp und Sabine stand mir konzentriert gegenüber und musste mir jedes Wort aus der Nase ziehen.
„Ja. Ich mein, ich mag dich immer noch und so, aber mehr ist da einfach nicht mehr. Es tut mir wirklich leid. Ich habe in den vergangenen Monaten immer versucht, dagegen anzukämpfen. Doch ich habe dabei festgestellt, dass unsere Beziehung einfach ausgebrannt ist." Diesen Dreck habe ich wirklich gesagt, doch besser konnte ich es nicht.
„So etwas habe ich mir schon gedacht, ich wollte es nur endlich von dir selbst hören", meinte Sabine, und sie guckte an mir vorbei, und ich wusste, dass sie sich sehr zusammennehmen musste, um nicht loszuheulen. Fühlte ich mich mies.
„Weißt du, ich habe immer damit gezögert, weil ich immer dachte, es wird wieder, aber..."
„Eine andere Frau ist da aber nicht?" Für einen Sekundenbruchteil dachte ich, dass ich nun umfallen und mich am Boden wälzen würde, aber ich fing mich wieder und antwortete tatsächlich: „Nein, wirklich nicht, mit einer anderen Frau hat das gar nichts zu tun." Was für ein verlogenes Schwein bin ich doch.
„Gut, ich muss jetzt auch weg hier, ich muss unbedingt allein sein. Entschuldige bitte." Und schon marschierte sie zur Haustür. Ich fragte sie noch, ob sie sich nicht doch lieber noch einen Augenblick hinsetzen wolle, doch sie meinte: „Nee, das will ich jetzt bestimmt nicht." Und dann war sie schon an der Tür und das war also das Letzte, was ich von ihr hörte. Ich lief zum Fenster und schaute ihr nach, als sie auf den Gehweg trat, aber sie drehte sich nicht um, obwohl ich es irgendwie wünschte, und dann war sie auch weg.

Montag, 14. September
Ich bin immer noch vollkommen paralysiert. Nachdem Sabine gegangen war, saß ich erst einmal wie erstarrt eine Viertelstunde auf dem Sofa. Ich rief dann bei Anja an, die sofort wusste, was los war. Ich versprach, bei ihr vorbeizukommen. Erst einmal schrieb ich alles auf, denn das musste ich notieren, solange es frisch war und ich den ganzen Ablauf klar vor

mir hatte. Bevor ich losfuhr, hatte ich immerhin noch die Idee, bei Ilka und Stephan anzurufen. Zum Glück waren die beiden auch da. Ich erklärte Ilka kurz, dass Sabine und ich uns getrennt hätten und bat sie, sich doch bei Sabine zu melden und zu fragen, ob die vielleicht Hilfe braucht. Ilka versprach mir das sofort, und danach war ich schon ein bisschen erleichtert. Die Radtour zu Anja tat eigentlich auch ganz gut – und Anja sowieso. Sie war rührend um mich bemüht. Ich erzählte ihr alle Trennungseinzelheiten und sie hörte brav zu und hielt meine Hand. Ich blieb dann nicht bei ihr, sondern fuhr gegen halb eins wieder los. Nahm erheblichen Umweg, da ich einiges Adrenalin abzureagieren hatte. Zu Hause saß ich dann noch eine erhebliche Weile vor dem Fernseher, ohne auch nur das Geringste vom Programm mitzubekommen. Fand dann doch irgendwann den Weg ins Bett und schlief sogar recht rasch ein. Auf der Arbeit erfuhr die Neuigkeit natürlich sofort Frau Harms aus der Dispo, die überhaupt nicht überrascht tat, sondern meinte, dass sie damit schon „gerechnet" habe. Wieso das denn? Letzte Woche hatte sie gefragt, ob wir uns gestritten hätten, mehr nicht. Die tut nur besonders klug. Gegen halb zwölf rief ich bei Sven an und klingelte ihn aus dem Bett. Verabredete mich mit ihm für die Mittagspause, während der er sich die gestrigen Geschehnisse erzählen ließ. Nach der Arbeit besuchte ich dann noch meine Eltern, um ihnen die Neuigkeiten zu überbringen. Ich dachte mir, wenn schon denn schon, bringen wirs gleich in einem Abwasch hinter uns. Die beiden waren reichlich überrascht und sagten: „Ach, wie schade, sie ist doch so ein nettes Mädchen und für uns gehörte sie schon zur Familie und ist denn da gar keine Chance, dass ihr wieder zusammenkommt?" Und ich antwortete: „Sie ist wirklich eine tolle Frau und mir tut das auch alles schrecklich leid, aber wir haben uns auseinandergelebt und da gibts keine Chance, dass wir noch einmal zusammenkommen." Von Anja sagte ich natürlich nichts. Nach der Verkündigung der neuesten Nachrichten typische Mutterreaktion: Mama lud mich zum Abendessen ein und als ich ablehnte, gab sie mir, in Tupperdosen verpackt, ein gebratenes Kotelett, Salzkartoffeln und Buttergemüse mit. Nun ist Anja bei mir, die hier übernachten wird. Das erste Mal.

Dienstag, 15. September
Mächtiger Kater. Die Geschehnisse vom Sonntag schlagen erst heute so richtig durch. Ich fühle mich vollkommen erledigt. Auch wieder Magenweh. Ich habe das Gefühl, krank zu werden, und lag deshalb lange in der Badewanne. Sagte auch Anja für heute abend ab. Komplette Leere

im Kopf. Ich saß zwei Stunden im Wohnzimmer, starrte regungslos an die Wand und schaltete nicht einmal das Licht an, als es dunkelte. Wie es wohl Sabine geht? Böser Tag, immerhin war das heute gegessene Kotelett samt Beilage wirklich lecker.

Mittwoch, 16. September
Heute Abend hübsch halbbetrunken am Fußboden gelegen und an die Decke gestarrt. Die Decke (weiße Raufaser) gibt in diesem Zustand bei stundenlanger Betrachtung die interessantesten Geheimnisse preis. Zum Aufschreiben dieser Einblicke bin ich aber leider zu betrunken. Das ist schade, es ist immer das Gleiche: Morgen kann ich mich daran ganz bestimmt nicht mehr erinnern.

Donnerstag, 17. September
Den ganzen Tag überlegte ich hin und her, ob ich bei Ilka anrufen soll, weil die doch heute Geburtstag hat. Eigentlich waren Sabine und ich auch für den Abend bei ihr eingeladen, aber da kann ich natürlich auf keinen Fall hingehen. Ich mag Ilka und Stephan wirklich gern, aber ich habe die beiden damals über Sabine kennengelernt und Ilka ist eine von Sabines besten Freundinnen. Also ist ja klar, dass ich nicht auf der Feier auftauche, denn Sabine hat darauf sicherlich mehr Anspruch – falls sie hingeht, und ich glaube auch, dass sich die Heiterkeit in Grenzen hielte, wenn wir uns dort begegnen würden. Immerhin habe ich gerade doch bei Ilka angerufen und gratuliert. Vor dem Telephonat war mir aber sehr mulmig zumute, denn ich hatte schon die Befürchtung, dass sie vielleicht kühl und abweisend sein könnte oder gar sagt: „Du Arsch, mit Leuten, die sich so von meiner Freundin Sabine trennen rede ich nicht", und auflegt. Hat sie aber zum Glück nicht. Das Telephonat war zwar nicht sehr lang, aber es waren ja auch deutlich die Gäste im Hintergrund zu hören und bei einer solchen Geräuschkulisse telephoniere ich auch nur so kurz wie möglich. Doch zum Glück sagte sie „Du meldest dich bald mal bei uns, versprochen?" und das war doch sehr nett zu hören. Vielleicht kann ich trotz der Trennung mit Ilka und Stephan befreundet bleiben. Jetzt fahre ich zu Anja, das wird mir sicherlich guttun. Ich werde versuchen, in nächster Zeit öfter bei ihr zu sein, weil da nichts mit Erinnerungen an Sabine behaftet ist.

Freitag, 18. September
Litt von morgens bis abends an kalten Füßen. Deswegen vermehrter Harndrang.

Sonntag, 20. September
Das erste gemeinsame Wochenende mit Anja. Sehr schön, aber auch sehr ungewohnt. Zwar hatten wir die vergangenen Abende und Nächte schon miteinander verbracht, aber ein ganzes Wochenende ist schon noch etwas anderes. Wir waren bei ihr, da bin ich für niemanden erreichbar und das ist mir im Augenblick nur Recht. Wir verließen auch kaum die Wohnung, eigentlich nur einmal am Sonnabendvormittag, und da vermied ich es tunlichst, ihre Hand zu halten oder meinen Arm um sie zu legen. Das wollte ich einfach nicht, was hätte das denn für einen Eindruck gemacht, wenn ich irgendeinen Bekannten getroffen und kaum eine Woche nach der Trennung von Sabine mit einer anderen Frau herumgeturtelt hätte. Sonnabend waren wir auch nur schnell Einkaufen und dann im Reisebüro. Es hat tatsächlich geklappt, wir haben zur gleichen Zeit Urlaub, Anja konnte das noch am Freitag in der Firma klarmachen, und so fliegen wir nun am 19. Oktober für 14 Tage nach London. Prima, nur noch vier Wochen bis zum Urlaub! Den brauche ich wirklich nach dem Wirrwarr der vergangenen Wochen!
Viel Zeit im Bett verbracht, damit wir uns noch besser kennenlernen, was auch gut geklappt hat. Aß dafür sogar jeden Morgen gekochte Eier, sogenannte Riemenspanner, um einen Ausdruck Wellmanns zu benutzen. Endlich kommt auch der alte Elan zurück. Ich habe die famose Idee, die durch Reibung des Unterhemdes an der Bauchbehaarung entstehenden Baumwollkügelchen zu sammeln. Da könnte ich täglich vom Bauchnabel eines dieser Dinger abernten. In einem Jahr käme da einiges an Masse zusammen. Diese Kügelchen könnte ich dann als Füllung für ein Kopfkissen benutzen oder ich könnte sie in einer Ausstellung präsentieren. Erzählte Anja von meinem Plan, doch statt mit Begeisterung reagierte sie nur mit Kopfschütteln.

Montag, 21. September
Gruselig: Als ich heute von der Arbeit heimkam und mein Mietshaus betrat, hockte im Eingangsbereich eine Arzthelferin. Offensichtlich gehörte sie zur im Hause ansässigen Chirurgiepraxis. Die Dame wischte auf den Fliesen mit Lappen und Desinfektionsmitteln herum.
Im Treppenhaus wurde mir gewahr, warum. Auf etwa jeder dritten, vierten Treppenstufe befand sich ein nicht unerheblicher Blutfleck. Die Blutspur endete auf dem Fußabtreter vor der Praxis im ersten Stock. Da hatte es bestimmt jemand tüchtig eilig gehabt. Auf den restlichen Treppenstufen (und auch jetzt noch, ich gestehe es ja ein) malte ich mir ausführlich aus, wer das Blutopfer wohl gewesen sein mag. Vielleicht

eine liebende Mutter, die dem Sohnemann eine Butterstulle hatte schmieren wollen und mit dem Messer statt des Brotes einen oder mehrere Finger absäbelte? Oder ein Handwerker, der sich beim Handwerken übel den Kopf irgendwo an- und aufgeschlagen hatte? Gar ein Bauarbeiter, dem eine Ladung Steine auf den Kopf gepurzelt ist? Nein, wohl eher nicht, der wäre dann wohl kaum noch zum Chirurgen um die Ecke gekommen.

Am Abend hatte ich Sven bei mir zu Besuch, mit dem ich natürlich wieder über die Trennung sprach, das brauche ich halt zur Zeit, und er machts ja auch gern, jedenfalls hat er noch nicht geklagt, dass es jetzt genug damit sei.

Dienstag, 22. September
Beinah hätte ich vorhin einen ziemlichen Fauxpax begangen. Eigentlich wollte ich bei Anja anrufen. Gedankenverloren wählte ich die Telephonnummer. Als nach einigem Klingen ein Anrufbeantworter anschaltete, fuhr mir ein kräftiger Schreck durch die Glieder, denn Anja hat keinen Anrufbeantworter und mir wurde sofort bewusst, wen ich da angerufen hatte. Genau, Sabine. Als der Anrufbeantwortertext anfing, legte ich sofort auf. Immerhin habe ich diese Nummer verdammt lange beinah täglich gewählt, da ist sie anscheinend doch noch tief in einem verankert und dann geschieht so etwas schon einmal. Mein Gott, was wohl passiert wäre, wenn Sabine dagewesen und selbst an den Apparat gegangen wäre?
Seit dem Ende habe ich nichts mehr von ihr gehört, geschweige denn sie gesehen. Sie ist vollkommen aus meinem Leben gefallen, was ja auch erst einmal so gut ist. Gedacht habe ich aber reichlich an sie, drei Jahre wischt man nicht einfach so weg. Wann ich wohl das erste Mal wieder mit ihr reden werde? Irgendwann werde ich bei ihr absichtlich anrufen, aber wohl nicht mehr dieses Jahr.

Mittwoch, 23. September
Wellmann fragte mich, ob ich in der Mittagspause einen Spaziergang mit ihm machen könnte. „Klar", sagte ich und bekam dabei einen roten Schädel und Schweißausbrüche, denn ich dachte, dass der Kerl alle meine Untaten weiß und mich fertig machen würde. Ich konnte mich gar nicht mehr auf meine Arbeit konzentrieren. Als wir in der Mittagspause loszogen, hatte ich richtig weiche Knie. Tatsächlich ging es um meine Schweinereien, aber Wellmann brachte mich damit gar nicht in Verbindung. Er erzählte mir, dass seit einigen Monaten eine üble Sache

in der Firma gegen ihn am Laufen sei, die ihn viel Nerven koste und davon habe er jetzt genug. Er hat schon vor ein paar Tagen mit Dr. Schedler gesprochen. Der sei schockiert gewesen, dass in seiner Firma so etwas passiert sei, und habe Wellmann seine Hilfe zugesagt. Er hat wirklich sofort etwas unternommen und seine Kontakte genutzt. Da einer seine Unternehmerfreunde gerade eine passende Stelle frei hat, wechselt Wellmann schon zum 1. Oktober zu „Döscher & Sasse". Und wegen seines Resturlaubs kommt Wellmann am Freitag schon zum letzten Mal.

Als Wellmann zu mir sagte: „Schade, ich habe mit dir immer gern zusammengearbeitet, du wirst mir ehrlich fehlen", hatte ich einen Kloß im Hals und mochte mich selbst nicht sonderlich. Dieses Gefühl hat sich bis jetzt auch nicht geändert. Alles bricht auseinander und ich bin Schuld.

Na, herzlichen Glückwunsch.

Donnerstag, 24. September
Immerhin etwas Positives. Endlich gelangen mir die ersten Photos von Leuten-die-scheiße-aussehen. Da hätten wir die Aufnahme eines etwa zwölfjährigen Kindes (vielleicht ein Mädel, vielleicht ein Bub, ich vermag es nicht zu sagen), dicklich und bebrillt, das ins Leere starrt und sich versonnen in der Poritze kratzt.

Ich hatte die Kamera noch nicht wieder eingesteckt, als ich auch noch eine Oma an einer Bushaltestelle entdeckte, die so eine blöde rote fußballförmige Strickmütze auf dem Kopp trug und angestrengt und sicherlich zwecklos versuchte, den Fahrplan zu begreifen.

Hoffentlich ist die Kamera noch in Ordnung. Ich habe da so ein bisschen Sorge, dass sie vielleicht durch das ständige Herumgetrage Schaden genommen haben könnte und auf dem Film dann nichts drauf ist.

Freitag, 25. September
Trüber Tag, denn Wellmann ist weg. Schon seltsam. Da geht mir dieser Kerl jahrelang immer wieder so auf die Nerven, bis ich eine eklige Vernichtungsaktion gegen ihn starte, und kaum zeitigt sie Erfolg, tut es mir leid. Die ganzen Dinge, die mich an Wellmann all die Jahre störten, die mich beinah in den Wahnsinn trieben, sind praktisch verdrängt und ich denke vor allem an den Spaß, den wir hatten. Wir versprachen uns zwar, irgendwie Kontakt zu halten, aber das ist Blödsinn, in meinem Privatleben hat er nun wirklich nichts zu suchen, ein solcher Verdrängungskünstler bin ich denn doch nicht.

Ich bin jetzt bei Anja, die übrigens auch sehr gut kocht, das wollte ich nur mal erwähnen. Sie kocht zwar anders als Sabine und Mami, aber wirklich lecker. Woher nehmen Frauen nur immer die Ideen für die Gerichte. Trotz dreier Kochbücher fällt mir eigentlich nie viel mehr ein als Krabben auf Schwarzbrot, Spaghetti Bolognese, Kartoffelbrei mit Nürnberger Rostbratwürstchen, Steak, Labskaus und Fertigpizza. Ohne Frauen, der Kantine und der Sushibar würde ich mich wohl nur davon ernähren.

Sonnabend, 26. September
Gestern Abend war ich das erste Mal offiziell mit Anja aus, mit öffentlichem Herumgeknutsche und so, wie es sich halt für Frischverliebte gehört. Wir gingen allerdings nicht in den Römer, sondern in einen anderen Club. Den Römer mag ich zwar lieber, aber mit dieser Disco kann ich auch leben, die ist ganz okay, und so oft gehe ich ja eh nicht mehr tanzen. Klar, der Römer ist schon besser. Aber das ist nun einmal auch Sabines Lieblingsclub, und verständlicherweise wollte ich ihr da nicht begegnen – und schon gar nicht mit Anja an der Hand. Ich werde wohl überhaupt nicht mehr in den Römer gehen. Ausgesprochen betrüblich. So blöde das klingen mag, aber irgendwie hat Sabine da mehr Rechte oder so, und ich will ihr das nicht kaputtmachen, indem ich da auftauche. Oh je, an was es alles bei einer Trennung zu denken gilt. Ich habe mir sogar schon einen neuen Gemüsehändler gesucht, weil bei dem alten Sabine auch immer einkauft. Hm, wahrscheinlich hat Sabine ebenfalls das Geschäft gewechselt, und so hat der Laden durch unsere Trennung den Verlust zweier Stammkunden zu verkraften. Hoffentlich hat der Herr genug andere Kundschaft, ich möchte mich nicht auch noch für dessen Pleite verantwortlich fühlen müssen. Sabine und Wellmann – das ist doch wohl für ein Jahr mehr Schaden als genug.
Am Nachmittag war ich bei meinen Eltern. Nach einigem belanglosen Geplaudere erzählte ich, dass ich eine neue Freundin habe. Da waren meine Eltern doch etwas erstaunt. „Das ging ja schnell", meinte mein Vater dazu. Ich log, dass das für mich auch sehr überraschend gekommen sei. Naja, Anja sei mit Sabine und mir befreundet gewesen, und nach der Trennung war ich oft bei ihr, um über die Geschichte zu reden, und am Donnerstag sei es dann passiert, tja, und nun sei ich etwas verwirrt, aber gegen Gefühle könne man halt nichts machen. Ich glaube, die glauben mir nicht so ganz. Trotzdem bleiben meine Eltern natürlich meine Eltern, und sie sagten deshalb, dass sie sich sehr freuen würden, wenn ich demnächst mit Anja bei ihnen vorbeikommen würde. Das

machen wir gleich nächste Woche, dann haben wir diese Vorstellung schon einmal hinter uns und sonst sieht das so sehr nach schlechtem Gewissen aus.
Als ich in meiner Wohnung war, rief ich noch bei Ilka und Stephan an und fragte nach, wie es Sabine geht. Ilka sagte etwas von „Es geht schon", und das klang verdammt nach „Ihr gehts total scheiße". Aber Ilka und sie sehen sich wohl zur Zeit sehr viel und Ilka meinte zu mir: „Ich kümmere mich schon um sie, du brauchst dir keine Sorgen zu machen." Irgendwie tröstliche Worte. Ich erzählte ihr übrigens nichts von Anja, ich verabrede mich nach dem Urlaub einmal mit Ilka und Stephan, dann ist das noch früh genug. Ich denke, im Augenblick wogen die Wellen noch zu hoch.

Sonntag, 27. September
Sehr teuer Frühstücken gewesen. Aber ausgeprochen gutes und reichhaltiges Büfett, sogar ein Silbertablett mit einer erklecklichen Anzahl Austern. Damit deckte ich mich reichlich ein. Als ich zum Ende des Frühstücks bemerkte, dass noch vier Stück auf dem Tablett übergebieben waren, verspeiste ich natürlich auch noch die, obwohl ich schon zum Zerbersten voll war. Nach dem Verlassen des Lokales langer Verdauungsspaziergang, der bitter nötig war.
Den Nachmittag verbrachten wir bei Anja und am Abend trafen wir uns dann für ein erquickliches Weilchen mit Katharina und Volker, die Freunde von Anja sind. Ich kannte die beiden schon vom Sehen von irgendeiner Party und sie erwiesen sich bei unserer heutigen Zusammenkunft als überaus nett. Sehr gern können wir mit denen wieder einmal etwas unternehmen. Das gefällt mir ausnehmend gut: Nicht nur, dass Anja eine überaus aparte Dame ist, sie hat auch noch nette Freunde.

Montag, 28. September
In der Straßenbahn las ich einige Traktate, die irgendwelche Schmierfinke auf die Sitzflächen geschrieben hatten. Neben dem üblichen Schmus („Frank, Du bist sooo süß, ich liebe Dich", „Katrin ist eine alte Schlampe") las ich eine Äußerung, die so vor abgrundtiefem Haß strotzte, dass ich sie schon für merkenswert halte: „Marko Nagel! Ich hasse Dich! Erlaub Dir nicht zuviel. Niemand mag Dich, auch ich nicht!"
Ich weiß nicht wieso, aber ich stelle mir Marko Nagel als einen 17-jährigen Burschen mit wirrem schwarzen Haar und flaumigem Oberlippenbärtchen vor.

Dienstag, 29. September
Sehr nervös gewesen, da ich zum ersten Mal mit Anja bei meinen Eltern vorbeischaute. Wenn man mit der neuen Freundin zu den Eltern fährt, ist das schon irgendwie etwas Besonderes. Obwohl ich natürlich schon vorher wusste, dass es nicht schlimm werden kann, weil meine Eltern nun einmal die besten Eltern der Welt sind, das ist ja eine bewiesene Tatsache. Anja war auch aufgeregt, aber ich hatte sie schon ziemlich mit (wahren!) Erzählungen über meine Eltern beruhigt, die belegen, was für ein Glück ich mit den beiden habe. Ich hatte Anja auch nicht zuviel versprochen, denn tatsächlich war es bei meinen Eltern sehr nett und herzlich. Sie boten Anja gleich das „Du" an und irgendwie verströmten sie das Gefühl, Anja zu mögen, und so etwas ist ja besser als tausend Worte. Auch gut: Sie erteilten mir keine väterliche oder mütterliche Absolution, als Anja mal kurz auf Toilette war, irgendwas Gönnerhaftes wie „Gut gemacht" oder „Das ist ja ein liebes Mädchen".
Fühle mich erleichtert und gut. Irgendwann muss ich jetzt noch zu Anjas Eltern mit, aber die wohnen in einer anderen Stadt und da Anja da auch nicht so oft hinfährt, wird es bestimmt noch ein Weilchen dauern, bis ich die kennenlerne. Aber Anja hat mir versprochen, dass die ebenfalls sympathisch sind.

Donnerstag, 1. Oktober
Ich denke, heute habe ich meinen persönlichen Peinlichkeitshaushalt für dieses Jahr voll ausgeschöpft. Mit Sven war ich in eine Kneipe gegangen, hatte dort nett gesessen und über dies und jenes geplaudert. Schließlich wollten wir aufbrechen, suchten aber beide vor dem Verlassen der Lokalität noch einmal die Toiletten auf. Sven ging dabei die ganze Zeit hinter mir, dachte ich jedenfalls. Jedenfalls bemerkte ich, dass sich an das zweite Pissoir, das sich an der gegenüberliegenden Wand befindet und dem ich also damit den Rücken zugewendet hatte, auch jemand gestellt hatte. Ich dachte, dass ein kleiner, dummer Scherz bei Sven bestimmt willkommen sei und sagte deshalb mit tiefer Stimme und rollendem R: „Herrgott, es ist ja immer wieder erstaunlich, was für ein großes Gerät ich doch habe." Beifallsheischend drehte ich mich um und stellte sogleich fest, dass es sich bei dem anderen Herrn nicht um Sven handelte und dass dieser mir völlig unbekannte Herr mich zudem ausgesprochen kritisch anstarrte. Gern wäre ich in diesem Augenblick vor Scham ex- oder implodiert, aber nichts derartiges geschah – leider. Stattdessen brachte ich dann sogar noch die Kraft auf, mir die Hände zu waschen, bevor ich die Toilette verließ. Draußen wartete übrigens schon

Sven, der eben nicht zum Pissoir sondern in eine der geschlossenen Kabinen gegangen war. Er fand meine kleine Geschichte sehr amüsant und ich inzwischen auch. Trotzdem hoffe ich inständig, dem mir unbekannten Herrn niemals mehr zu begegnen.

Freitag, 2. Oktober
War das eklig voll im Supermarkt, ich habe Stunden in der Schlange vor der Kasse verbracht. Das war nur erträglich, weil ich mir vorher eine Zeitschrift vom Zeitschriftenstand in den Einkaufswagen gelegt hatte, die ich dann in der Schlange las und kurz vor der Kasse in einem der letzten Süßigkeitenkörbe zurückließ, denn wieso sollte ich sie noch kaufen, die interessanten Sachen hatte ich doch sowieso schon gelesen. Wegen des morgigen Feiertages neigten alle zu solch extremen Hamsterkäufen, dass das Graubrot aus war. Da es in allen anderen Supermärkten bestimmt ähnlich voll war und die Bäckereifachgeschäfte schon geschlossen hatten, fuhr ich gleich zur Tankstelle und kaufte da Brot, das zwar zwei Mark teurer ist als im Supermarkt, dafür bekam ichs ohne Schlangestehen und das macht die zwei Mark doch dicke wett.
Eigentlich wollte ich heute Abend zu Anja, aber da es regnet, kommt Anja zu mir. So ein Auto ist schon etwas Feines. Das ist neben der heftigeren Gefühle für sie auch ein netter Vorteil, den Anja vor Sabine hat. Hm, das liest sich jetzt aber schon ein bisschen fiese und das muss ich doch etwas relativieren. Das Auto hat nun bei dem Wechsel Sabine-Anja wirklich überhaupt keine Rolle gespielt. Aber praktisch ist es schon.

Sonnabend, 3. Oktober
Feiertage, die aufs Wochenende fallen, finde ich scheiße. Das ist ja wie zwei Sonntage hintereinander. Klar, Leute, die sonnabends arbeiten, finden das vielleicht gut, aber ich arbeite ja nun mal nicht sonnabends und habe da also sowieso frei. Und darum will ich, bitteschön, auch die Feiertage unter der Woche haben. Alles andere ist doch Betrug am normalen Montag-bis-Freitag-Arbeitnehmer. Die Videothek hat heute auch zu und regnen tuts natürlich ebenfalls, deshalb konnten wir nicht mal richtig raus, na, ist ja Herbst. Darum gehen Anja und ich nachher zur Spätvorstellung ins Kino, sonst fällt uns noch die Decke auf den Kopf.

Sonntag, 4. Oktober
Wir schliefen heute sehr lange, da wir nach dem Kino noch tanzen waren. Verbrachten den Tag im Bett, was ich als ausgesprochen angenehm empfand. Wir sollten allerdings in nächster Zeit dazu übergehen,

öfters in meinem Bett zu verweilen. Denn das könnten wir ab und an verlassen, um gemeinsam in ein psychisch wie physisch wärmendes Wannenbad zu schlüpfen. Anjas Bad hat nämlich nur eine Dusche und das empfinde ich als erhebliches Manko.

Montag, 5. Oktober
Fand im Postkasten einen unbeschrifteten Briefumschlag, der meinen zweiten Wohnungsschlüssel enthielt, den Sabine immer benutzt hatte. Der Fund schlug mir kräftig aufs Gemüt, weil er

a. zeigt, dass Sabine die Trennung noch immer nicht halbwegs verdaut hat, denn sonst hätte sie vielleicht eine kleine Notiz beigelegt, meinetwegen nur „Grüße, Sabine" oder sowas.

b. mir sagt, dass sie augenblicklich überhaupt keinen Kontakt mit mir haben kann oder will, was ich natürlich verstehe und akzeptiere, aber froh stimmt mich das alles nicht.

c. mir wieder einmal in Erinnerung ruft, wie schweinisch und unfair ich mich benommen habe und das denkt man nun einmal nicht so gern über sich.

Ihren Wohnungsschlüssel habe ich übrigens immer noch, doch mit der Rückgabe warte ich noch ein Weilchen. Dann werde ich einige wenige Worte dazu schreiben und vielleicht kann das ja der Anfang einer vorsichtigen Annäherung werden.

Dienstag, 6. Oktober
Wir besuchten Freunde Anjas in Lemwerder. Nette Leute, die mich aber nicht vom Hocker hauten. Na, ich muss mit denen ja auch nicht befreundet sein. Was aber interessant bei diesem Besuch war: Um nach Lemwerder zu gelangen, mussten wir nach Bremen-Nord fahren und die Weser-Fähre benutzen, weil dort der Fluss zu breit ist für Brücken. Was für ein ausnehmend schönes öffentliches Verkehrsmittel. Viel besser als Straßenbahnen oder Busse. Und die Fährmänner wirkten alle recht wohlgenährt und selbstzufrieden. Nach Herzinfarkt oder Magenschleimhautentzündung sah da eigentlich keiner aus. Außerdem trugen die sehr kleidsame blaue Parkas und hatten Prinz Heinrich-Mützen auf dem Kopp. Ich glaube, das würde mir auch ganz ausgezeichnet stehen. Ist es eine ernsthafte Überlegung wert, den doofen Bürojob aufzugeben und stattdessen auf der Fähre anzuheuern? Ich weiß auch nicht so recht. Auf

jeden Fall habe ich mir mal vorsorglich die Büroadresse des Fährbetriebes mitgeben lassen und werde im Urlaub darüber nachdenken, ob ich da mal nachfrage, wie es um Jobs bestellt ist.

Mittwoch, 7. Oktober
Knabberte vorhin beim Fernsehen wohlschmeckende Erdnüsse in knuspriger Teighülle mit pikanter Würzung namens „NicNacs". „Ei, wirklich sehr lecker", dachte ich und betrachtete wohlwollend näher den Verpackungstext. Da wars dann aber rasch mit dem Wohlwollen vorbei. Stattdessen Grimm. Nicht starker zwar (kein Toben und Treten gegen die Wand – das wäre denn doch unangemessen gewesen) – aber durchaus merklich spürbarer Grimm. Denn was stand da auf der Packung: Genießen Sie die knusprig-feurigen NicNacs (na, das geht ja noch). The double chrunch peanuts (schon doof, aber jetzt wirds noch viel blöder). Erst nict man die köstliche Hülle, dann nact man die knackige Erdnuß (das treibt einem doch nun wirklich den Grimm in die Adern). Das ist Snacken auf die junge Art (also, diese Formulierung ist doch nun wirklich verbaler Sondermüll! Schlimm, schlimm, schlimm).
Wer denkt sich nur so einen Dreck aus, kann ich da doch nur laut in den Raum rufen. Da natürlich niemand dieses Rufen beantwortet (wer denn auch, bin ja allein zu Hause), will ich selbst versuchen, die Antwort zu geben. Wahrscheinlich saßen da irgendwelche halbsenilen 60-jährigen Werbetexter, die denken: „Hey, lasst uns mal so richtig locker-flockig drauflostexten, in einer Sprache, die die Jugend unseres Landes spricht." Und so ist dann der Werbetext auch geworden. Nie sollten alte Menschen (zu denen ich auch schon zähle, zumindest für die Jugend von heute), die Sprache der Jungen nachmachen. So etwas geht, glaube ich, grundsätzlich kräftigst in die Hose!
Ich überlege gerade, ob es sich lohnt, einen Protestbrief ob des Textes an den Hersteller zu schicken. Aber, ach was, das ist die Mühe nicht wert. Wenn ich bei der nächsten Packung einfach nicht auf den Text schaue, tut es das wohl auch.

Donnerstag, 8. Oktober
In der Kantine aß ich zu Mittag Erbsensuppe, die aber lange nicht so gut wie die meiner Mutter ist. Zudem muss ich dabei dumm geplörrt haben, denn wie ich leider viel später bemerkte, war ein erheblicher Klacks auf meinem Schuh gelandet. Dass ich das stundenlang nicht bemerkt habe, ist doppelt ärgerlich. Das Erbsensuppensekret sah aus wie Kotze auf dem Schuh und das haben bestimmt alle gesehen und auch gedacht und das

Fett ist ins Leder eingezogen und hat dort einen erheblichem Fleck hinterlassen, der bestimmt nicht mehr vollkommen wegzubekommen ist.

Freitag, 9. Oktober
Die Last der Arbeit hat seit Wellmanns Abgang doch erheblich zugenommen. Die kleinen Plaudereien in der Kaffeeküche jedenfalls musste ich auf ein Minimum reduzieren. Für Wellmann ist nämlich bisher niemand Neues gekommen und jetzt können wir alle seine Arbeit mitmachen. Und wie mir Frau Harms aus der Dispo erzählte, soll da auch niemand kommen, weil die Stelle einfach eingespart werden soll. Na, da habe ich mir ja ein dickes Ei gelegt. Und wenn die anderen herausbekommen, dass sie die Mehrarbeit mir zu verdanken haben, kann ich davon ausgehen, dass sie mich steinigen werden. Immerhin ist jetzt Freitag und ich habe erst einmal mit dem Mist nichts mehr zu tun und nächste Woche fahre ich mit der Liebsten in den wohlverdienten Urlaub. Apropos Liebste: ob mir Anja wohl gleich den verspannten Rücken massieren wird?

Sonnabend, 10. Oktober
Sabines Geburtstag. Das erstemal seit drei Jahren, dass ich damit nichts zu tun habe. Sehr seltsames Gefühl. Hätte Lust gehabt, ihr zu gratulieren, zumindest per Karte. Aber das geht wohl nicht. Zu groß wäre die Gefahr, dass ich ihr mit der Erinnerung an mich den Tag verderbe. Was sie wohl macht? Ob sie feiert? Fotos von früher angesehen, rührselig. Nachdem ich bis zum Nachmittag bei Anja war, bin ich nun allein in meiner Wohnung, und hier kam auch erst meine jetzige Stimmung auf. Ich bleibe heute Abend allein, mir ist jetzt nicht nach Gesellschaft. Fröstelig. Kein Appetit auf Alkohol. Stattdessen Wannenbad und schwarzer Tee. Werde früh zu Bett gehen.

Sonntag, 11. Oktober
Den kleinen Anfall von Depression habe ich gut und schnell überwunden, so dass ich gleich heute Morgen zur lieben Anja fahren konnte. Schöne Zweisamkeit bis in den Abend hinein. Nach Weggehen war uns überhaupt nicht. Stattdessen wollten wir lieber daheim sein und den geliebten Partner an den unterschiedlichsten Stellen küssen, was ja sehr kurzweilig und angenehm ist. Nun bin ich nur rasch wieder zu mir gefahren, um den Kulturbeutel vollzupacken, weil ich bei ihr übernachten und dann morgen früh von ihr aus zur Arbeit fahre. Ich denke, am Abend werden wir das Gleiche machen wie untertags und das

erscheint mir so verlockend, dass ich nun auch schnell wieder los will!

Montag, 12. Oktober
Wollte gerade eben noch einen Brief voll zarter Formulierungen an Anja abschicken. Stand aber fassungslos vor dem Postamt. Dass das Postamt geschlossen war, ist ja gegen 23 Uhr kein großes Wunder, da sagt ja keiner was. Aber dass an allen drei Postämtern in der Nähe (die ich vorhin nach und nach abklapperte) inzwischen keine Briefmarkenautomaten mehr sind, ist doch ein starkes Stück. Früher waren da doch immer so Kästen, in die warf man ein passendes Geldstück, dann sirrte und summte es kurz (ganz früher gab es auch welche, wo man dreimal kurbeln musste), und schon war die Briefmarke im Entnahmeschlitz. Egal, obs sirrt und summt oder ob gekurbelt werden muss: Hauptsache Briefmarke. Wahrscheinlich gibts diese Automaten an jedem vermaledeiten Postamt, nur nicht an denen in meiner Nähe. Da ich mich gern selbst überschätze, werte ich das als üble Repressalie gegen mich.
Werde mich gleich morgen reichhaltig mit Briefmarken bevorraten!

Dienstag, 13. Oktober
Wurstwaren werden auch immer teurer!

Mittwoch, 14. Oktober
Das sind ja mal wieder typisch meine Eltern. Zum Abendbrot war ich bei ihnen. Dabei fragte ich an, was denn nun mit dem Rundflug sei, den ich mit Papa Mutti zum Geburtstag geschenkt hatte. „Irgendwie haben wir das bisher noch nicht geschafft. Aber den Flug wollen wir jetzt im Frühjahr machen", erklärte meine Frau Mama. Mysterium Eltern kann ich da nur sagen. Wenn ich irgendwelche Gutscheine oder so etwas zum Geburtstag bekomme, löse ich die sofort ein, denn die gehören halt zu diesem Tag. Nutze ich so einen Gutschein ein halbes Jahr später, ist die Verbindung zum Geburtstag doch längst verloren gegangen. Und der Geburtstag meiner Mutter ist nun schon fast drei Monate vorbei und wir hatten einen wolkenlosen Sommer mit Tagen, an denen es endlos hell war, und die machen diesen Flug nicht, der doch maximal eine Stunde dauert. Und jetzt wollen sie das nächstes Frühjahr machen. Glauben die etwa, dass das Flugwetter im Frühjahr besser als im Herbst ist? Außerdem ist der Geburtstag dann noch länger her und ob sie den Rundflug dann auch wirklich durchführen – meine Hand dafür ins Feuer legen würde ich nicht. Mir könnte es ja eigentlich Recht sein, denn bezahlt habe ich noch nichts und wenn das Ganze im Sande verläuft, habe ich

eine Menge Geld gespart. Das will ich aber gar nicht, ich will, dass meine Eltern meine Geschenke auch nutzen!
Ach, so sind sie halt, was soll ich mich aufregen? Ansonsten sind sie wirklich prima und ich habe sie schrecklich lieb, auch wenn ich sie manchmal so gar nicht verstehe.

Donnerstag, 15. Oktober
Einmal werde ich noch wach und dann habe ich frei, frei, frei! Und am Montag geht es mit der entzückenden Anja nach London, und das sind doch alles in allem schöne Aussichten.
Ich hatte deswegen heute so gute Laune, dass ich auf der Arbeit immerzu doofe Lieder summte und von daher ist es schon fast wieder gut, dass ich mein Büro jetzt für mich allein habe, denn jeder Zimmerkollege wäre davon nach acht Sunden todsicher komplett enerviert gewesen. Wegen des goldigen Gemütszustandes brachte ich Anja nicht nur Blumen mit, sondern lud sie sogar noch in die Sushi-Bar ein. Ich werde mir die nächsten ein, zwei Monate keine Kontoauszüge mehr holen, denn in den vergangenen Wochen habe ich mit dem Geld geaast und auch London wird Unsummen verschlingen, und das möchte ich so lange wie möglich nicht schwarz auf weiß vor mir sehen.

Freitag, 16. Oktober
Als ich durch die Fußgängerzone spazierte, um noch einige kleine Besorgungen für den Urlaub zu machen, glaubte ich in einer vor mir gehenden Person Sabine zu erkennen. Ich war mir nicht 100% sicher, aber vorsorglich stürmte ich in den nächstbesten Laden und fand mich in einem Fachgeschäft für Damenunterwäsche wieder. Zum Glück war ich da nicht der einzige Mann. In einem Sessel hockte ein Herr, der sich wahrscheinlich schon unzählige BHs, die seine Frau oder Freundin anprobierte, hatte ansehen müssen und deshalb schon ganz erschöpft aussah. Leider kannte ich keine der Kundinnen, die ich in Dessous hätte begutachten können. Deshalb setzte ich eine möglichst abweisende Miene auf, was ich so erfolgreich tat, dass mir zumindest keine der Verkäuferinnen ihre Hilfe anbot, während ich an einiger Leibwäsche für die gepflegte Dame herumfingerte. Als ich mir sicher war, dass Sabine weg sein müsste, verließ ich den Laden wieder. Tatsächlich, von Sabine war nichts mehr zu sehen. Dabei war ich inzwischen gar nicht mehr sicher, ob sie es überhaupt war. Die betreffende Person war doch ein ziemliches Stück von mir entfernt, und ich hatte sie nur für den Bruchteil

von Sekunden erspäht, und dann war ich auch schon in diesem Dessousladen. Außerdem, selbst wenn sie es war, wahrscheinlich hätte sie sich doch gar nicht umgedreht. Egal, lieber zehn Minuten Spitzenwäsche begucken, als unvorbereitet auf der Straße Sabine ins Auge zu blicken.

Sonnabend, 17. Oktober
Ich kontrollierte heute wiederholt das Flugticket und den Personalausweis. Inzwischen weiß ich es fast auswendig: Wir fliegen Montag um 10.45 Uhr und auch wirklich nach London und die Reservierung für das Hotel ist ebenfalls in Ordnung und mein Personalausweis läuft erst in vier Jahren ab. Nötigte Anja so lange, bis sie ihren Personalausweis kontrollierte und feststellte, dass der noch gültig ist. Das mag zwar etwas manisch anmuten. Aber besser einmal zuviel geguckt, als dass wir am Montag am Flughafen sind und irgendetwas ist fehlerhaft oder ungültig oder der Flug ging nicht am 19. sondern am 18. oder was-weiß-ich und statt nach London geht es mit dem Taxi wieder nach Hause. So, jetzt schaue ich noch einmal nach und dann ist es wirklich gut.

Sonntag, 18. Oktober
Die Koffer sind gepackt und morgen um 10.45 Uhr geht der Flug nach London. Anja kommt gleich mit dem Wagen und ihrem Koffer zu mir. Ich habe schon das Taxi bestellt, das uns morgen zum Flugplatz bringen wird. Es kann also nichts schiefgehen. Trotzdem habe ich ein bisschen Bammel. Nicht vor London. Vor Anja. Bammel ist auch etwas übertrieben, aber trotzdem. Das ist halt das erste Mal, dass wir so viel Zeit miteinander verbringen werden, wir hocken immerhin 14 Tage praktisch 24 Stunden am Tag aufeinander. Da sind sich schon ganz andere Leute gehörig auf die Nerven gegangen. Bei mir und Sabine haben die Urlaube immer tadellos funktioniert, und ich glaube fest, dass es mit Anja nicht anders sein wird. Trotzdem, ein gewisses Restrisiko bleibt immer.
Ach, alles wird ganz wunderbar werden und wir werden uns an den Händen halten und pausenlos herzen. Bestimmt!